사이케델리아

PSYCHEDELIA

사이케델리아

Psychedelia

제 3 부
다중 세계 탐험

완 결 편

사이케델리아 PSYCHEDELIA 12

이상규 판타지 장편 소설

초판 1쇄 찍은 날 ∫ 2001년 4월 20일
초판 1쇄 펴낸 날 ∫ 2001년 4월 30일

지은이 ∫ 이상규
펴낸이 ∫ 서경석
펴낸곳 ∫ 도서출판 청어람
편 집 ∫ 문혜영·허경란·박영주·김희정·권민정
마케팅 ∫ 정필·강양원

등록번호 ∫ 제 1081-1-89호
등록일자 ∫ 1999. 5. 31.
어람번호 ∫ 제 1-0094호

주소 ∫ 경기도 부천시 원미구 심곡1동 350-1 남성B/D 3F ⑨ 420-011
전화 ∫ 032-656-4454 팩스 ∫ 032-656-4453

ⓒ 이상규, 1999

값 7,000원

ISBN 89-88818-48-2 (SET)
ISBN 89-5505-088-7 04810

목 차

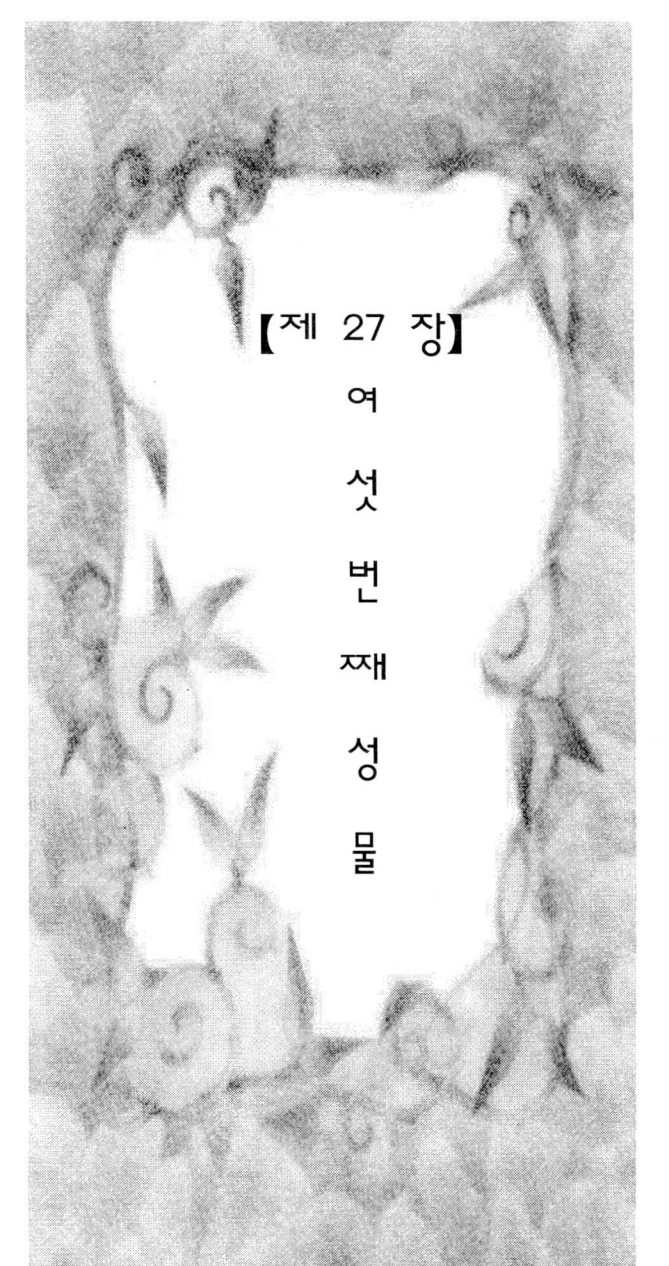

【제 27 장】

여
섯
번
째
성
물

"왜 대답이 없지? 난 꽃과 보석 중에 어떤 것이 더 아름다운지를 묻고 있어."

나와 카이론, 그리고 아트로포스 중 아무도 대답을 하지 않자 요시아가 다시 한 번 자신의 질문을 반복했다. 대답을 하지 않으면 뭔가 안 좋은 일이 일어날 것 같은 분위기라서 내가 일행을 대표해서 입을 열었다.

"뭐… 꽃은 향기가 있고 뭔가 생명력이 있지. 보석이야 가공하면 더 빛나고 말이야. 보는 관점에 따라서 꽃을 더 아름답다고 생각할 수도 있고 보석을 더 아름답다고 할 수 있는데, 굳이 둘 중 어느 것이 더 아름다운가를 따질 필요가 있을까?"

"후후, 보는 관점에 따라?"

내 대답에 요시아는 낮게 웃었다. 그리고는 자신이 생각했던 대답을 우리들에게 들려주기 시작했다.

9

"꽃은 결코 아름답지 않아. 꽃에는 먼지가 끼어 있지. 그리고 자세히 보면 벌레가 들끓어. 하지만 보석은 그렇지 않아. 보석 속에는 벌레 같은 게 없어. 먼지가 쌓이면 닦아내면 그만이거든."

"……."

"그리고 가장 중요한 차이점이 있지. 꽃의 아름다움은 금방 시들지만 보석의 아름다움은 반영구적이라는 거야. 꽃은 가꾸질 않으면 아름다움을 뿜어내지 않아. 하지만 보석은 굳이 가공하지 않아도 그 자체의 아름다움을 가지고 있어. 그런 점에서 보석이 꽃보다 훨씬 아름답다는 거야."

"……."

흠…… 뭘 잘못 생각하고 있군. 보석이라는 게 그냥 나오는 줄 아나? 보석이란 건 대부분 인간이 가공한 거라고. 가공하지 않은 보석은 거의 별 볼일 없는 돌과 같지. 자연 상태의 보석은 대부분 볼품없다고. 근데… 이런 말을 해도 요시아는 믿어줄 것 같지가 않군.

"사람들은 여자를 꽃에다 비유하곤 하지. 장미라든지, 백합이라든지, 수선화라든지 그런 꽃들을 여자의 아름다움에 비유하는 거야. 근데 왜 꼭 꽃에다 아름다움을 비유하는 거지? 꽃은 금방 시든다구. 그런 꽃을 여자에게 비유한다는 건 그 여자의 아름다움이 곧 시들어버린다는 뜻이잖아?"

요시아의 얼굴에는 불만이 가득 떠올라 있었다. 여자의 아름다움을 꽃에다 비유한다는 것 자체가 마음에 들지 않는 듯했다. 그래서 난 요시아에게 '꽃이나 여자나 같은 생물이기 때문에 그렇게 비유하는 것이다'라고 말하려고 했으나 다음에 이어진 요시아의 외침 때문에 그럴 수가 없었다.

"난 보석이 되고 싶어! 보석처럼 영원한 아름다움을 빛내고 싶단 말이야! 벌레 같은 게 꼬이지 않는 보석처럼!"

"…….."

우리들은 요시아의 외침을 그냥 지켜보기만 했다. 한 사람의 소망 같은 걸 가지고 이러쿵저러쿵할 수는 없었기 때문이다. 그것을 느낀 요시아가 킥킥 웃으며 중얼거렸다.

"지금 내가 뭐 하고 있는 건지……."

흠…… 뭐 하긴 뭐 하나? 다른 사람들 앞에 두고 자기 소망을 발표하고 있었잖아. 보석이 되고 싶다라는 말도 안 되는 소망을 말이야.

"요시아, 보석이 되든 말든 그건 네 희망 사항이야. 하지만 보석을 얻기 위해서 스파이 짓을 하는 건 결코 바람직하지 못한 일이라고. 왜 굳이 전쟁 구실 만드는 일에 참여하는 거지? 이런 짓을 하지 않고도 보석을 모으는 건 가능하잖아?"

난 요시아를 똑바로 쳐다보며 그녀의 마음을 돌려보려고 노력했다. 그러나 그런 내 말이 요시아의 심기를 더욱 건드린 듯했다. 그녀의 표정이 더욱 어두워졌던 것이다.

이런 말을 잘못한 건가? 옳은 일을 하면서 보석을 모으는 게 거의 불가능한 모양이지? 하긴, 좋은 일 하면서 돈 많이 벌 수 있다면 누가 굳이 나쁜 짓을 하겠냐.

"이드, 넌 사람을 어떻게 생각해?"

"……?"

요시아가 갑자기 나에게 질문을 던졌기 때문에 난 의아해서 고개를 갸우뚱했다. 아니, 그것보다는 질문 내용이 너무 추상적이라 뭐라고 대답하기가 어려웠다. 요시아도 그렇게 생각했는지 즉시 보충 설명을 덧붙이며 같은 질문을 던졌다.

"사람들은 다른 사람에 대해서 좋은 말 하는 걸 좋아할까, 나쁜 말하는 걸 좋아할까?"

헐…… 그걸 질문이라고 하나?

"나쁜 말 하는 걸 좋아하지. 그리고 남을 칭찬하는 것보다는 남을 욕하는 것을 좋아하고. 남이 나보다 뛰어나다는 사실을 인정하고 싶지 않으니까 말이야."

"후후……."

거침없이 나오는 내 대답에 요시아는 쓴웃음을 지었다. 그러더니 나에게 또 질문을 던졌다.

"이드, 넌 내가 과거에 어떤 생활을 했는지 알고 있어?"

"몰라, 난 성물 모으느라 바빴으니까."

"아, 그랬구나. 그럼 카이론이나 아트로포스는 나에 대한 소문을 들었겠지? 주로 어떤 것에 관한 소문이었는지 말 좀 해보겠어?"

내가 요시아에 대한 소문을 들어본 적이 없다니까 요시아는 카이론과 아트로포스를 바라보며 대답을 강요했다. 그렇지만 그녀는 정말로 그 둘의 대답을 듣고 싶다는 표정을 짓고 있었다. 그래서인지 아트로포스가 솔직하게 입을 열었다.

"제가 듣기로는 보석이라면 무조건 눈에 불을 켠다고……."

"그것뿐?"

"거의 집에만 있었기 때문에 그 이상은 듣지 못했어요."

"후후."

아트로포스의 대답에 요시아는 묘한 표정을 지었다. 그러나 이내 그 표정을 거두어들이며 이번엔 카이론 쪽을 쳐다보았다. 카이론은 아까 검을 찾았을 때 요시아에게 당한 분풀이를 하려는 것인지 요시아를 비난하듯이 소리쳤다.

"보석이라면 어떤 일이라도 하는 여자라고 들었다! 기분에 거슬리는 자는 눈 하나 꿈쩍하지 않고 죽여 버리는 냉혈 여자! 그게 바로 너에 대한 소문이다!"

어이, 카이론~ 그런 식으로 말하면 요시아가 화를 낸단 말이야. 이제 거의 자포자기 수준이 된 여자를 격발시켜서 어쩌자는 거냐고. 잘못하면 요시아가 열받아서 기습적인 마법을 날릴 수도 있어!

"하하… 하하하!"

그때 요시아의 입에서 통쾌한 웃음소리가 터져 나왔다. 마침내 요시아가 끓어오르는 화를 참지 못하고 미친 듯이 웃기 시작한 것이다. 하지만 그렇게 생각한 내 예상은 웃음소리가 멈추고 나서 들려온 요시아의 말에 의해 완전히 무너져 내렸다.

"역시 아무도 내 과거에 대해서 모르고 있어! 모두 내가 계획했던 대로 소문이 퍼져 나가고 있는 거야! 잘 되어가는 거라구!"

"……?"

얼레? 도대체 무슨 소리를 하는 거지? 계획대로 소문이 퍼져 나간 다고? 그런 안 좋은 소문이 퍼지는데 잘 되어가? 머리가 어떻게 된 거 아니야?

"무슨 소리냐?"

난 기뻐하고 있는 요시아의 말을 끊으며 물음을 던졌다. 그러자 요시아는 잠시 자신의 기분을 잘 추스른 후에 차분한 어조로 대답했다.

"모두 내가 의도했던 대로 소문이 퍼졌다는 뜻이야."

"그게 아니라, 네 의도가 뭐냐고."

"아, 그거?"

내 질문의 요지가 무엇인가를 파악한 요시아는 후후 하고 웃었다. 일부러 드러내서 말하고 싶은 얘기는 아닌 듯했으나 내가 진지한 표정을 짓고 있어서인지 이내 자신의 과거 행적을 이야기하기 시작했다.

"난 에스란에서 태어났어."

"……?"

뭐냐? 자기 출생의 비밀부터 밝히려는 거야? 난 왜 요시아가 좋지 않은 소문을 일부러 만들고 있는지에 대해서 듣고 싶은…… 얼레? 잠깐, 지금 에스란이라고 했던가? 에스란이라면 극악 범죄자들이 옹기종기 모여 살고 있는 그 무법 지대잖아? 요시아가 거기서 태어났다고?!

"……!"

전혀 생각지도 못한 말이었기 때문에 나를 비롯하여 카이론과 아트로포스도 상당히 놀란 표정을 지었다. 요시아가 에스란에서 태어났다면, 그녀의 아버지와 어머니는 에스란에 살던 극악 범죄자라는 소리였다. 그런 우리들의 궁금증을 풀어주기 위해서인지 요시아는 출생부터 지금까지의 일을 알려주었다.

"내 아버지는 강간범이야. 물론 평범한 강간범은 아니고, 자신의 잘생긴 얼굴을 이용해서 높은 지위에 올라 있는 귀족의 아내를 범한 뒤에 많은 돈을 뜯어내는 자였어. 그리고 어머니는 돈 많은 귀족의 남자를 꾀어서 결혼한 뒤에 남편을 독살하고, 다른 귀족 남자와 결혼해서 많은 부를 축적해 나가고 있었지."

헐…… 친부모가 화려한 전적을 가지고 있군. 결국 요시아는 그 양친의 영향을 받아서 성격이 틀어졌다는 건가? 하지만 그 정도로 비뚤어진다면 정신이 약해빠진 여자라고밖에 할 수 없는……!

"어느 날, 아버지는 어머니를 납치해서 에스란으로 끌고 왔어. 그때 아버지는 이미 에스란에서 높은 지위에 앉아 있었지. 실력보다는 순전히 돈이 많아서 그런 거지만. 어쨌든 어머니를 잡아온 아버지는 날마다 어머니를 겁탈했지. 그리고 마침내 어머니를 강제로 임신시키고 아기를 낳게 했어. 그렇게 해서 태어난 게 나야."

헐헐…… 약간 좋지 않은 환경에서 요시아가 태어난 거군. 근데 좀 이상한걸? 요시아의 아버지는 어째서 요시아의 어머니를 강제 임신시킨 거지? 보통 그런 자일수록 아기가 생기는 걸 귀찮게 생각하지 않나?

"후후…… 넌 아버지가 무슨 생각으로 어머니를 임신시킨 줄 알아?"

요시아는 내 얼굴을 똑바로 쳐다보더니 그렇게 물었다. 마침 나도 그 점이 궁금했기 때문에 내가 생각했던 것을 한번 주절대어 보았다.

"태어난 아기를 인질로 해서 네 어머니에게 많은 돈을 뜯어내려고 했던 거 아니야? 아니면 네 어머니가 가지고 있었던 뭔가 귀중한 물건을 달라고 요구하던가."

"후후, 정말 생각하는 게 너무 착해. 아니, 정상적인 생각을 한다고 할까?"

"……?"

난 내 생각이 어느 정도 맞을 거라 생각했지만 요시아는 완전히 틀렸다는 표정을 지었다. 하지만 나로서는 그 이외의 정답은 생각할 수 없었기 때문에 당장 답을 말하라는 표정으로 요시아를 노려보았다. 요시아는 그런 날 쳐다보며 실실 쪼갰다.

"이드, 넌 아버지가 원했던 게 뭔 줄 알아?"

"그걸 내가 어떻게 아냐?"

"후후, 하긴… 알 리가 없겠지."

그렇게 말하는 요시아의 얼굴에 알 수 없는 그늘이 졌다. 비록 입은 웃고 있었으나 그녀의 눈빛은 꺼져들고 있었다. 마치 다시는 꺼내기 싫은 기억을 끄집어내야 하는 괴로움을 느끼는 것처럼 초점없이 흐려진 눈빛으로 요시아는 정답을 말했다.

"아버지가 원했던 것…… 그건 자신의 친딸을 겁탈하는 것이었어."

"……?"

요시아의 말이 완전히 우리들의 예상에서 벗어나는 것이었기 때문에 우리들은 쉽게 그 말을 알아듣지 못했다. 우리가 그렇게 멍청한 상태로 서 있자 요시아가 다시 한 번 정답을 자세히 알려주었다.

"아버지는 죽기 전에 자신의 친딸을 겁탈하고자 했던 거야. 그게 수많은 여자를 건드린 그자의 소망이었지. 아름다운 여자에게서 낳은 여자 아이라면 분명 예쁠 테니까 어머니를 선택해서 임신시킨 거야. 그리고 나서 태어난 아이를 잘 길렀지. 다행인지 불행인지 태어난 아이가 여자 아이라서 아버지는 그 여아를 열심히 길렀어. 남자 아이가 태어났다면 당장 죽이고 다른 여자를 잡아다 임신시켰겠지."

"……."

"어쨌든 여아는 아버지의 속셈을 모르고 그자를 아버지라 부르며 잘 컸어. 나중에 커서 결혼할 나이가 되면 아버지 같은 남자와 결혼해서 행복하게 살겠다는 소박한 꿈을 키우면서 말이야. 그렇게 시간은 흘렀고 마침내 여자 아이가 첫 월경을 했을 때 아버지는 그 아이를 겁탈해 버렸지. 그렇게 한 여자 아이의 소박한 꿈은 사라졌어."

"……."

"그 이후로 여자 아이는 에스란에 있는 짐승 같은 자들의 노리갯 감이 되었어. 하루하루가 죽고 싶을 정도로 괴로웠지. 그런데 문득 이런 생각이 들더라구. 자신을 이렇게 만든 자들에게 복수하면 어떨까 하고 말이야."

요시아가 초점없는 눈으로 말을 계속하는 동안 우리들은 아무 말도 하지 않았다. 아직 요시아의 얘기가 끝나지 않은 데다가 뭐라고 할 만한 말도 없었기 때문에 그녀의 얘기를 조용히 듣기만 했던 것이다.

"그렇게 생각한 후부터 그 여자 아이는 에스란에 있던 마법사 놈들에게 애교를 부려가면서 마법에 대한 지식을 배워 나갔어. 검술이나 검법 같은 건 힘이 약한 여자 아이에게는 적합하지 않았거든. 어쨌든 마법사 놈들에게 배운 마법을 여자 아이는 빠른 속도로 익혀나갔어. 그리고 여자 아이가 17살이 되었을 때, 그 아이는 마침내 자신을 겁탈했던 자들을 모두 죽이는 것에 성공했지. 물론 그 첫 살인 대상은 아버지였고."

"……."

"복수를 끝내고 그 소녀는 에스란을 빠져나와 방황했어. 아무것도 가진 게 없고 사회생활 같은 걸 전혀 몰랐던 소녀였기에 사악한 자들의 표적이 됐지. 친절을 가장한 남자들에게 또 당했던 거야. 그때부터 소녀는 악당이 되기로 마음먹었어. 이미 여자로서의 삶은 꿈꿀 수 없는 상황이었으니까 말이야."

"후으……."

난 나 혼자만이 간신히 알아들을 수 있을 정도로 작은 한숨을 내쉬었다 자꾸 나 자신이 그 소녀가 되어 소녀가 느꼈던 아픔을 느끼려 하고 있었기 때문이다. 하지만 난 가능하면 냉정한 입장에서 요시아의 말을 듣고 싶었다. 그렇기 때문에 난 한숨으로써 불필요한 감정이입을 배제했던 것이다.

"소녀는 악당처럼 사람을 죽였어. 자신에게 집적대는 자들이나 눈에 거슬리는 자들을 잔인하게 죽여 버렸지. 그랬더니 사람들이 소녀를 무서워하게 되더라구. 그런데 더 놀라운 건 사람들이 소녀의 과거를 전혀 신경 쓰지 않게 되었다라는 점이야. 모두들 지금의 소녀 행동에 관심을 기울일 뿐, 소녀의 출생이 어떻다든지 그런 거는 전혀 따지려들지 않았어. 어디로 튈지 모르는 내 행동이 중요하지, 내 출생 같은 건 전혀 중요하지 않게 생각한 거였지."

"⋯⋯."

"만약 그때 소녀가 평범한 삶을 살고자 했다면 사람들의 반응이 어땠을까? 후후, 뻔하지 뭐. 사람들은 좋은 일보다는 나쁜 일을 떠벌리기 좋아하니까 분명 소녀의 출생을 가지고 뭐라뭐라 했을 거야. 그렇게 되면 소녀가 많은 남자들에게 당했다는 것도 자연히 밝혀지겠지. 그때부터 사람들은 소녀를 불쌍하게 여길 거야. 그런 일을 당하고도 착하게 사는 소녀가 대단하다면서. 하지만 한편으로는 소녀를 경계하겠지. 자신의 아들들이 그 소녀와 가까이 지내는 건 바라지 않을 테니까. 많고 많은 여자 중에 굳이 더럽혀진 여자와 연관을 맺길 원하는 남자나 부모들은 없거든."

"⋯⋯."

"뭐, 그런저런 이유로 소녀는 지금까지 나쁜 짓을 하며 살고 있는 거야. 길고 지루한 얘기였는데 끝까지 들어줘서 몸둘 바를 모르겠어."

그 말을 끝으로 요시아는 더 이상의 이야기를 하지 않았다. 그래서 지금까지 냉정한 입장에서 그녀의 얘기를 들었던 나는 요시아가 말을 끝내자마자 바로 질문을 날렸다.

"근데 그거하고 보석 모으는 거하고 무슨 상관이야?"

"⋯⋯."

내 질문에 요시아는 내 얼굴을 쳐다보았다. 그리고는 내 표정을 찬찬히 뜯어보았다. 난 모든 감정을 배제한 채 정말 궁금한 표정을 지었다. 쓸데없이 동정심 들어 있는 표정을 했다가는 자존심 강한 요시아가 대답해 주지 않을 게 뻔했기 때문이다.

"훗."

내 표정에 일말의 동정도 들어 있지 않았기 때문인지 요시아는 마음에 든 듯한 웃음소리를 내었다. 그리고 나서 말을 이었다.

"그렇게 상관이 없을지도 모르겠구나. 하지만 난 꽃보다는 보석이 좋아. 꽃은 한 번 꺾이면 되살릴 수가 없지만 보석은 금이 가더라도 그 본래의 빛을 잃어버리지 않으니까. 결점이 있어도 아름답게 보이는 보석이 좋아서 모으기 시작한 것뿐이야."

흐음…… 보석에 금이 가면 별로 예쁘지 않던데… 뭐, 하여튼 요시아는 보석에 대해서 그런 생각들을 가지고 있으니까 내가 뭐라뭐라 할 수는 없지. 단지 잘못된 점을 알려주는 수밖에.

"보석을 모으는 건 네 취미지만, 그것 때문에 다른 사람에게 피해를 주어서는 안 돼. 전쟁이 일어나면 수많은 사람들이 죽게 된다고. 과거에 네가 어떻게 살았는지는 전혀 중요하지 않아. 중요한 건 지금 전쟁 구실 만들기에 참여한 네가 나쁘다는 거지. 따라서 우린 네가 원하는 대로는 절대 해주지 않을 거다."

난 아주 확고한 표정으로 요시아에게 그렇게 못박았다. 요시아의 과거에 대해서는 나 역시 동정하고 있긴 했으나, 그렇다고 나쁜 짓 하는 것까지 용서할 수는 없는 것이다. 그런 내 의지를 읽은 요시아는 킥킥 하고 웃더니 이내 입을 열었다.

"미안하지만 난 보석을 모을 거야. 왜냐면 보석 수집이 내 유일한 삶의 목적이니까!"

화르륵─

요시아의 외침이 끝나자마자 요시아의 머리 위에 거대한 불의 공이 생겼다. 그리고 곧 이어 그 불의 공은 우리들에게로 날아왔다. 요시아가 파이어 볼을 만들어 우리에게 던진 것이었다.

콰앙—!

내 뒤에 카이론과 아트로포스가 있었기 때문에 난 파이어 볼을 피하지 않고 방어벽을 쳐서 파이어 볼을 막아내었다. 그때 파이어 볼의 폭발 후에 일어난 연기 사이로 요시아가 숲 속으로 들어가는 모습이 보였다. 지금 이 파이어 볼 공격은 날 죽이려는 목적으로 쓴 것이 아니라 도망치기 위해 사용했던 것이었다. 중용자인 날 이길 수 없다는 것을 그녀는 너무나 잘 알고 있었던 것이다.

휘익—

난 요시아가 사라졌던 방향으로 즉시 날아올랐다. 그리고 나서 열 추적을 시작했다. 숲 전체를 적외선으로 스캔하고 스캔한 정보를 끈을 이용해 시각화시켜 내 두뇌로 보내는 것이었다. 끈을 사용하지 않는다면 절대로 불가능한 일이었다.

흐음…… 저기 인간 형태의 뻘건 물체가 움직이고 있군. 그 주위에 보이는 작고 빨간 형태들은 동물일 게 뻔하고. 숲을 통틀어 인간 형태의 물체는 저거밖에 없으니까 저 물체가 요시아다!

파앗—!

요시아의 위치를 파악한 난 빠른 속도로 하강했다. 물론 그사이에도 계속해서 열 추적을 하고 있었기 때문에 도망치고 있는 요시아의 뒤를 정확히 따라갈 수 있었다. 그렇게 약간의 시간이 지난 후, 난 요시아의 앞을 가로막아 섰다. 그러나 요시아는 절대 검을 내줄 수 없다는 표정을 짓더니 예고도 하지 않고 나에게 공격을 퍼부었다.

"파이어 애로우Fire Arrow!"

피피핑—

콰콰쾅!

다섯 발의 파이어 애로우가 내 쪽으로 날아왔고, 난 바람의 장벽으로 그것을 막았다. 하지만 다섯 발의 불화살 중에서 두 발은 일부러 날 빗겨 나가 주변의 나무를 맞추었다. 그에 따라 자연히 나무에 불이 붙었고, 주변은 온통 나무이기 때문에 그 불은 여차하면 다른 나무에도 번지려 하고 있었다.

흘…… 일부러 나무를 맞춰서 불을 질렀군. 내가 숲에 불이 나지 않도록 불을 끄려 하는 사이에 도망치려는 수작이겠지. 뭐, 요시아의 바램대로 숲의 불은 끌 생각이지만, 그렇다고 요시아를 놓치는 멍청한 짓은 하지 않아.

"포스 프레셔Force Pressure 오버Over."

"아악!"

난 우선 요시아가 도망치지 못하도록 그녀를 역압 마법으로 묶어 두었다. 그리고 나서 막 활활 불타오르고 있는 나무 주변에 진공의 막을 둘러쳤다. 그러자 나무를 태우려고 활발히 일어났던 불은 금방 꺼져 버렸다. 아무리 탈 게 있다 하더라도 산소가 없는 이상 물체의 연소는 불가능하기 때문이다.

"요시아, 왜 아무 죄 없는 숲을 불태우려고 그래? 이 많은 나무들이 불에 타 없어지면 경제적으로 엄청난 손실이라고."

"시끄러! 포스 프레셔 언더Under!"

내 역압 마법으로부터 빠져나오기 위해 요시아도 역압 마법을 사용했다. 하지만 그 마법의 수준이 현격한 차이를 보이고 있었기 때문에 요시아는 내 역압 마법에서 탈출할 수 없었다. 오직 소리 지르는 것만이 그녀가 할 수 있는 유일한 것이었다.

"놔! 놔달란 말이야! 난 보석을 모아야 한다고! 보석이 아니면 내가 살아갈 의미가 없어!"

흠…… 보석이 아니면 살아갈 의미가 없다니, 말이 너무 쉽게 나오는 거 아닌가?

"보석이 아니더라도 얼마든지 살 이유는 있잖아?"

난 요시아의 마음을 돌려보려고 그렇게 말했다. 하지만 그 말을 들은 요시아는 오히려 화를 냈다.

"후후, 살아갈 이유가 얼마든지 있다고? 그래, 있으면 말해 봐. 지금의 나에게 살아갈 만한 이유가 될 것이 있는지 없는지 말해 보라고!"

"……."

이런, 막상 살아갈 이유를 말해 보라니까 할 말이 없어……. 좋은 남자 만나서 결혼하는 것이라고 말했다가는 죽도록 맞겠지? 그리고 보니까 나 자신조차도 살아갈 만한 이유가 없이 그냥 되는대로 살고 있잖아? 도대체 난 왜 살고 있는 거지? 죽기 싫어서? 단지 그것 때문에?

"후후, 할 말이 없지? 이미 망가질 대로 망가진 여자에게 살아갈 만한 이유 같은 게 있을 리 없다고. 그래서 난 보석을 모으는 거야. 아름답게 빛을 내는 보석을 보고 있으면 모든 걸 잊을 수 있거든. 그 아름다움에 매료돼서 내가 누구인지, 뭘 하는지, 왜 사는지 같은 걸 모두 잊을 수 있으니까 말이야!"

요시아는 웃고 있었다. 그러나 그 얼굴은 절망에 휩싸여 있었다. 보석을 모으는 것으로 삶의 의미를 찾을 수밖에 없는 자기 자신을 경멸하고 있는 것이다. 그리고 그 하나뿐인 의미조차 방해하려는 날 용서하지 않겠다는 뜻도 담겨 있었다.

"파이어… 볼……!"

위에서 짓누르는 공기 압력에도 불구하고 요시아는 자신의 머리 위에 지름 1미터 가량의 거대한 파이어 볼을 만들어내었다. 그러한 요시아의 정신력은 실로 높이 살 만한 것이었다. 하지만 그렇다고 저 커다란 파이어 볼을 그냥 방치했다가는 이 숲에 큰불이 발생할 가능성이 있었기 때문에 난 요시아에게 제재를 가해야 했다.

"크윽!"

역압 마법의 힘을 가중시키자 요시아는 탁한 신음을 내지르며 그 자리에 무릎을 꿇었다. 아무리 강한 정신력을 가지고 있더라도 성물의 힘을 사용하고 있는 중용자의 정신력에는 당할 수가 없었던 것이다.

"흐윽……!"

나에게 이길 수 없어서 그런 것인지 이제 어렵게 얻은 검을 빼앗기게 되어서 그런 것인지는 알 수 없었으나, 요시아는 입술을 깨물며 눈물을 흘렸다. 그녀의 머리 위에 있던 파이어 볼은 역압 마법을 가중시키자마자 사라져 버린 뒤였다. 그렇게 모든 위험이 사라졌음을 확인한 나는 요시아에게 다가가 말을 걸었다.

"사람은 꼭 무슨 삶의 의미가 있어야만 살아가는 존재는 아니야."

"……."

"사람들을 잘 살펴보면 삶의 목적 없이 사는 사람들이 많아. 그런데도 그들은 살아가고 있어. 무엇인가 이룰 목적이 없는데도 살고 있지."

"……."

요시아는 여전히 뺨에 눈물을 굴리며 내 말을 들은 척 만 척하고 있었지만 실제로는 내 말에 주의를 기울이고 있었다. 그것은 그녀의 울음소리가 들릴랑 말랑하게 작아진 사실이 그 증거였다.

"나 역시 중용자가 되기 전에 다른 세계에서 살고 있을 때에는 특별한 목적 없이 그냥 살고 있었어. 그래서인지 내가 왜 살고 있는가 하는 것도 생각해 보긴 했지만 그래도 계속 살았지. 죽는 게 무서워서 그런 건 아니었어. 죽음에 이르는 고통이 두려웠지, 죽음 자체는 전혀 무섭지 않았으니까. 그런데도 내가 계속 살아왔던 이유는……."

"……."

내 얘기를 전혀 듣지 않는 척하던 요시아가 고개를 들고 내 얼굴을 쳐다보았다. 내 말에서 자신에게 맞는 어떤 대답을 원하고 있었던 것이다. 난 그런 요시아에게 어디선가 들어본 적이 있는, 아니, 누가 했던 말인지, 아니면 나 스스로 생각해 낸 말인지조차 모를 문장을 얘기해 주었다.

"살다 보면 뭔가 좋은 일이 있을지 모른다는 희망 때문이야. 아니, 꼭 좋은 일이 아니더라도 지금과는 다른 일을 겪을지도 모르니까 살아가는 거지. 좋은 일이든 나쁜 일이든, 자신과는 아무 상관 없는 일이든지 간에 뭔가 변화가 있는 삶을 인간은 바라니까 말이야. 말하자면 얘깃거리가 생기는 걸 바란다고나 할까?"

"얘깃거리……?"

"사람에게는 이야기할 수 있는 능력이 있어. 그리고 사람은 그 이야기할 수 있는 능력으로 자신이 직접 할 수 없는 것을 하게 돼. 예를 들어 마음에 안 드는 녀석의 험담을 하거나 사치스런 생활을 하는 귀족들을 헐뜯는 게 그거지. 한마디로 이야기는 사람에게 대리 만족을 준다고 할 수 있어."

"대리 만족……."

흠…… 요시아가 내 얘기를 아주 잘 듣고 있군. 그나저나 이야기에 관한 내용은 고등학교 국어 시간에 배운 듯한데…… 뭐, 어쨌든 배운 건 써먹어야지 써먹지도 않고 묵혀두면 무슨 소용 있냐.

"그래서 사람은 항상 얘깃거리를 만들려고 해. 좋은 얘기든 나쁜 얘기든 만들어서 말하고 싶어하지. 그게 자신이 살고 있다는 증거 중의 하나니까."

난 우선 거기까지 말하고 나서 한숨을 돌렸다. 말은 지금까지 대충 끌어왔지만 이제 그 얘깃거리란 것과 요시아의 삶의 의미를 잘 연결시켜야 했기 때문에 잠시 머리를 굴릴 시간이 필요했던 것이다.

"그러니까… 기왕에 얘깃거리를 남기려면 좋은 얘깃거리가 좋잖아? 악업을 쌓아서 후대에 길이길이 남을 나쁜 얘깃거리를 남기면 뭐 해? 살다 보면 좋은 얘깃거리가 될 만한 일이 생길지도 모르니까 너무 브석에만 연연하지 말라고."

"……."

흐으…… 얘기가 전혀 연관성이 없어 보여. 이래 가지고는 모처럼 머리를 굴려 말한 것이 모두 물거품으로 돌아가겠다!

"훗……."

내가 한 말에 나 자신이 절망하고 있을 때 요시아가 짧은 웃음을 토해내더니 나에게 질문을 던졌다. 어렵다면 어려운 질문이었다.

"만약 좋은 일이 일어날 가망성이 전혀 없다면 넌 어떻게 할 거지?"

헐헐. 나한테 그런 질문을 하다니 어리석기 짝이 없는 녀석이구만.

"좋은 일이 일어날 가망성이 전혀 없다? 그걸 어떻게 알아? 그런 걸 알 수 있을 정도면 점쟁이로 나가도 성공할 것 같은데?"

"……."

내 대답이 성의없게 들렸는지 요시아가 날 살벌하게 노려보았다. 그러나 난 여전히 같은 입장을 고수했다.

"사람이란 존재는 앞으로의 일을 한 치 앞도 내다볼 수 없어. 다른 사람들은 어떻게 생각할지 모르지만 적어도 난 그렇게 생각해. 앞으로 좋은 일이 일어날 리가 없다라고 단정지어 버리는 건 인간의 자만이겠지. 아니면 자기 자신이 스스로 좋은 일이 일어나지 않도록 하려는 짓이던가."

"······."

"살다 보면 어떤 일이 일어날지 알 수 없다고. 설령 수많은 나쁜 일이 일어나도 단 하나의 좋은 일이 생긴다면 그때까지의 나쁜 일을 모두 잊을 수 있는 게 사람이야. 그 단 하나의 좋은 일을 기다리면서 살아도 충분하지 않을까?"

"······."

난 더 이상 할 말이 없었기 때문에 그 말을 끝으로 입을 닫았다. 계속 쓸데없이 주절댔다가는 오히려 요시아의 기분만 상하게 할 것 같았기 때문이다. 그렇게 잠시 동안 나와 요시아 사이에는 침묵의 공기가 흘렀다. 그러다가 요시아가 먼저 그 침묵을 깨뜨리면서 입을 열었다.

"나에게도 좋은 일이 생길 거라 생각하는 거야?"

"아, 뭐… 생길 수도 있고 안 생길 수도 있고. 아까도 말했지만 난 미래의 일은 전혀 모르니까 그런 거 묻지 마라."

"그래?"

내 대답을 듣고 난 요시아가 미미하게 고개를 끄덕였다. 그리고 나서는 천천히 자리에서 일어나 내 얼굴을 똑바로 들여다보았다. 요시아라면 갑작스럽게 공격을 가할 가능성도 있었기 때문에 난 정령들에게 방어 준비를 갖추라고 일러두었다. 하지만 요시아는 나에게 공격을 가하는 대신 농담 비슷한 말을 던졌다.

"네가 내 일생을 책임져 주면 괜찮을 것 같은데?"

"……!"

허억?! 그런 무시무시한 말을 하다니! 난 아직 결혼도 안 한 몸이라고! 벌써 책임질 여자가 생기면 어쩌라는 거야? 내 앞길은 아직 구만 리처럼 창창하단 말이야!

"미안하지만, 난 로스도 부양해야 하기 때문에 바빠."

"로스? 아, 그 영인관 말이야? 그리고 보니 중용자와 영인관은 항상 사랑에 빠졌다는데… 너희들도 벌써 갈 데까지 간 사이?"

아트로포스의 얘기가 나오자마자 요시아는 나와 아트로포스의 관계를 물어왔다. 그러나 내가 뭐라고 대답하기도 전에 그 당사자가 나타났기 때문에 우리들의 얘기는 중단되어야만 했다. 기절한 골드 드래곤 옆에서 녀석을 간호해 주어야 하는 아트로포스와 카이론이 모습을 나타냈던 것이다.

"이런이런, 벌써 응원군이 나왔네. 중용자 하나 상대하는 것도 힘든데 응원군이 둘씩이나 왔으니 난 사라져야겠어."

아트로포스와 카이론이 나타나자 요시아는 그렇게 말하며 결코 주려고 하지 않았던 사일러드 국왕의 검을 나에게 던졌다. 그리고는 유유히 우리들 사이를 지나쳐 자신의 골드 드래곤이 쓰러져 있는 장소로 걸어가기 시작했다. 하지만 난 아직 요시아에게서 명확한 대답을 얻어내지 못했기 때문에 그녀를 불러 세웠다.

"요시아! 앞으로 뭘 하면서 지낼 거지?"

"왜? 알아서 뭐 하게? 나 책임지려고?"

[엇! 아트로포스의 표정이……!]

"또 보석을 모을 생각인 거냐?"

요시아의 말을 듣고 나서 실버럭서스가 뭐라고 말하려던 것 같았지만 난 요시아에게서 대답을 들어야만 했기 때문에 그의 말에는 신경 쓰지 않고 요시아를 다그쳤다. 그러자 요시아는 귀찮다는 표정을 지으며 대답했다.

"보석을 모으는 건 내 맘이야. 여자 일에 너무 깊숙이 개입하려는 건 좋지 않아."

"그게 아니라 일부러 좋은 일이 생길 기회를 스스로 없애 버리지 말라는 거다."

"기회를 없애든 말든 그것도 내 자유. 그럼 잘 있어라~"

내 말을 들은 척 만 척하며 요시아는 유유히 숲 속으로 모습을 감추었다. 비록 그녀가 앞으로 문제 일으키지 않고 얌전하게 살아갈 것인지는 알 수 없었지만, 적어도 이번에 순순히 사일러드 국왕의 검을 건네준 것으로 봐서 그녀의 마음이 약간 변했다는 것을 확인할 수 있었다.

[너한테 죽고 싶지 않아서 검을 내준 거 아니냐?]

헉…… 그런가? 이런, 그럴지도 모르겠군! 그럼 내가 입에 침을 튀기며 했던 설득이 전혀 소용없었다는 소리인가?!

"저기… 도대체 요시아와 무슨 얘기를 했던 거죠?"

요시아가 숲 속으로 모습을 감춘 뒤에 아트로포스가 나에게 바로 물음을 던져 왔다. 있는 사실을 그대로 얘기하려면 요시아에게 했던 말을 또 해야 했기 때문에 난 그냥 간단하게 요점만 대답했다.

"요시아에게서 검을 되돌려 받았어."

"그게 아니라, 무슨 얘기를 했길래 책임 운운하는 말이……!"

"아, 별거 아니니까 신경 쓰지 마."

"그래도……!"

가능하면 설명하지 않으려는 나와 어떻게든 설명을 들어야겠다는 아트로포스의 생각이 서로 충돌하여 맹렬한 불꽃을 튀기고 있었다.

그때 우리들 옆에서 얌전히 서 있던 카이론이 그 불꽃을 맞으며 입을 열었다.

"정말 그 검이 확실한 건가? 어서 확인해 보게. 가짜하고 맞바꿨을 수도 있을 테니까."

"……!"

그렇군! 정말 그럴지도 모르겠는걸. 당장 확인을……!

스르렁—

"음……."

검집에서 검을 뽑은 후 난 차근히 관찰했다. 몇 번을 자세히 관찰한 끝에 내가 얻은 결론은 이 검이 틀림없는 사일러드 국왕의 검이라는 것이었다. 사일러드 국왕이 보여주었던 검의 모습이 이 검과 일치했기 때문이다.

"제가 보기에는 진짜인 것 같은데요?"

"흠, 그런 것 같군."

내가 검을 관찰할 때 같이 검을 살펴보던 카이론이 나와 같은 결론에 도달했다. 그래서 난 사일러드 국왕의 부탁을 무사히 완수했다는 사실을 확인하게 되었다. 이제 사일러드로 돌아가서 국왕에게 돈을 달라고 하면 모든 게 해결되는 것이다.

흠…… 그러고 보니까 지금까지 나와 아트로포스, 그리고 카이론이 요시아 때문에 고생하는 동안 말을 지키고 있는 트레이와 오브는 편하게 놀고 있었겠군. 내가 그 둘에게 말을 지키라고 했던 거지만 왠지 손해본 느낌…….

끼이닥—!

그때 우리에게서 조금 떨어진 위치로부터 괴이한 울음소리가 들려왔다. 그 울음소리는 요시아가 타고 다니는 골드 드래곤이 내는 것이었다. 그리고 잠시 후, 그것을 증명이라도 하듯이 어두워진 하늘 위로 골드 드래곤이 날아올랐다. 달빛을 받으며 황금색 가루를 떨어뜨리는 듯한 모습이 왠지 전과는 달라 보였다. 약간이나마 진실된 희망이 보이는 듯한 그런 모습이었던 것이다.

[진실된 희망은 무슨 얼어죽을! 그냥 달빛 때문에 골드 드래곤이 예쁘게 보인 것뿐이잖아! 아무것도 아닌 걸 가지고 감상에 젖지 말란 말이야!]

그래, 쓸데없이 감상에 빠져서 무지하게 미안하다.

"이제 일도 모두 끝냈으니까 어서 돌아가자!"

요시아의 골드 드래곤이 어두운 허공에서 완전히 모습을 감추자 카이론은 한결 가벼워진 표정으로 우리들에게 소리쳤다. 그래서 우리는 말을 지키고 있는 트레이와 오브 쪽으로 발걸음을 옮겼다. 요시아 때문에 지금 우리가 어디쯤에 있는지 정확히는 알 수 없었지만 정령들이 길을 잘 찾아주어서 말이 있는 곳까지 가는 데 별 문제는 없었다.

똑똑―

내가 막 잠자리에 들려고 했을 때 누군가 방문을 두드렸다. 사일러드 국에 가려면 며칠 정도 걸리기 때문에 우리들은 모두 여관에 묵고 있는 상태였다. 그리고 여행 경비는 며칠 정도라면 충분하기 때문에 지금은 각자 방을 따로 쓰고 있었다.

"로스예요. 들어가도 돼요?"

얼레? 이 시간에 아트로포스가 웬일이지?

"어, 들어와."

문밖에서 아트로포스의 목소리가 들려왔기 때문에 난 침대에서 몸을 일으키며 입을 열었다. 그러자 잠시 후 조용히 문이 열리며 약간 상기된 얼굴의 아트로포스가 방 안으로 들어왔다.

"미안해요, 이런 늦은 시각에 찾아와서……."

"아니, 뭐……."

흠…… 지금 밤 10시밖에 안 됐는데 늦은 시각인가? 내 원래 세계였다면 지금 시각에 열심히 PC통신이나 인터넷을 하고 있었을걸? 이런, 그런 생각을 하니까 갑자기 컴퓨터를 하고 싶다는 충동이 든다. 게임도 하고 싶어…… 우어억……!

"묻고 싶은 게 있어서 왔어요."

내가 신나게 옛날 생각에 젖어 있었기 때문에 아트로포스는 침대 가장자리에 걸터앉아 이 시각에 찾아온 용건을 간략히 말했다. 방 한 가운데에 테이블이 있긴 했지만 이미 아트로포스가 침대에 걸터앉은 관계로 나도 그냥 침대에 앉은 채 그 묻고 싶은 것이라는 것을 물었다.

"뭔디?"

"요시아… 아니, 요시아 씨에 관한 거예요."

처음엔 그냥 요시아라고 부르려던 아트로포스는 급히 요시아에게 '씨'자를 붙여 말했다. 요시아가 내게 얌전히 사일러드 국왕의 검을 넘겨주고 사라졌기 때문에 그만큼 대우를 해주어야겠다는 생각을 한 모양이었다. 어쨌든 서론에 요시아를 들먹인 아트로포스는 이내 본론을 말하기 시작했다.

"요시아 씨가 검을 가지고 도망친 후 어떤 얘기를 했나요?"

"……."

흠…… 얘기하기 귀찮은 걸 질문하는군. 하지만 그렇다고 얘기 안 해주면 아트로포스가 무지하게 삐칠 것 같은 느낌이 들어……. 어쩔 수 없이 간략하게 얘기해줘야겠다.

"별거 아닌데…… 그냥 남에게 피해주면서 보석 모으지 말고 착하게 살라고 했어."

[그게 아니잖아. 별 이상한 얘기로 요시아의 머리 속을 헝클어뜨려서 정상적인 사고를 하지 못하게 만든 후에 착하게 살아라라고 하지 않았냐?]

뭐가 이상한 얘기고 뭐가 정상적인 사고를 하지 못하게 만들었다야? 침대 구석에 박혀 있으면 얌전히 잠이나 잘 것이지 왜 남의 말에 간섭이냐고! 쓸데없는 진동 일으키지 말고 조용히 잠이나 자!

[나에게 잠은 죽음이다. 네놈이 여섯 번째의 성물을 얻을 때까지 난 널 괴롭혀서 네놈이 제대로 된 삶을 영위할 수 없도록 방해할 테다.]

"……!"

실버럭서스의 저주를 듣는 도중 난 문득 성물에 대해 까맣게 잊어먹고 있었음을 알게 되었다. 그래서 누가 훔쳐 가지 못하게 침대 위에 올려두었던 사일러드 국왕의 검을 집어 들고 그것을 아트로포스에게 보여주며 급히 물었다.

"로스! 이거 성물이야?"

"……."

그러나 아트로포스는 아무런 대답도 하지 않았다. 오히려 아직 자신의 질문이 다 끝나지 않았다는 날카로운 표정을 지으며 날 노려보았다. 그런 아트로포스의 살벌함에 난 잔뜩 쫄아서 이렇게 말해야 했다.

"하던 질문 계속해……."

"……."

내 갈에 아트로포스는 날 말없이 쳐다보았다. 그리고는 작게 한숨을 쉬었다. 뭔가 불만 가득한 한숨이었기 때문에 난 더욱 긴장하며 그녀의 말을 기다렸다. 하지만 아트로포스의 입에서 흘러나온 말은 내 예상 밖이었다.

"제가… 그렇게 상대하기 어려운가요?"

"……?"

얼라리? 그건 또 무슨 말이냐? 상대하기 어려워? 내가 언제 아트로포스하고 싸운 적이 있었던가? 내 기억엔 전혀 없었던 것 같던데……?

[끈을 다루더니 사고 수준이 어린애 이하로 떨어졌냐? 로스가 말한 의미를 정말 싸우는 거라고 생각하는 거야?]

물론 농담이지. 넌 설마 내가 진짜로 그렇게 생각한 줄 아냐? 그나저나 말이야, 왜 자꾸 남의 얘기에 끼어드는 거야? 검이면 검답게 아무 소리하지 말라고'

"역시… 어려운가 보군요……."

실버럭서스와 잡담하느라 대답을 못한 나를 보고 아트로포스는 어두운 표정을 지었다. 그래서 난 급히 아니라고 부정했다. 하지만 생각해 둔 말도 없어서 난 말만 더듬거렸다.

"그거 아니라… 그러니까…… 어려운 게 아니라……."

"후우……."

말을 계속 더듬는 날 보던 아트로포스가 나직이 한숨을 내쉬었다. 그 모습에 난 더욱 쫄아서 그냥 입을 다물었다. 계속 얘기했다가는 아트로포스의 화만 더욱 북돋울 것 같은 느낌이 들었던 것이다. 하지만 아트로포스는 여전히 내 예상을 벗어나는 말만 했다.

"트레이 씨나 카이론 씨 같은 분들에게는 자연스럽게 대하면서…

왜 저한테만 그러는 거예요? 이드님은 제가 화낼까 봐 너무 겁을 내고 있는 것처럼 보인단 말이에요. 왜 다른 사람들처럼 자연스럽게 대하지를 못하는 거죠?"

흠…… 그거야 아트로포스의 화난 얼굴은 보기 싫으니까 그렇지. 트레이나 카이론이야 분노의 표정을 짓든 말든 상관없지만, 아트로포스가 화를 내면 괜히 두려워진단 말이야. 아트로포스에게 가장 잘 어울리는 얼굴은 웃는 얼굴이니까.

"뭐……."

생각은 그렇게 했지만 그걸 말로 나타낼 수는 없어서 난 그냥 대답을 어설프게 얼버무렸다. 그러자 아트로포스가 거의 부탁하는 듯한 얼굴로 말을 했다.

"다른 사람들처럼 절 편하게 대하세요. 이드님이 자꾸 절 피하시면 사이만 어색해진단 말이에요. 알았죠?"

"어……."

"건성으로 대답하지 말고 확실히 대답해 주세요!"

"아, 그렇게 할게."

아트로포스가 날 다그치는 바람에 난 거의 반강제적으로 대답을 했다. 그러나 기분은 이상하게도 나쁘지 않았다. 오히려 나에게 대답을 강요하는 아트로포스의 모습이 귀엽게 느껴졌을 뿐이다.

[임마! 로스한테 성물이 뭔지 안 물어보나?]

아, 그렇군! 아트로포스가 하도 공격적으로 나와서 잊어먹고 있었어!

"그런데 로스, 이 검은 성물이 아닌 거야?"

"……."

난 아트로포스가 화를 내든 말든 그렇게 물었다. 아까 아트로포스

34

스스로 자연스럽게 자신을 대하라고 했기 때문에 난 자연스럽게 그런 질문을 던진 것이었다. 아트로포스 역시 내 태도가 방금 전과는 다르다는 것을 느낀 것인지 약간 풀어진 표정을 지었다. 하지만 결코 내가 원하는 대답은 하지 않았다.

"한 가지만 물을게요."

흠…… 제발 어려운 질문은 하지 마라……!

"그 검을 돌려받는 대신 요시아 씨에게 뭔가 해준다는…… 뭐, 그런 이상한 협상 같은 건 하지 않았죠?"

나원. 또 요시아에 대한 얘기냐?

"어차피 힘으로 뺏으면 간단한데 협상 같은 걸 왜 해. 단지 쓸데없이 사람을 죽이고 싶지 않아서 설득으로 요시아의 마음을 돌렸던 거야."

"그렇군요."

내 설명이 자세하지 않았는데도 아트로포스는 더 이상 어떤 말로 요시아를 설득했는지에 대해 묻지 않았다. 대답하는 내 자세가 성의 있게 보인 모양이다. 어쨌든 그렇게 질문을 끝낸 아트로포스는 사일러드 국왕의 검이 성물인지 아닌지를 알려주었다.

"그 검은 성물이 아니에요."

"그래?"

아트로포스의 대답이 완벽하게 확정적이었기 때문에 난 속으로 나직이 한숨을 내쉬어야 했다. 하지만 한편으로는 안도감이 들었다. 만약 이 검이 성물이라면 사일러드 국왕에게 검을 돌려줄 수 없게 되기 때문이었다.

"그럼 성물은 어느 쪽에 있어? 여기서 가까워?"

사일러드 국왕의 검이 성물이 아니라는 것을 알았기 때문에 난 그

35

검을 침대 위에 아무렇게나 내팽개친 다음 아트로포스에게 성물에 대해서 물어보았다. 그러자 아트로포스는 품속에서 한 쌍의 장갑을 꺼내어 나에게 건네주었다. 색깔은 짙은 갈색이었고 손가락 장갑이었는데, 재질이 무엇으로 이루어진 것인지 궁금할 정도로 매우 얇았다. 그런데도 장갑의 탄력이나 강도는 아주 우수했다.

"이 장갑은 뭐야? 나 주려고 산 거야?"

"물론 이드님 드리려는 거예요. 단지 제가 산 것은 아니죠. 그 장갑이 바로 여섯 번째 성물이니까요."

"그래?"

아트로포스의 말이 상당히 자연스러웠기 때문에 난 그녀가 무슨 말을 했는지 처음엔 별로 신경 쓰지 않았다. 하지만 잠시 후 여섯 번째 성물이란 말이 머리 속에 맴돌게 되었을 때 난 크게 놀라고 말았다.

"이 장갑이 성물?!"

"네."

"어디서 찾았어?"

"에스란에서요. 사일러드 국왕의 검이 숨겨져 있던 곳에 같이 있더라구요. 그래서 국왕의 검보다 이 장갑을 먼저 챙겼는데 갑자기 요시아 씨가 저를 인질로 삼아버렸죠."

요시아에게 인질이 되었을 때가 생각난 듯이 아트로포스는 잠시 고개를 설레설레 저었다. 하지만 난 그것보다는 무법 지대 에스란에 여섯 번째 성물이 있었다는 사실이 더 신기했다. 본래 내가 강자 선발 대회에 참가한 것은 여행 경비를 벌기 위해서였고, 사일러드 국왕이 에스란에서 검을 가져오란 명령을 내릴 줄은 전혀 몰랐다. 그런데 검을 찾기 위해 간 곳에 성물이 있었다는 기막힌 행운에 놀라움을 금할 수 없었던 것이다.

흘…… 이건 완전히 영계 쪽에서 시나리오를 다 짜서 내 행동을 지시하는 것 같잖아? 정말 기분이 안 좋아. 빨리 영계로 날아가서 영계를 부수고 싶다는 충동이 드는군.

[쓸데없는 감상에 빠지지 말고 빨리 성물의 힘을 흡수해라. 그래야 내가 더 이상 너와 무익한 잡담을 하지 않게 되니까 말이야.]

아…… 그렇군. 내가 여섯 번째 성물의 힘을 흡수하게 되면 실버럭서스는 잠에 빠져서 평범한 보통 검이 되는구나. 왠지 친구를 잃는 것 같아서 섭한걸?

[웃기지 마. 속으로 웃고 있는 거 모를 줄 아나?]

"어서 장갑을 껴서 성물의 힘을 흡수하도록 하세요."

아트로포스는 내가 장갑을 들고 가만히 있자 그렇게 말하며 날 재촉했다. 나 역시 성물의 힘을 흡수해야 한다는 것을 알고 있기 때문에 그녀의 말대로 장갑을 손에 꼈다. 그리고 그보다 먼저 실버럭서스에게 작별 인사를 했다.

쩝! 너하고는 맨날 싸우기만 했지만 도움도 받았으니까 작별 인사 정도는 해야겠지. 그동안 고마웠다.

[작별 인사에 진심이 담겨 있지 않잖아. 뭐, 너 같은 녀석에게 진심 어린 작별 인사를 기대한다는 것 자체가 무리겠지만.]

헐헐, 잘 아는구나. 만약 내가 영계를 박살내지 못한다면 넌 또 다른 중궁자하고 같이 다니게 되겠지? 그때는 중용자를 놀리지 말기 바란다

[후후, 900년 동안 살아온 내 안목으로 단언하건대 네놈은 충분히 중용의 법칙을 달성한다. 그리고 영계도 충분히 박살낸다. 만약 아니라면 내 몸이 녹슬 거다.]

"……!"

실버럭서스와 작별 인사를 하면서 장갑을 손에 끼자 장갑이 내 손에 스며들기 시작했다. 바로 장갑에 깃든 성물의 힘이 내 몸에 흡수되고 있는 것이었다. 그래서 난 급히 실버럭서스에게 진정한 작별 인사를 했다.

하하, 네 녀석이 없으면 조금 쓸쓸할지도 모르겠다. 어쨌든 다음에 다시 깨어날 때까지 몸 조심히 있어라.

[네놈도 무사히 네 세계로 돌아가길 바란다…….]

실버럭서스의 말소리는 점차 작아지다가 마침내 아예 들리지 않게 되었다. 그리고 그와 동시에 장갑 속에 깃들어 있던 성물의 힘이 모두 나에게 흡수되었다. 이것으로 아트로포스가 느낄 수 있는 성물은 모두 찾은 셈이다. 이제 남은 건 성물의 수수께끼라는 것을 풀어 마지막 7번째 성물을 손에 넣는 것이었다.

"……."

후우…… 앞으로 실버럭서스의 시끄러운 진동 소리를 듣지 못한다라고 생각하니까 섭섭하군. 녀석에게 제대로 된 작별 인사도 못한 것이 아쉽구나…….

"성물의 힘은 모두 흡수했나요?"

내가 침대 구석에 놓여져 있는 실버럭서스를 바라보고 있자 아트로포스가 약간 걱정스러운 표정으로 물음을 던졌다. 그래서 난 웃으면서 대답해 주었다.

"모두 흡수했어. 이제 성물의 수수께끼를 풀어서 마지막 성물을 얻기만 하면 돼."

"그렇네요"

이제 자신의 할 일이 모두 끝났기 때문인지 아트로포스의 표정은 한결 밝아졌다. 물론 그 표정 이면에는 내가 성물의 수수께끼를 풀지 못할 경우 그녀의 생명이 사라지는 것에 대한 두려움이 깔려 있을 게 분명하지만, 적어도 지금은 밝은 표정을 짓고 있었다. 그런 아트로포스의 모습은 나에게 부담을 주기도 했지만, 반드시 성물의 수수께끼를 풀겠다는 의지를 굳건하게 해주었다.

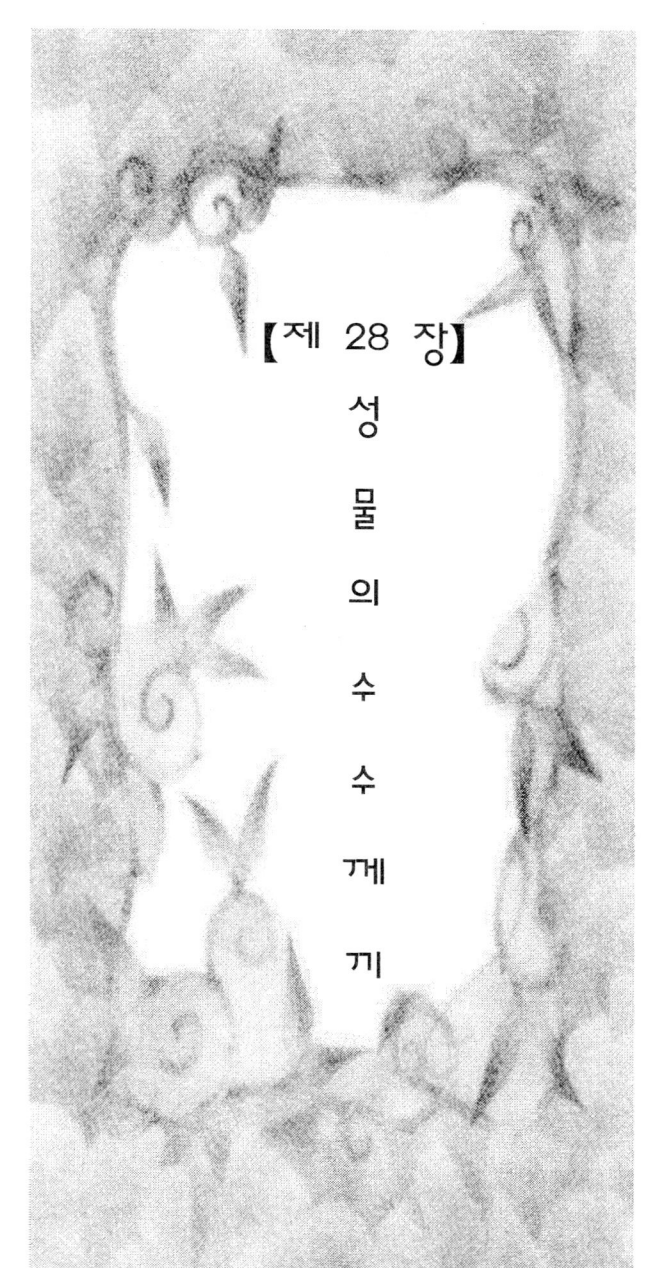

【제 28 장】

성
물
의
수
수
께
끼

　"그대들은 진정한 용사들이오!"

　자신의 손에 들린 검을 이리저리 살펴보고, 그 검이 진품임을 확인한 사일러드 국왕은 아주 만족한 웃음을 띠었다. 하지만 만약 우리들이 검을 되찾지 못하고 죽었을 때는 오히려 우리를 욕하면서 제3회 강자 선발 대회를 열었을 것이 분명했다. 어차피 사일러드 국왕에게 있어서 중요한 것은 검이지, 어디서 굴러왔는지도 모르는 대회 우승자들의 목숨이 아니었기 때문이다.

　"그런데 보석 사냥꾼 요시아는 어디로 갔는가?"

　"아, 그녀는 고향으로 돌아갔습니다. 정확한 이유는 모르겠습니다."

　"흠…… 그런가."

　지금 자리에 없는 요시아에 대해서 사일러드 국왕은 예의상 잠깐 질문을 던졌지만 모른다는 내 대답에 더 이상 묻진 않았다. 대신 트레이와 카이론이 기뻐할 만한 얘기를 해주었다.

"요시아가 없는 관계로 3등 상금도 그대들에게 하사할 생각이오. 나중에 요시아를 만나 상금을 주는 건 그대들의 자유이니, 난 상관하지 않겠소."

"감사합니다."

3등 상금도 준다는 말에 트레이는 벌어지려는 입을 간신히 추스르며 고개를 숙였다. 잠시 후 사일러드 국왕은 하녀들에게 명령해 우리들에게 상금을 하사했다. 물론 내가 우승 상금인 10만 사사드를 받았고 트레이가 5만 사사드, 카이론이 3만 사사드를 받았다.

"얼마든지 내 성에서 편히 지내도록 하시오. 만약 그대들만 좋다면 그대들에게 귀족의 지위를 주고 이곳에서 살도록 할 수도 있소."

헐…… 우리들이 강하다는 것을 알고 포섭해 보려는 회유책을 쓰는군. 트레이라면 몰라도 난 그런 자리에는 관심없어. 게다가 성물의 수수께끼를 풀어야 하는데 느긋하게 지낼 수도 없고 말이야.

"국왕 폐하, 전 그만 가보겠습니다."

"……?"

내가 갑자기 그런 말을 하자 사일러드 국왕을 비롯해서 트레이 일행까지 의아한 표정을 지었다. 그들 중에서 유일하게 표정이 바뀌지 않은 사람은 아트로포스뿐이었다. 어쨌든 난 사일러드 국왕에게 정중한 어조로 말했다.

"할 일이 있기 때문에 이곳에서 지낼 수 없음을 용서하십시오."

"그렇게 바쁜 일인가?"

"그렇습니다."

"그렇다면 어쩔 수 없군."

사일러드 국왕은 굉장히 아쉬운 표정을 지었다. 날 포섭해서 사일러드의 국력을 강하게 만들고자 하는 계획이 수포로 돌아갔기 때문이었다.

"국왕 폐하, 그럼 가보겠습니다."

국왕에게 하는 인사 같은 걸 내가 알 리 없었기 때문에 난 그런 식으로 대충 얼버무리고는 아트로포스와 함께 알현실을 빠져나왔다. 그때 트레이 일행도 같이 내 뒤를 따라나섰다. 어차피 국왕하고 오래 얘기할 것도 없기 때문에 일찍 쉬려고 알현실을 나온 것이었다.

"이드 정말 오늘 떠날 생각이냐?"

내가 하녀들의 안내를 받으며 궁전을 빠져나가려고 하자 트레이가 급히 날 불러 세웠다. 마침 난 트레이에게 줄 것도 있었기 때문에 걸음을 멈추고 트레이에게 다가가 실버럭서스를 건네주었다.

"이거 받으십시오."

"이거, 중용의 검 아니야? 근데 왜 이걸 나한테……?"

트레이는 실버럭서스를 내미는 날 보고 의아한 표정을 지었다. 내가 뭔가 음흉한 속셈에서 실버럭서스를 넘기는 것이라고 생각하는 모양이다. 그래서 난 실버럭서스를 트레이에게 주는 이유를 차근히 설명했다.

"지금 이 검은 저에게 성물의 힘을 모두 주고 나서 잠이 든 상태입니다. 한마디로 평범한 검이 된 거죠. 이런 검을 가지고 강한 적과 싸우다가는 검이 부러질지도 모르기 때문에 트레이 씨에게 맡기려는 겁니다."

"아… 그랬냐? 하하."

내 설명을 듣고 나서야 내 행동에 결코 음흉한 음모가 도사리고 있지 않다는 것을 깨달았는지 트레이는 어색한 웃음을 흘렸다. 어쨌든 난 트레이에게 실버럭서스를 건네주고 나서 그들과 작별 인사를 했다. 그때 오브 녀석이 아트로포스와 헤어지기 싫다고 떼를 썼지만,

그 누구도 어린애의 몸부림에는 신경 쓰지 않았다.

저벅저벅—

사박사박—

트레이 일행과 작별한 나와 아트로포스는 사일러드 궁전을 나와서 목적지도 없이 그냥 걷기만 했다. 이제 더 이상 아트로포스가 성물의 기운을 느끼지 못하기 때문에 어디로 가야 하는지를 정할 수가 없었던 것이다.

"이제부터 어떻게 해요?"

아트로포스는 무작정 걷기만 하는 날 보더니 걱정스럽다는 얼굴을 했다. 하지만 나도 마땅한 방법이 떠오르지 않았기 때문에 대답을 할 수가 없었다. 성물의 수수께끼를 풀어야 하긴 하는데 무슨 키워드가 떠오르는 것도 아니고, 아무런 힌트도 없으니 어디서부터 손을 대야 할지 갈피를 잡을 수가 없어서 나 스스로도 미쳐 버릴 것 같았다.

"우선 여관에 들어가서 쉬도록 하자."

"네……."

이대로는 아무것도 되지 않을 것 같아서 난 아트로포스와 함께 여관으로 들어갔다. 그리고 각각 방을 따로 잡은 뒤에 난 내 방으로 들어가 침대에 벌러덩 드러누웠다. 여섯 번째 성물을 얻으면 성물의 수수께끼를 풀 어떤 힌트가 떠오를 것이라 기대했는데 그게 전혀 아니라서 머리가 복잡해져 왔다.

흐으…… 설마 힌트도 주지 않고 성물의 수수께끼를 풀어야 하는 건 아니겠지? 제길, 도대체 힌트도 없는데 무슨 수로 수수께끼를 풀라는 거야? 영계 녀석들…… 지금 당장 쳐들어가서 박살내 버릴 테다!

"너무 초조해하지 마세요."

내가 침대에 누워 열만 내고 있자 실프가 바람을 일으켜 내 열을 식혀주면서 날 달랬다. 하지만 사라만다와 노움은 지금이 기회라는 듯이 날 놀리기 시작했다.

"너 같은 멍청이가 어떻게 힌트도 없이 문제를 풀겠냐? 그냥 일찌 감치 포기해라."

"그래, 넌 절대 성물의 수수께끼를 풀지 못한다니까. 만약 네가 성물의 수수께끼를 풀면 내 손에 진흙을 묻히겠다!"

크으…… 실버럭서스가 없어지니까 이제 사라만다와 노움이 날뛰려고 하는구만. 이것들을 내 몸 밖으로 끄집어내서 고문을 해?

똑똑—

"로스인데 들어가도 돼요?"

사라만다와 노움의 처리를 어떻게 할까 고민하던 중 문밖에서 아트로포스의 목소리가 들려왔다. 그래서 난 침대에서 몸을 일으키며 말했다.

"들어와."

끼이—

방문이 열리면서 아트로포스가 방 안으로 들어왔다. 그리고는 별 망설임 없이 침대 한쪽에 걸터앉았다. 난 여전히 침대 위에 앉아 있는 채였다. 나한테는 아트로포스에게 질문할 것이나 할 말이 없었기 때문에 그녀가 먼저 입을 열길 기다리는 수밖에 없었다.

"성물의 수수께끼를 풀 힌트 같은 게 떠오르지 않아요. 그건 이드 님도 마찬가지인가요?"

약간의 침묵 후, 아트로포스의 질문이 나에게 날아왔다. 그녀의 질문만 기다리고 있던 난 잠시 한숨을 쉬고 나서 대답했다.

"전혀 떠오르지 않아. 아무래도 이번 성물의 수수께끼는 힌트없이 풀어야 하나 봐."

"그런 것 같네요……."

아트로포스는 힘없이 중얼거렸다. 이제 더 이상 날 도울 방법이 없기 때문에 기분이 우울해진 것 같았다. 하지만 아트로포스가 우울한 표정을 지으면 내 머리 회전 속도는 더욱 느려지기 때문에 난 그녀를 달래야 했다.

"힌트가 없으면 힌트가 없는 대로 풀어야겠지. 그 문제는 내일 생각하기로 하고 오늘은 그만 쉬자. 정 안 되면 라케시스하고 클로토에게 연락을 하던가."

"네……."

내 말에 아트로포스는 힘없이 대답하며 힘없는 발걸음으로 내 방을 나섰다. 난 그런 아트로포스의 뒷모습을 말없이 쳐다볼 수밖에 없었다. 내가 성물의 수수께끼를 풀지 못하면 그녀의 힘을 흡수해서, 정확히 말하면 아트로포스를 죽여서 그 힘을 얻어야만 하기 때문이었다. 아트로포스의 생명 줄을 쥐고 있는 자가 바로 나라고 생각하니까 엄청난 부담감이 쌓였던 것이다.

쾅—!

내가 주먹으로 바위를 치자 바위가 터지듯이 박살나 버렸다. 여섯 번째 성물인 얇은 장갑이 어떤 능력을 가지고 있는지 확인하려고 사람들이 잘 다니지 않는 깊은 산속에 들어와 숲 속에 있던 가장 큰 바위를 주먹으로 쳤는데, 내 생각대로 바위가 내 힘을 견디지 못하고 파괴된 것이다.

헐헐, 역시 그 얇은 장갑에는 강력한 힘을 내는 능력이 깃들어 있었어. 얇은 장갑이 손에 흡수된 다음부터 손이 근질근질해서 얇은 장갑에는 힘을 증가시키는 능력이 있다라고 생각했는데 그게 정답이라니…… 난 왜 이렇게 천재일까?

"그게 천재냐? 확증도 없이 무작정 바위를 내려친 주제에!"

흠…… 사라만다, 소환주님이 자화자찬하고 있는데 중간에 끼어들지 마라. 잘못하면 널 차가운 물속에다 영원히 집어넣어 버릴 수도 있어. 어쨌든 난 내 할 일이나 할 테니까 참견하지 말도록.

"윈드 블레이드Wind Blade."

팍—

내가 만든 바람의 검날이 바위의 중간 부분을 완전히 수평으로 절단하자 약간 둔탁한 소리가 바위에서 흘러나왔다. 하지만 잘린 부분은 그대로 바위 위에 얹혀 있었다. 그래서 난 손으로 가볍게 그 잘린 부분을 밀었다. 바위 자체의 크기는 내 키만했고 맨 아래쪽의 둘레는 직경 3미터 정도 됐었지만 아까 주먹으로 박살냈기 때문에 크기는 절반으로 줄어 있었고, 이번에 그 절반 중의 절반을 윈드 블레이드로 잘라냈기 때문에 잘린 부분의 크기는 직경이 2미터밖에 되지 않았다.

쿵—!

잘린 부분을 바위 옆에 밀어버리고 나서 난 바람을 일으켜 잘린 바위 위에 남아 있는 돌 먼지를 제거했다. 그 다음에 완전 평면이 된 바위 위에 사지를 쭉 뻗고 벌러덩 드러누웠다. 이건 완벽한 자연 훼손이었지만, 높고 푸른 하늘을 보면서 성물의 수수께끼를 풀겠다는 내 원대한 계획을 위해서는 어쩔 수 없는 일이라고 나 스스로를 위안했다.

"와~ 정말 하늘이 푸르네요!"

내가 바위 위에 드러눕자 옆에서 내 하는 짓을 가만히 쳐다보기만 하던 아트로포스가 내 옆에 와서 앉더니 하늘을 쳐다보며 그렇게 말했다. 확실히 맑은 가을 하늘은 높고 푸르렀다. 계속 쳐다보고 있으면 자기도 모르게 자버릴 것 같은 평화롭고 기분 좋은 하늘이었다.

흘…… 어제는 불안한 표정을 지었으면서 오늘은 오히려 밝은 표정을 하고 있군. 하여간 여자 마음은 알 수가 없단 말이야. 그나저나 아름다운 자연 속에서 시간을 보내고 있으면 뭔가 성물의 수수께끼를 풀 수 있는 아이디어가 떠오를 거라 생각했는데, 그냥 하릴없이 시간만 보내는 것 같은 느낌이…….

"저기, 이드님, 만약……."

"……?"

푸른 하늘을 드러누워서 보고 있는 나에게 아트로포스가 말을 걸었다. 하지만 그런 아트로포스도 내 얼굴을 보지 않고, 바위 위에 앉은 상태에서 하늘을 쳐다보며 말하고 있었다. 아무래도 지금 하려는 말이 내 얼굴 보면서 할 만한 것은 아닌 듯했다.

"만약 이드님이 성물의 수수께끼를 풀지 못한다면… 이드님은 저의 힘을 모두 흡수할 건가요?"

"……."

흐으…… 대답하기 꽤나 어려운 질문이군. 가능하면 성물의 수수께끼를 풀고 싶긴 하지만 정말 내가 그걸 풀 수 있을런지…….

"성물의 수수께끼를 풀지 못한다면 아무래도 그래야겠지."

난 내가 생각하기에도 인정이라고는 눈곱만큼도 없는 어투로 대답했다. 하지만 나에게서 그런 대답을 들을 것이라 생각하고 있었는지 아트로포스는 별반 달라진 표정이 아니었다. 오히려 담담하게 두 번째 질문을 던졌다.

"이드님이 저의 힘을 흡수한 다음… 이드님은 제 죽음을 슬퍼할 건가요?"

"슬플 거야. 단지 눈물을 펑펑 쏟으면서 슬퍼하지는 않을 테지. 쓸데없어 중용의 법칙이나 성물의 수수께끼를 만들어서 영인관을 죽이도록 만든 영계를 박살내려고 마음먹을 테니까."

대답을 하는 내 어조는 상당히 딱딱했다. 그런 생각을 하니까 정말로 영계를 지금 당장 부수어 버리고 싶다는 충동이 일어났기 때문이었다.

"제가 죽었을 때 이드님이 느끼는 슬픔은… 친구를 잃었기 때문에 가슴 아픈 슬픔인가요, 아니면…… 아, 아니에요."

막 뭔가를 물으려고 했던 아트로포스가 갑자기 고개를 도리도리하더니 입을 다물었다. 얼굴 표정이 우울해 보이는 것으로 봐서는 묻고 싶지 않은 질문인 듯했다. 그래서 난 몸을 일으켜 아트로포스의 어깨에 손을 얹고 나서 그녀를 달래주었다.

"걱정하지 마. 반드시 성물의 수수께끼를 풀고 말 테니까. 성물의 수수께끼조차 풀지 못하면 영계를 없애 버린다는 것도 실현 불가능이잖아."

"그렇네요…… 앗!"

약간 힘없는 표정으로 대답한 아트로포스가 갑자기 짧은 비명을 질렀다. 아니, 그건 비명이라기보다는 놀라서 소리 질렀다고 하는 게 맞았다. 뭔가 예상하지 못한 일이 일어날 것 같은 불길한 느낌이 들어서 난 급히 아트로포스에게 물었다.

"무슨 일이야?"

"라케시스님하고 클로토님이 오신대요."

처음엔 그렇게 놀라는 표정을 짓고 있었던 아트로포스였지만, 막상 내가 놀란 이유를 물었을 때에는 아주 차분한 표정을 하고 있었다. 그래서인지 나 역시 아트로포스의 대답을 듣고 나서 마음이 차분히 가라앉았다.

흠…… 라케시스하고 클로토가 온다고? 그거 잘됐군. 녀석들이라면 성물의 수수께끼를 풀 힌트를 알고 있을지도 몰라. 아니, 설령 모르더라도 한 사람의 머리보다는 네 사람의 머리를 함께 굴리는 게 문제 푸는 데에 더 수월하겠지.

우우웅—

갑자기 나와 아트로포스가 앉아 있는 바위 앞쪽에서 기이한 소리가 울려나왔다. 그리고 곧 이어 금색의 마법진이 땅바닥에 나타났다. 그 마법진은 라케시스와 클로토가 천신계에서 회로계 등의 다른 세계로 갈 때 사용하는 것이었기 때문에 난 공격 태세를 풀고 마음을 느긋하게 먹었다.

우웅…….

마침내 마법진에서 울리는 소리가 멈추었고, 그와 동시에 마법진 위에 두 사람이 모습을 드러내었다. 그 두 사람은 당연히 영마관 라케시스와 영신관 클로토였다.

"안녕! 갑자기 찾아와서 미안해!"

라케시스는 전혀 미안함이 담겨 있지 않은 밝은 얼굴로 나에게 용서를 구한 뒤 내가 힘들게 만들어놓은 완전 평면 바위 위에 걸터앉았다. 클로토 역시 사뿐사뿐 걸어와서 바위 위에 조용히 앉았다. 모두 그렇게 자리를 잡고 나자 라케시스가 나에게 이곳에 온 용건을 말하기 시작했다.

"천신계의 움직임이 심상치 않아. 아무래도 중용자가 중용의 법칙을 실현하기 전에 먼저 천마계를 없애 버리려는 것 같아. 서두르지 않으면 전쟁이 일어날지도 모른다구."

얼레? 천신계가 천마계를 없애 버리려 한다고?

"하지만 그렇게 되면 지친 천신족들이 나중에 중용자에게 모두 죽게 되잖아? 그런데도 그런 미친 짓을 한단 말이야?"

난 라케시스의 생각이 말도 안 된다고 생각했기 때문에 그렇게 반문했다. 나 같으면 힘을 최대한 축적하고 있다가 중용자가 오면 한꺼번에 공격해서 중용자를 없애 버리는 길을 택할 것이기 때문이었다. 하지만 라케시스는 그게 아니라는 표정을 지었다.

"천신족은 천마족을 죽일 정도로 싫어해. 지금 당장 없애 버리지 않으면 안 될 종족으로 여기고 있지. 그래서 중용자에게 천신족이 몰살당하는 일이 있더라도 천마족만큼은 이 세계에서 말살시키자는 생각을 가진 천신족들이 많아지고 있는 모양이야."

흐으…… 자신들이 몰살당하는 일이 있어도 천마족을 말살시키자고? 도대체 무엇 때문에 천신족은 천마족을 그렇게 싫어하는 거지? 무조건 천마족이 나쁘다고 해서 그 정도로 미워할 리는 없을 텐데.

"천마계 쪽의 움직임은 어때?"

천신족들이 천마족들을 없애려는 쪽으로 의견이 모아지고 있다는 소식을 들었기 때문에 이번엔 천마족들의 동향을 알아보려고 라케시스에게 물었다. 그러자 라케시스는 별일없다는 듯한 어조로 대답했다.

"평상시하고 똑같은 것 같아. 별다른 움직임이 없어."

"……."

흠…… 천신족들은 천마족들을 없애려고 하는데 천마족들은 전혀 신경도 안 쓴다는 건가? 천신족들은 천마족들을 그렇게 싫어하는데 어째서 천마족들은 천신족들에게 신경을 안 쓰는 거지? 천신족이 천마족을 미워하면 천마족도 천신족을 미워해야 하는 게 당연한 거 아니야? 어째서 한쪽만 다른 한쪽을 일방적으로 미워하는 거냐?

"그런데 라케시스나 클로토는 어떤 방법으로 천신계와 천마계의 움직임을 아는 거야?"

난 라케시스와 클로토를 바라보며 그렇게 물었다. 내 질문에 대한 대답은 언제나 그렇듯이 라케시스가 했다.

"천신계하고 천마계에 우리들의 정보망이 깔려 있거든. 그들을 통해서 녀석들의 움직임을 알아내는 거지. 나나 클로토가 직접 천신계나 천마계로 들어가서 녀석들의 움직임을 살펴볼 수는 없거든."

"그럼 너희들은 천신계나 천마계에 살고 있지 않은 거야?"

"당연하지! 왜 우리가 그런 데서 살아? 만약 그쪽에서 살고 있었다면 이렇게 영신관과 영마관이 같이 다니는 일은 없을걸?"

라케시스는 아주 당연한 듯이 대답을 했지만 나로서는 전혀 당연한 대답이 아니었다. 난 지금까지 라케시스와 클로토가 각각 천마계와 천신계에 거주하면서 녀석들의 움직임을 파악하고 있다라는 식으로 생각하고 있었기 때문이다.

흠…… 너무 당연하게 생각해서 묻지도 않았더니 내 생각이 완전히 틀렸었군. 어쨌든 지금 남은 건 천신족들이 천마족들을 치기 전에 성물의 수수께끼를 풀어서 마지막 성물을 손에 넣는 것이군. 하지만 힌트를 알아야 문제를 풀지……!

"참, 성물 다 모았어?"

그때 라케시스가 기대하는 표정으로 나에게 물었다. 그래서 난 딱 부러지게 대답했다.

"다 모았어. 마지막 7번째 성물만 빼고."

"아, 성물의 수수께끼를 풀어야 마지막 성물을 얻을 수 있는 거였구나!"

그 중요한 사실을 이제야 떠올린 듯 라케시스는 실실 쪼개며 웃었다. 그런 라케시스의 얼굴 표정을 봐서는 그녀가 성물의 수수께끼에 관한 힌트를 알고 있다고는 도저히 생각할 수 없었다. 그래도 혹시나 하는 마음에 물어보았다.

"성물의 수수께끼에 대해서 아는 거 없냐? 힌트라던가."

"글쎄? 전혀 없는데."

내 예상대로 라케시스는 나에게 일말의 도움도 되지 않았다. 그래서 난 지극히 차가운 어조로 말했다.

"볼일 끝났으면 빨랑 사라져. 성물의 수수께끼 풀어야 하니까."

"아직도 못 푼 거야? 머리 나쁘구나~"

"도움 안 줄 거면 방해 말고 사라지라니까."

"왜 이래? 나도 도움이 된다구!"

빨리 사라지라는 내 말에 라케시스는 삐친 표정을 지으며 절대 가려고 하지 않았다. 어차피 라케시스야 있든 말든 상관없기 때문에 나도 더 이상 가라고 하지 않고 그냥 바위 위에 벌러덩 드러누웠다. 성물의 수수께끼를 풀어야 한다는 강박 관념에 짓눌리고 있는 나와는 달리 하늘은 아무런 근심 없이 맑고 푸르렀다. 그것은 약간만 비뚤어지게 생각하면 그 푸른 하늘을 부수어 버리고 싶다는 충동으로 이어질 수도 있을 정도였다.

"성물의 수수께끼에 대한 힌트가 없다면 지금까지 모은 성물의 이름이나 특징 같은 것에 수수께끼의 정답이 들어 있지 않겠어?"

내가 아무것도 하지 않고 완전 평면 바위 위에 누워 하늘만 바라보고 있자 라케시스가 그렇게 말했다. 처음엔 라케시스의 말이라 무시하려고 했으나 잠깐 생각해 보니 그 말에도 일리가 있어서 난 즉시 상체를 일으켜 라케시스를 똑바로 쳐다보았다. 그리고는 이렇게 말해 주었다.

"너도 때로는 도움이 되는구나."

"이드……!"

라케시스가 내 말에 막 화를 내려고 할 때, 난 급히 라케시스에게 부탁을 했다.

"라케시스! 종이하고 펜 있으면 좀 빌려줘."

"그런 식으로 얼렁뚱땅 넘어가려 하지 말라구!"

"알았으니까 빨리 종이하고 펜 내놔."

"없어."

종이와 펜을 요구하는 나에게 라케시스는 당연한 듯이 대답했다. 그래서 난 그녀에게 아주 간단명료한 명령을 내렸다.

"없으면 만들어."

"……."

내 명령을 들은 라케시스는 잠시 어처구니없다는 표정을 지었다. 하지만 이내 뭔가를 생각해 냈는지 알 수 없는 말을 막 중얼거리기 시작했다. 그리고 그 중얼거림이 끝났을 때 아주 엽기적인 일이 벌어졌다. 내 왼손이 종이로 변하고 오른손이 펜으로 변했던 것이다. 중용자에게 강제력을 발휘할 수 있는 영마관이기 때문에 이런 일은 충분히 가능했다.

"만들었어. 이제 됐지?"

"되긴 뭐가 돼! 누가 내 손을 종이하고 펜으로 만들라고 했냐고! 빨리 원래대로 돌려놓지 못해?!"

"뭣 하러? 그냥 그걸로 성물의 수수께끼나 풀어. 성물의 수수께끼를 풀려고 종이와 펜을 달라고 한 거잖아?"

"……."

크으…… 내가 졌다……! 라케시스가 내 손을 종이와 펜으로 만들어 버릴 줄은 꿈에도 생각하지 못했어……. 그 엽기적인 머리에 찬사를 보낸다……!

슉슉—

난 라케시스의 말대로 종이가 된 왼손에다가 펜이 된 오른손으로 글씨를 썼다. 놀랍게도 글씨는 아주 깨끗이 잘 나왔다. 만약 글씨가 써지지 않는다면 라케시스를 죽도록 패려고 했는데, 글씨가 잘 써졌기 때문에 아쉽게도 라케시스를 납작하게 만들어줄 수는 없었다.

엽기 음식 마을 요센Yosen : 십년수의 열매-정신력 강화

보멀트족 오브Obe : 중용의 검 실버릭서스-반사 신경 향상

여성 국가 우메드Umed : 신비의 물-마나 회로 온몸에 건설

죽음의 사막 다라노드Daranod : 목각 인형 속의 목걸이-체력 강화

정령의 숲 이프노Ipno : 초월의 꽃 열매-초중력 획득

무법 지대 에스란Esran : 얇은 장갑-힘 강화

흠…… 내가 지금까지 모은 6개의 성물의 출처와 이름, 능력은 이런 것들인데, 이중에 성물의 수수께끼에 대한 힌트나 정답이 숨어 있다는 건가?

"와~ 머리도 좋네? 이런 걸 모두 기억하고 있었다니!"

내 왼손에다 써놓은 성물에 대한 정보를 보더니 라케시스가 놀라워했다. 하지만 난 놀라는 라케시스에게는 신경을 끈 채 모든 정신을 내 왼손에다 집중시켰다. 남겨진 힌트가 이것밖에 없는 한 이중에서 성물의 수수께끼에 대한 단서를 찾아내야 했기 때문이었다.

"……!"

그때 어떤 단어가 내 눈에 탁 하고 들어왔다. 그것은 굉장히 단순했기 때문에 감히 이것이 성물의 수수께끼에 대한 정답이라고는 생

각할 수조차 없었다. 하지만 마음 한쪽 구석에서는 바로 그 말이 정답일 것이라는 불길하고도 섬뜩한 느낌이 들고 있었다.

"왜 그러세요? 표정이 안 좋아 보여요."

내가 종이로 변한 왼손을 쳐다보며 심각한 표정을 짓고 있자 아트로포스가 걱정스런 얼굴로 물었다. 그렇지만 난 그녀를 한번 쳐다보는 것으로 대답을 대신했다. 물론 내 얼굴 표정이 어떻게 되어 있었는지 같은 건 신경조차 쓰지 않았다. 우선 내가 찾아낸 단서가 맞나 틀리나를 검토해 봐야 했기 때문이었다.

이곳의 언어 체계는 영어에다 잡어가 섞여 있는 형태. 그렇기 때문에 이런 영어가 이 세계에서 완전한 하나의 문장이 될 수도 있는데…… 그래도 그렇지, 설마 이 말이 성물의 수수께끼의 정답은 아니겠지? 아무리 생각해도 이건 너무 단순하잖아!

"정말 표정이 안 좋은데? 무슨 일이야?"

이번엔 아트로포스뿐만이 아니라 라케시스까지 내 얼굴 표정을 보고 이상하다는 듯이 물었다. 그래서 난 그녀들의 얼굴을 쳐다보았다. 계속 나 혼자 머리 굴려 생각할 것이 아니라 내가 찾은 것을 그녀들에게 보여줘서 그녀들은 어떻게 생각하는지 들어볼 작정이었던 것이다.

"내가 성물의 수수께끼에 대한 걸 찾긴 했는데… 너무 단순하고 내용도 이상해서 너희들에게 보여주려고. 한번 봐봐."

"응? 뭔데?"

슥슥—

난 궁금해하는 세 명의 여자들에게 종이로 변한 왼손을 보여주었다. 그리고 성물에 대한 정보를 적은 것 중에서 출처의 지명이라고 할 수 있는 단어, 즉 요센, 오브, 우메드, 다라노드, 이프노, 에스란의 첫 글자에 각각 동그라미를 쳤다. 라케시스는 내가 동그라미 치는 글자를 하나하나 읽어나갔다.

"YOUDIE…… 엑? You Die?!"

별 생각 없이 첫 글자만 읽던 라케시스가 그 의미를 알아채고 크게 놀랐다. 이 세계의 언어 체계가 영어+잡어로 구성되어 있기 때문에 'You Die'의 뜻은 거의 '너는 죽는다', 혹은 '너 죽어라'라는 뜻으로 해석될 수 있었다. 바로 그 내용이 무슨 뜻인지 알 수가 없어서 난 세 여자들의 의견을 듣고자 했다. 하지만 라케시스는 내 등을 탁탁 치면서 실실 쪼갰다.

"대단한데! 이렇게 쉽게 성물의 수수께끼 정답을 찾아내다니!"

"아직 이게 정답이라고 확신할 수는 없어! '너 죽어라'라는 뜻이 도대체 뭘 의미하는 거냐고! 나보고 죽으라는 거냐?!"

정답 찾았다고 좋아하는 라케시스를 난 살벌한 눈초리로 째려보았다. 그런데 라케시스의 대답은 가관이었다.

"물론이지! 네가 죽어야만 마지막 성물을 얻을 수가 있는 거야!"

"……."

흐으…… 라케시스에게 물어본 내가 바보다…….

"정말이라니까! 이건 네가 죽음의 세계인 명계(冥界)로 가서 마지막 일곱 번째 성물을 얻으라는 뜻이야!"

라케시스는 그것이 확실하다는 듯이 소리쳤다. 하지만 난 그 말에 납득할 수 없었다. 죽음의 세계로 가라는 것은 나보고 죽어버리라는 것을 뜻하기 때문이었다. 그래서 난 라케시스의 무식함을 탓했다.

"내가 죽으면 성물을 얻어봤자 무슨 소용이야? 너, 바보냐?"

"바보는 바로 너야! 성물의 수수께끼나 중용의 법칙은 절대적이라고! 죽으라는 계시가 있으면 목숨을 끊어도 다시 살아나게 되어 있어! 그러니까 넌 아무 걱정 없이 죽어버리면 되는 거야!"

"……."

도대체가 말이 안 통하는군. 라케시스가 무슨 말을 하든 무시해 버리기로 하고, 음…… 아무리 생각해도 이건 성물의 수수께끼에 대한 정답이라고 볼 수 없겠지? 역시 다른 힌트를 찾아봐야겠다.

"왜 안 믿는 거야? 정말 멍청이라니까!"

라케시스는 여전히 내가 죽어야 할 것을 주장하면서 화를 버럭버럭 냈다. 그러자 아트로포스가 라케시스의 의견에 이의를 제기했다.

"하지만 이드님이 죽는다고 성물을 얻을 수 있는 건 아니잖아요? 뭔가 명확한 증거가 없고서는 이드님의 목숨을 함부로 할 수는 없다구요."

헐~ 아트로포스는 내 편이군. 그럼 아트로포스, 계속 내 죽음을 주장하는 저 이상한 아줌씨를 열심히 좀 말려줘. 그사이에 난 다른 힌트나 찾아볼 테니까.

"증거는 있어! 바로 우리들의 공식 명칭이야!"

"……?"

아트로포스에게 반박을 받자 라케시스가 기다렸다는 듯이 그렇게 소리쳤다. 처음엔 그런 라케시스의 말도 무시하려고 했지만 혹시라도 뭔가 그럴듯한 이유가 있을지도 모른다는 생각에 그녀의 말을 들어보기로 했다. 라케시스는 우리들이 모두 경청할 준비를 하자 그 이유라는 것을 말하기 시작했다.

"클로토, 라케시스, 아트로포스. 이건 우리들이 영신관과 영마관, 영인관이 되면 자동으로 주어지는 이름이야. 이 이름의 본래 뜻을 살펴보면 이렇지. 클로토Clotho는 인간의 생명의 실을 잣고, 라케시스Lachesis는 인간의 생명의 실의 길이를 정하며, 아트로포스Atropos는 인간의 생명의 실을 끊는다. 이건 이드네 세계에서도 마찬가지였던 것으로 기억하는데?"

"뭐……"

확실히 라케시스의 말대로 그리스 신화에서 그 운명의 세 여신이 하는 일은 그것이었다. 하지만 그것과 내가 죽어야 한다는 것과는 아무런 연관성이 없어 보였기 때문에 난 라케시스를 몰아붙였다.

"그 공식 명칭하고 나하고 무슨 상관이야? 쓸데없는 이유로 날 죽이려고 하는 이유가 뭐야? 나한테 불만있어?"

"그거 아니야. 중용자를 뽑을 때 클로토는 수많은 중용자 후보를 선택해. 그리고 라케시스는 그 수많은 중용자 후보 중에서 중용자를 정하게 되어 있어. 확실히 나와 클로토는 그 임무를 이미 수행했지. 하지만 로스는 아직 아트로포스로서의 일을 수행하지 않았어. 공식 명칭의 어원에 따르면 로스의 할 일은 바로 중용자의 목숨을 끊어버리는 것이니까!"

"……!"

라케시스의 말에 나뿐만 아니라 아트로포스와 클로토조차 놀라고 말았다. 하지만 그중에서 가장 놀란 사람은 아트로포스였다. 그것을 증명이라도 하듯 아트로포스는 떨리는 목소리로 라케시스에게 질문을 했다

"정말… 인가요? 하지만 지금까지의 영인관들은 오히려 중용자에게 죽었잖아요? 영인관의 할 일이 중용자의 생명을 끊는 것이라면 어째서 그들은 그렇게 하지 않은 거죠?"

아트로포스의 질문은 내가 생각하기에도 예리했다. 하지만 라케시스는 이기 그런 질문 정도는 예상하고 있었다는 표정을 지었다.

"지금까지의 영인관들은 중용자의 목숨을 끊지 않은 게 아니라 못

끊은 거야. 왜냐하면… 그녀들은 모두 자신의 중용자들을 사랑했으니 까."

"……!"

"그래서 대신 중용자의 손에 죽음으로써 자신들의 일을 완수한 거지. 당사자가 바뀌긴 해도 누군가의 실을 끊었으니까 임무 완수라고 할 수 있거든."

"하, 하지만……!"

라케시스의 말이 끝나자마자 아트로포스가 급히 입을 열었다. 하지만 아무 생각 없이 해버린 말이라 일순간 무슨 말을 해야 할지 갈피를 잡지 못하고 당황해하기만 했다. 그렇게 약간의 시간이 지난 후, 이내 자신의 생각을 정리한 아트로포스가 라케시스에게 질문을 던졌다.

"중용자가 성물의 수수께끼를 푼 경우가 두 번 있었잖아요? 그때는 중용자도 영인관도 죽지 않았어요. 그럼 그 영인관 두 명은 자신의 할 일을 하지 않은 거잖아요?"

"물론 그렇게 볼 수도 있지. 하지만 우리들이 그들에 대해 아는 건 아무것도 없어. 우리들이 그 두 명의 중용자와 영인관에 대해 아는 것은 그들이 성물의 수수께끼를 풀고 천신계와 천마계로 날아가 중용의 법칙을 실현했다는 사실뿐이지. 그들이 어떤 방법으로 성물의 수수께끼를 풀었는지는 모른다구. 어쩌면 그 두 명의 영인관은 중용자의 목숨을 끊었을지도 몰라. 나중에 중용자가 마지막 성물을 얻고 나서 부활했을 수도 있잖아?"

호으…… 라케시스……. 어째서 계속 내 죽음 쪽으로 대화를 이끌어가는 거야? 이대로 가만히 앉아 있다가는 내 죽음으로 결론이 나버릴 것 같은 불길한 느낌이 든다. 여기서 얘기의 흐름을 끊어야 해!

"내 앞의 9번째 중용자는 성물의 수수께끼에 대한 힌트로 '목각 인형의 마음'이란 키워드를 받았어. 마지막 성물은 그 목각 인형 속에 들어 있는 목걸이였고. 물론 그 중용자는 그 수수께끼를 풀지 못했지만, 어쨌든 목각 인형의 마음이란 키워드하고 영인관이 중용자를 죽이는 것하고는 아무런 연관성이 없잖아?"

난 저번에 네프나 할멈이 말해 주었던 것을 라케시스에게 들려주었다. 하지만 라케시스는 내 물음에 대한 대답보다는 내가 그런 것을 알고 있다는 사실에 더 놀랐다.

"뭐야? 어떻게 성물의 수수께끼에 대해 알고 있어?"

"어떤 할머니가 들려줬어. 천마족이되 천마족이 아닌 할머니라나? 하여튼 중용자들이 중용의 법칙을 행하는 걸 쭉 지켜볼 정도로 엄청나게 오래 살고 있는 할머니야. 혹시 그 할머니에 대해서 알고 있는 거 있냐?"

혹시 천마족이라고 할 수 있는 라케시스라면 그 수상한 할머니를 알고 있을지도 모른다는 생각이 들어 난 그렇게 물어보았다. 그러나 라케시스의 대답은 별로 도움이 되지 않았다.

"천마족이나 천신족 중에서 자신만의 영역을 구축하고 살아가는 존재들이 있거든. 아마 그 할머니는 그중에 하나일 거야. 그런데 그런 존재들은 자신들 영역 이외에는 별로 관여를 안 하는데…… 그 할머니는 참견하는 걸 좋아하나?"

흠…… 역시 모르는군. 도대체 라케시스가 아는 건 뭔지……. 아차, 지금 이런 말 할 때가 아니라 빨리 내가 죽어도 성물 같은 건 얻을 수 없다고 말해야 해!

"어쨌든 키워드를 주고 성물의 수수께끼를 풀라고 하는 것하고 영인관이 중용자를 죽이는 것하고는 아무런 연관성이 없어. 한마디로 네 말은 전혀 근거없는 헛소리야!"

이 정도로 말을 하면 라케시스도 더 이상 할 말이 없다고 생각했기 때문에, 난 종이로 변한 내 왼손을 들여다보면서 성물의 수수께끼에 대한 다른 힌트를 찾아보았다. 하지만 그 정도의 말로써 라케시스를 물러나게 하는 것은 불가능했다.

"연관성이 왜 없어? 목각 인형 속에 들어 있는 목걸이가 성물이라고 했지? 그건 목각 인형을 부수어야 한다는 뜻이잖아. 만약 그 목각 인형이 중용자의 목숨과 연결되어 있었다면 영인관이 그 목각 인형을 부수지 못했을 수도 있지."

"…그거 너무 억지라고 생각하지 않나?"

"아니, 전혀! 충분히 있을 수 있는 일이야. 그러니까 넌 빨리 명계로 가서 마지막 성물을 찾아야 해! '너 죽어라'라는 결정적인 해답이 나와 있다구!"

라케시스는 더욱 내 죽음이 바로 정답임을 강조하며 자신의 생각을 관철시키려고 했다. 심지어는 자기 말을 듣지 않으면 바퀴벌레로 만들어서 구워 먹겠다는 협박까지 했다. 그러나 영인관에게 죽든 바퀴벌레가 되어 구워 먹히든 죽는 건 마찬가지이기 때문에 난 라케시스의 말을 싸그리 무시했다. 그런데 지금까지 아무런 얘기도 하지 않고 나와 라케시스의 하는 짓을 쳐다보고만 있던 클로토가 갑자기 라케시스의 편을 들기 시작했다.

"제 생각에도 마지막 성물은 명계에 있을 것 같아요. 라케시스님의 말대로 모든 상황이 그러함을 나타내고 있으니까요."

으으…… 도대체 뭐가 모든 상황이 그러함을 나타낸다는 거야? '너 죽어라'라는 글자는 우연의 일치로 만들어진 것일 수도 있고, 명계에 가더라도 중용자가 다시 살아난다는 가능성이 있는 것도 아니고 명

계에 성물이 있는지도 확실치 않단 말이야! 그런 불확실한 상황으로
날 죽이려 하지 말라구!

"후우……."

머리 속에는 그런 말들이 메아리치고 있었으나 정작 입 밖으로 나
온 말은 한숨뿐이었다. 막상 한숨을 쉬고 나니 이상하게 마음이 차분
히 가라앉았다. 이미 라케시스와 클로토가 내 죽음을 확정 짓고 있는
이상, 아직 아무런 말도 하지 않고 있는 아트로포스를 내 편으로 끌
어들여야 했다.

"로스, 어떻게 생각해? 내가 죽어서 명계로 간 다음에 거기 있는
성물을 얻어야 한다고 생각하는 거야?"

"그건……."

아트로포스는 쉽게 자신의 의견을 말하려고 하지 않았다. 아무래도
속으로는 라케시스의 말에 동조하면서도 겉으로는 나 때문에 아닌
척하려는 것 같았다. 만약 여기서 아트로포스마저 라케시스의 편이
되어버린다면 영락없이 난 죽어야만 하기 때문에 망설이는 아트로포
스를 설득해 보았다.

"저 둘은 지금 근거없는 소리를 하고 있으니까 믿지 마. 성물의 수
수께끼가 첫 글자를 가지고 풀 수 있는 거라면 누구나 다 맞힐 수
있다고 이렇게 쉬울 리가 없어. 어쩌면 이건 영계의 속임수일지도 몰
라."

"저도 그렇다면 좋겠지만……."

헉?! 그렇다면 좋겠지만? 그 말은 내가 죽어야만 마지막 성물을 얻
을 수 있다고 생각한다는 뜻? 말도 안 돼! 아트로포스마저 라케시스
에게 넘어가면 남은 건 나 혼자라구! 다수결의 원칙에 따라 내 죽음
은 확정적이 되어버린단 말이야!

"이드! 순진한 로스를 꼬드기지 말고 얌전히 죽어."

라케시스는 그 사악한 말을 너무나 친근하게 했다. 얼굴에 잔잔한 미소까지 띠면서 죽음을 강요하는 라케시스의 모습은 완전히 마녀 그 자체였다. 더없이 사악한 마녀였던 것이다.

"아차, 그리고 보니 죽으려면 그 모습 그대로 죽는 게 좋겠구나. 원래대로 돌려놓을 테니까 잠깐 기다리라구."

그렇게 말한 라케시스는 들리지도 않는 주문을 외우기 시작했다. 그 주문으로 종이와 펜으로 변한 내 손을 원래대로 돌려놓을 생각인 듯했다. 하지만 그것은 원상 복귀 후의 내 죽음을 의미하는 것이었기 때문에 가만히 앉아 있을 수가 없었다.

"날 정말로 죽일 거라면 나도 가만있지 않는다?!"

난 바위 위에 앉은 채 라케시스에게 마법을 쓸 자세를 갖추며 그녀를 협박했다. 하지만 어느새 주문을 다 외워 내 손을 원래대로 돌려놓은 라케시스는 여유로운 표정으로 날 쳐다보고 있을 뿐이었다. 어차피 내 죽음은 결정된 것이나 마찬가지라는 얼굴이었던 것이다.

"라케시스……!"

"왜? 뭘 그렇게 두려워하는 거야? 영계를 믿지 못하는 거야? 중용의 법칙을 발동시켜 이 세계의 균형을 맞추려는 영계가 중용자를 쓸데없이 죽일 것 같아?"

"그래도 죽어야 한다는데 누가 기다렸다는 듯이 죽냐?!"

"나참, 남자가 그렇게 용기가 없어서야."

"용기가 있냐 없냐, 그런 문제가 아니잖아!"

"당연히 용기의 문제지, 그럼 무슨 문제야? 죽을 용기가 없으니까 그런 것일 뿐이잖아? 내가 중용자라면 가볍게 영인관의 손에 죽을 거다!"

　흐으…… 남의 일이라고 말은 쉽게 하는구만. 저 아줌마를 콱 밟아버려? 아니면 뜨거운 물에 집어넣고 삶아버려?

　"자, 그럼 이제 슬슬 시작해 볼까?"

　라케시스는 아주 수상쩍은 말을 하더니 또다시 주문을 외우기 시작했다. 중용자에게 강제력을 행할 수 있는 영마관의 능력으로 날 꼼짝 못하게 할 생각인 듯했다. 그래서 난 급히 정령들에게 라케시스를 정령장 같은 걸로 묶어버리라는 명령을 내리려고 했다. 어차피 머리 속에서 내리는 명령이기 때문에 말 같은 건 필요없었다. 그러나 그때 난 또 한 사람의 라케시스 편을 잊어먹고 있었다.

　"……!"

　라케시스는 주문을 다 외우지도 않았지만 내 몸은 무엇에 걸린 것처럼 전혀 움직일 수가 없었다. 그것은 중용자에게 강제력을 발휘할 수 있는 영신관 클로토가 나에게 건 주문이었다. 한마디로 라케시스가 날 공격하는 척하면서 실제로는 클로토가 나에게 강제력을 걸어버린 것이었다.

　으윽…… 내가 이런 공격에 당하다니……! 너무 라케시스만 의식하고 있었어……. 그런데 어째서 정령들도 움직이지 못하는 거지? 클로토가 강제력을 행할 수 있는 상대는 중용자인 나뿐이잖아? 어째서 정령들까지……?

　"주인님과 저희들은 하나나 마찬가지이기 때문이에요."

　내 머릿 속에서 그런 궁금증이 일어나자마자 실프가 대답을 해주었다. 그러나 그 정도의 대답만으로는 쉽게 이해가 가지 않았기 때문에 난 다시 한 번 물어야 했다.

　나하고 너희들이 하나라니? 난 그냥 너희들의 소환주일 뿐이잖아? 여기서야 정령계가 없어서 소환주라고 하기에는 조금 그렇지만, 어쨌든 그런 관계 아니었어?

"아니에요. 주인님이 끈으로 저희를 되살렸을 때부터 저희들과 주인님은 주종 관계에서 벗어나 있었어요. 주인님은 저희를 주인님의 일부로 되살린 것이니까요. 그래서 중용자에게 사용하는 강제력이 저희들도 구속하는 거예요."

실프의 설명은 내 예상을 완전히 벗어나는 것이었다. 마지막 희망이었던 정령들마저 강제력에 구속되어 버렸기 때문에 더 이상 라케시스의 마수에서 벗어날 수가 없었던 것이다. 물론 끈을 이용해서 강제력을 해제시킬 수도 있겠지만 끈을 느낀다는 것은 그렇게 쉬운 일이 아니었다. 게다가 지금은 웬일인지 끈의 존재를 전혀 느낄 수가 없었다. 나 역시도 마음 한구석에서 '너 죽어라'라는 문장이 정답이라는 느낌을 가지고 있었기 때문인 듯했다.

"걸려들었구나, 이드. 중용자도 별거 아닌데? 나한테만 신경 쓰느라 클로토가 강제력을 사용할 줄 몰랐지?"

"시끄러! 클로토! 당장 강제력 해제시켜!"

난 강제력에 의해 바위 위에 앉은 채로 움직일 수가 없었기 때문에 클로토를 쳐다보며 그녀에게 강제력 해제를 요구했다. 그러나 클로토는 내 얼굴을 외면하는 것으로써 거부의 뜻을 명백히 밝혔다. 그런 클로토의 모습에 내가 절망하고 있을 때 아트로포스가 나 대신 라케시스에게 내 석방을 강하게 주장했다.

"이드님에게 무슨 짓을 하려고 그래요? 우선 이드님을 설득해야죠! 이런 식의 강압적인 행동은 옳지 못해요!"

"로스는 저 녀석이 설득당할 것 같아?"

"그건……!"

"안 된다니까. 말을 안 들으면 억지로라도 듣게 해야지."

라케시스는 그런 말도 안 되는 논리를 펴며 아트로포스의 손을 덥석 하고 잡았다. 정확히는 그녀의 손목이었다. 그렇게 갑자기 라케시스에게 손목을 잡히자 아트로포스는 의아한 표정을 지었다. 그러다가 라케시스의 얼굴에 떠오른 사악한 미소를 보고는 흠칫했다. 라케시스가 결코 좋은 일을 생각하고 있지 않음을 본능적으로 느꼈기 때문이다.

"왜……?"

"중용자의 목숨을 끊는 것은 영인관 아트로포스!"

라케시스는 그렇게 외치는 것과 동시에 아트로포스의 손을 거세게 잡아당겼다. 잡아당긴 위치는 내 심장 쪽이었다. 하지만 라케시스는 계속해서 아트로포스의 손을 이끌었고, 결국 아트로포스의 손이 내 가슴에 닿게 되었다. 그런데 그 속도가 너무 빨랐다.

푸욱—

마치 무엇인가 날카로운 것에 찔리는 것처럼 묘한 소리가 발생했다. 바르 아트로포스의 손이 통째로 내 가슴에 박혀 버린 것이었다. 라케시스에게 손만으로, 그것도 남의 손을 잡아끄는 것으로 사람의 가슴을 찌르는 괴력이 있을 리도 없건만 아트로포스의 손은 정확하게 내 가슴에 박혀 있었다.

"커‥ 억……!"

아무런 생각도 나지 않았다. 그저 모든 것이 아득해지는 느낌이 들었을 뿐이었다. 내 가슴을 자신의 손으로 찌르고 경악해하는 아트로포스의 얼굴과 아트로포스가 그렇게 하도록 만든 라케시스의 웃는 얼굴이 내 머리 속에 잠깐 스쳐 지나갔을 뿐, 그 이상은 아무것도 기억나지 않았다. 아무것도.

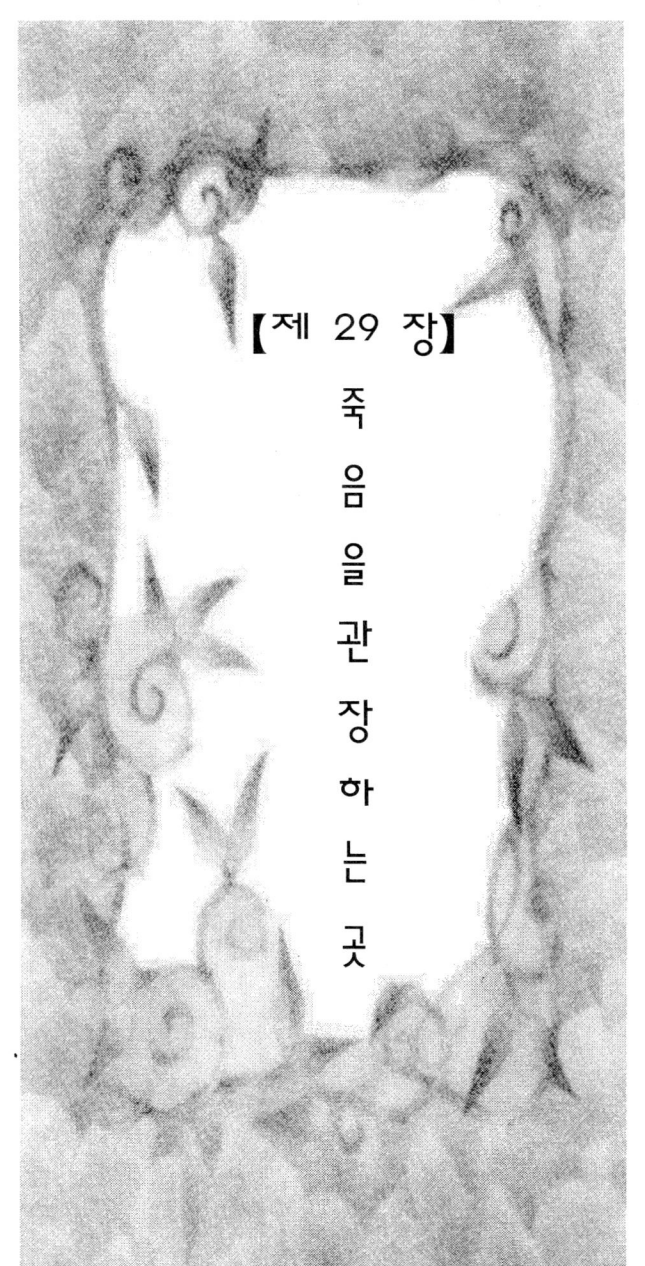

【제 29 장】

죽음을 관장하는 곳

으음…… 이상하게 몸이 가벼워진 듯한 느낌이 드는데? 꼭 허공에 둥둥 떠 있는 듯한 느낌… 그런데도 기분이 별로 좋지 않은… 묘한 느낌이 든다…….

"……."

난 그냥 가만히 있었다. 아무리 뭔가를 느끼려고 해도 전혀 느껴지지 않았기 때문에 그저 가만히 있을 수밖에 없었던 것이다. 지금 내가 서 있는지 누워 있는지조차 알 수 없는 상황에서 내가 할 수 있는 것이라고는 머리를 굴리는 것뿐이었다.

그러고 보니까 라케시스가 아트로포스의 손을 내 가슴에 박아버렸구나……. 닭 잡을 힘도 없는 줄 알았던 라케시스에게 그런 괴력이 있을 줄은 상상도 못했어. 잠깐, 그렇다는 것은…… 난 지금…… 죽었다는 건가?

"영육분리(靈肉分離)."

나 자신이 죽었음을 의식하고 있을 때 어디선가 잔잔한 말소리가 들려왔다. 목소리가 굵은 걸로 봐서는 남자였는데, 어조가 또렷한 것이 분명 젊은 남자였다. 그런데 그 남자의 목소리가 들려오자마자 갑자기 앞이 환해졌다. 그리고 잠시 후, 내 눈에 들어온 것은 푸르고 맑은 가을 하늘이었다.

"……?"

하늘이 제일 먼저 보인다는 것은… 내가 지금 밖에 있고 어딘가에 누워 있다는 뜻인데…… 어디에 누워 있는지는 느껴지지 않는걸? 등에 무슨 감촉이 오는 것도 아니고…… 일어나지 않고는 모르겠군.

"으음……?"

뭔가 몸을 일으키는 게 조금 이상했기 때문에 나도 모르게 그런 소리가 나왔다. 난 누워 있는 상태라 손을 바닥에 대고 몸을 일으켜야 정상이었지만, 마치 무게가 없는 것처럼 내 몸이 그냥 슬슬 일어나 버렸기 때문에 놀란 것이었다.

"……!"

그리고 일어나고 나서도 난 크게 놀라고 말았다. 일어나서 가장 먼저 내 시야에 들어온 사람은 생전 처음 보는 젊은 남자였다. 그러나 그 정도로 내가 놀란다면 난 이미 심장 마비로 죽어 있었을 것이다. 내가 남자를 보고 놀란 이유는 바로 그 남자가 완전한 알몸으로 내 앞에 서 있었기 때문이다.

"누구십니까? 어째서 그런 몸으로……?"

난 내 앞에서 무표정한 얼굴로 서 있는 그 남자에게 그렇게 물었다. 그러자 젊은 남자는 내 몸을 쳐다보더니 이렇게 말했다.

"당신도 나와 같지 않소?"

"……?"

얼레? 무슨 소리야? 내가 저 남자처럼 알몸이기라도 하단 말이야? 지금 내가 죽은 건지 살아 있는 건지 꿈을 꾸고 있는 건지는 모르겠 지만 적어도 난 쪽팔리게 알몸으로 나다닐 녀석이 아니……!

"……!"

그런 생각을 하면서 내 몸을 살펴보던 난 입에서 심장이 튀어나올 정도로 놀라 버렸다. 젊은 남자의 말대로 나 역시 알몸으로 서 있었 던 것이다. 분명히 옷을 입고 있었던 내가 갑자기 왜 알몸으로 서 있 는 것인가 하는 사소한 것은 따질 새도 없었다. 알몸이란 걸 확인하 자마자 나도 모르게 그런 생각보다 주위에 누가 있나 없나를 먼저 살펴보았다. 그리고 그렇게 주위를 살펴본 나는 더 더욱 경악해야 했 다. 내 바로 옆에 아트로포스와 클로토, 라케시스가 떡하니 버티고 앉 아 있었던 것이다.

"으앗!!!"

세 명의 여자에게 계속 내 알몸을 보여줄 수는 없었기 때문에 난 기겁하면서 숨을 곳을 찾아보았다. 하지만 난 바위 위에 누워 있는 상태라 어디 숨을 만한 곳도 없었다. 그냥 그대로 내 모든 부위를 그 녀들에게 보여줘야만 했다.

얼레? 내가 바위 위에 누워 있다고? 이상한걸? 난 지금 분명히 이 렇게 바위 위에 알몸으로 서 있는데…… 어째서 바위 위에 누워 있 는 난 멀쩡히 옷을 입고 있지? 뭐가 어떻게 된 거야?

"호들갑 떨지 마시오. 당신은 죽었을 뿐이오."

"……!"

바위 위에 알몸으로 서 있는 내가 바위 위에 얌전히 드러누워 있 는 날 보면서 당황해하자 젊은 남자가 차분한 어조로 입을 열었다. 너무나 차분하고, 너무나 확정적인 어조였기 때문에 난 그 말 한마디에 내가 죽었다는 것을 마음속으로 인정하고 말았다. 하지만 마음 한 구석에서는 그런 사실을 인정할 수가 없어서 나도 모르게 젊은 남자에게 질문을 하게 되었다.

"그럼 제가 아트로포스의 손에 심장을 제대로 찔렸단 말입니까?"

"모르오. 난 아즈라엘Azrael로서의 일을 할 뿐이오. 당신이 누구인지, 어떻게 죽었는지 따위에 신경 쓰지 않소."

젊은 남자의 말은 싸늘했다. 마치 그 말은 '하루에도 얼마나 많은 인간들이 죽어나가는데 그 녀석들이 누구인지, 어떻게 죽었는지 일일이 기억해서 뭐 하나?'라는 뜻이 담겨 있는 것 같았다. 어쨌든 난 젊은 남자의 어조에서 그런 것을 느낌과 동시에 '아즈라엘'이라는 단어에 주목했다.

아즈라엘Azrael……. 어디서 본 적이 있는 말인데……. 정확히 어느 책에서 본 것인지는 기억이 안 나지만… 아즈라엘…… 죽은 사람의 육체와 영혼을 분리하는 천사라고 했던가? 맞아, 내 기억이 확실하다면 틀림없어. 잠깐, 그렇다면 아즈라엘은 우리 나라에서 말하는 저승사자나 마찬가지인 건가?

"당신은 죽었으니 명계로 가야 하오. 자신의 죽음을 받아들이고 날 따라오시오."

젊은 남자는 나한테 다가오며, 아니, 다리를 움직이지도 않고 그냥 훌훌 날아오며 그렇게 말했다. 하지만 알몸의 남자가 알몸으로 서 있는 나한테 다가오는데 무섭지 않을 리가 없었다. 그래서 난 즉시 그 남자의 접근을 막았다.

"기다려요! 아직 뭐가 뭔지 모르겠으니까 생각할 시간을 달란 말입니다."

"……."

기다리라는 내 말에 젊은 남자는 그 자리에 선 채 날 무표정하게 쳐다보았다. 젊은 남자가 더 이상 다가오지 않음을 확인한 나는 즉시 주위를 둘러보았다. 주변은 확실히 숲 속이었고, 나처럼 생긴 한 인간이 바위 위에 드러누워 있었다. 안색이 창백하고 가슴의 기복이 없는 것으로 보아 그 인간은 죽은 게 분명했다. 그리고 무엇보다 가장 결정적인 것은 바로 내 주위에 있는 세 여자의 반응이었다. 아트로포스는 내 시체를 붙잡고 눈물을 주르륵 흘리고 있었고, 라케시스와 클로토가 걱정 말라는 듯이 그녀를 달래고 있었던 것이다.

"……?"

얼래? 그런데 어째서 아무 소리도 안 들리는 거지? 지금 아트로포스가 눈물을 흘리며 울고 있으니까 적어도 울음소리는 들려야 하잖아? 어떻게 된 거야?

"로스! 라케시스! 클로토! 나 알몸이다! 어쭈, 무시하냐?!"

난 세 여자의 앞에서 알짱거리며 시선을 끌어보려고 주먹질을 하는 등 별별 짓을 다해보았다. 하지만 세 명의 여자들은 내가 앞에 있다는 것도 모른 채 자기들끼리 말을 주고받을 뿐이었다. 그것으로써 지금 내 존재는 다른 사람들에게 보이지 않으며, 나 역시도 그들에게 전혀 간섭할 수 없음을 확실하게 알게 되었다.

"이제 당신이 죽었다는 것을 믿겠소?"

내 행동이 멈추자 젊은 남자가 무감각한 어조로 입을 열었다. 하지만 난 내가 죽어버렸다고 절망하기보다는 지금 상황을 제대로 이해하기 위해서 그 젊은 남자에게 몇 가지 질문을 던졌다.

"당신, 천사 아닙니까? 그런데 왜 날개도 없고 알몸으로 있는 겁니까? 다른 사람이 보면 안 부끄럽습니까?"

"난 천사가 아니오. 인간의 육체에서 영혼을 분리하고, 그 영혼을 명계까지 데려가는 아즈라엘일 뿐이오. 그리고 영혼은 실체가 없기 때문에 알몸인 것이오. 어차피 모든 영혼들은 알몸이니 신경 쓸 것 없소."

"모든 영혼? 그럼 지금 알몸으로 있는 당신도 영혼이란 말입니까?"

"그렇소."

젊은 남자의 대답은 간결했다. 게다가 더 이상의 질문은 받지 않겠다는 듯이 아예 입을 꽉 다물었다. 그렇지만 난 집요하게 젊은 남자의 입을 열게 했다. 특히 상대가 남자라는 것에 입각하여 화제를 이상한 쪽으로 돌렸다.

"그럼 여자들의 영혼도 알몸이겠군요?"

"…그렇소."

처음엔 대답을 하려고 하지 않았지만 내 질문을 무시하다가는 정말 이상한 쪽으로 얘기가 흘러갈 것이라 생각했는지 젊은 남자는 한숨을 내쉬듯이 입을 열었다. 그렇게 이미 한번 입을 열게 했기 때문에 난 주저하지 않고 질문을 날렸다.

"영혼도 아픔을 느낍니까?"

"못 느끼오. 사고 능력만 있을 뿐 모든 감각은 느낄 수가 없소. 사랑하는 사람을 떠올려도 가슴의 두근거림도 없고, 야한 생각을 한다 하더라도 몸의 변화는 일어나지 않소. 그건 남녀노소의 영혼들에게 모두 해당하오."

호오~ 야한 생각을 해도 몸의 변화가 없다는 건가? 그거 못 믿겠는걸? 좋아, 야한 생각을 잔뜩 떠올려 보자……!

"……."

내가 지금 뭘 하려고 하는지 다 알겠다는 듯 젊은 남자는 고개를 설레설레 저었다. 하지만 난 젊은 남자에게는 신경 쓰지 않고 온갖

야한 상상을 하는 것에만 전념했다. 그런데 젊은 남자의 말대로 내 몸, 아니, 내 영혼에는 그 어떤 변화도 없었다. 흥분 같은 것도 전혀 느낄 수 없었다.

흠…… 정말 아무런 변화도 없군. 야한 상상을 했는데도 그냥 건전한 사진을 보는 것처럼 아무렇지도 않다니 신기하다. 얼레? 감각이 없다는 것은 부끄러움 같은 것도 느낄 수 없다는 것 아닌가? 하지만 난 아까 분명……!

"근데 전 당신이 알몸으로 나타났을 때 부끄러워서 피하려고 했습니다. 영혼에게 감각이 없으면 그런 부끄러움도 느낄 수 없지 않습니까?"

"감각은 인간의 뇌가 만들어내는 것. 당신의 뇌에 박혀 있던 사회적 관습 등이 알몸으로 서 있는 자신에게 부끄럽다는 지시를 내리게 했을 뿐이오. 그리고 영혼은 원래 감각을 느낄 수 없기 때문에 시각이나 청각을 사용할 수도 없소. 지금 당신이 보고 듣고 말하는 것은 모두 나의 뇌와 당신의 뇌가 공명을 일으켜 이런 광경을 보고, 내 목소리를 듣고, 자신의 목소리를 내고 있는 것이오."

젊은 남자의 말은 쉽게 이해가 가지 않는 것이었다. 그래서 난 다시 물어보았다.

"그럼, 지금 눈에 보이는 모든 게 거짓이란 말입니까?"

"그렇지는 않소. 당신의 뇌가 주위 사물의 파장을 느끼고 당신 눈에 보이는 풍경을 만든 것이오. 그렇기 때문에 아마 당신이 보는 풍경과 내가 보고 있는 풍경이 같을 것이오."

"……"

흠…… 정확히 뭐가 뭔지 이해할 수는 없지만 어쨌든 영혼은 뇌를 통해서 보고, 듣고, 말하는 거라는 건가? 뭐, 그 정도로 이해하고 있으면 되겠지. 그나저나 정말 내가 죽었다니…… 저 싸가지없는 라케시스! 날 진짜로 죽이면 어떻게 하자는 거야?!

"이제 명계로 가야 하오."

젊은 남자는 그렇게 말하며 나에게 손을 내밀었다. 그것은 나보고 자기 손을 잡으라는 뜻이었다. 하지만 여자 손도 아니고 같은 남자의 손을, 그것도 알몸으로 서 있는 남자의 손을 잡는 것을 내 머리가 거부하고 있었기 때문에 쉽게 그렇게 할 수 없었다.

"같이 손잡고 명계로 가는 겁니까? 다른 방법은 없습니까?"

"없소."

내 물음에 젊은 남자는 단호하게 대답했다. 그래서 어쩔 수 없이 난 그 남자의 손을 잡았다. 옷이라도 입고 있으면 몰라도 알몸으로 서 있는 남자의 손을 잡고 있으니까 머리 속에서는 계속 거부 반응이 일어났다. 하지만 난 그런 거부 반응을 느끼면서도 내 손에는 아무런 감각도 없음을 동시에 느끼고 있었다. 눈으로는 분명 젊은 남자의 손을 잡은 것을 목격하고 있으나 손에는 아무런 감각이 없었던 것이다.

위잉—

머리 속에서 뭔가 울리는 듯한 소리가 일어나자 갑자기 눈앞의 광경이 일그러지기 시작했다. 그리고 잠시 후에는 아예 풍경이 바뀌어서 웬 끝이 보이지 않을 정도로 넓은 방 한가운데 나와 젊은 남자가 사이좋게 손잡고 서 있었다. 끝도 보이지 않는데 어째서 방이라는 느낌이 들었는지는 알 수 없었지만, 상황으로 보아 지금 이곳이 명계일 가능성이 높았기 때문에 난 즉시 주위를 둘러보았다.

"……!"

주변에는 엄청난 수의 영혼들이 복작복작대고 있었다. 영혼들은 모두 발가벗은 상태였는데, 그중의 절반은 아즈라엘이었고 나머지 절반은 아즈라엘이 데려온 죽은 자들의 영혼이었다. 그리고 눈을 잠시 깜빡이는 순간에도 영혼들의 숫자는 조금씩 불어나고 있었다.

"그대가 중용자구려."

내가 정신없이 주위를 둘러보고 있을 때 누군가 나에게 다가오더니 그렇게 말을 걸었다. 혹시라도 내 정체를 알고 있던 인간이 죽어서 명계로 왔을 가능성도 있었기 때문에 난 즉시 그 사람, 아니, 영혼을 쳐다보았다. 하지만 그 영혼의 얼굴은 생전 처음 보는 것이었다.

"누구십니까?"

"난 이 명계의 관리자인 '베이타'의 분신이오. 그대가 오기만을 기다리고 있었소이다."

약간 덕이 많은 듯한 얼굴의 중년 아저씨 영혼은 자신을 그렇게 소개했다. 그러나 명계의 관리자라는 건 믿어줄 수도 있겠는데 베이타의 분신이라는 말은 믿어줄 수가 없어서 난 그에게 물음을 던졌다.

"분신이라뇨? 무슨 말입니까?"

"아, 난 저기서 아즈라엘들이 데려온 영혼들을 확인하고 있는 명계 관리자 베이타의 일부란 말이오. 잠시라도 저 자리를 비울 순 없지만 지금은 중용자에게 마지막 성물을 알려줘야 하기 때문에 이렇게 내 분신을 만든 거요."

베이타의 분신이라는 영혼의 말대로 끝이 보이지도 않는 묘한 방에는 제단 비슷하게 생긴 것이 있었고, 지금 내 앞에 서 있는 영혼과 똑같이 생긴 녀석이 그 위에 앉아 있었다. 그리고 그 밑에 몰려든 아즈라엘들이 차례대로 제단에 올라가 그 영혼에게 자신이 데려온 영혼을 확인시키고 있었다. 하지만 저 제단 위의 영혼과 지금 내 앞에 서 있는 영혼이 동일하다고 딱 부러지게 말할 수는 없어서 난 또다시 물었다.

"영혼은 자기의 분신도 만들 수 있습니까?"

"영력(靈力)이 강하면 가능하오. 일반 영혼들은 분신을 만들 수 있을 정도로 강한 영력을 가지고 있지 않기 때문에 어렵소."

흐음…… 그런가? 내가 뭐 영혼에 대해서 알아야지. 어쨌든 이 영혼 아저씨가 마지막 성물이란 말을 한 걸 보면 명계에 성물이 있다는 게 사실인가 보군. 맘에 들진 않지만 라케시스의 추리가 맞았으니 녀석에게 감사를 해야 하나?

"그대는 가서 다음 영혼의 회수를 맡게."

"예."

베이타는 날 데려온 아즈라엘에게 그렇게 지시를 내렸고, 지시를 받은 아즈라엘은 아무 소리 하지 않고 그대로 사라졌다. 아즈라엘이 사라진 후, 베이타는 나에게 자신을 따라오라고 하고는 먼저 어딘가로 걸어가기 시작했다. 하지만 난 바로 따라가지 않고 베이타에게 질문을 던졌다.

"어디로 갑니까?"

"성물을 얻으려고 이곳에 온 것 아니오? 성물을 보러 가는 게 당연하지 않겠소?"

"……"

흘…… 할 말 없게 만드는군. 뭐, 쓸데없는 얘기로 시간 때우기보다는 빨리 성물 찾고 나서 빨리 돌아가는 게 훨씬 낫겠지.

웅성웅성.

우리는 영혼들이 잔뜩 몰려 있는 제단 근처를 돌아서 이상한 문 옆에 섰다. 제단 위에 있는 베이타에게 확인을 받은 영혼들은 일렬로 그 문 안으로 들어서고 있었다. 그 때문에 궁금증이 생긴 난 베이타에게 속공으로 질문을 집어던졌다.

"왜 영혼들이 저 안으로 들어갑니까?"

"명계에서 당분간 거주하는 거라오. 새로운 생명이 탄생할 때까지 저 문 안에 있는 영역에서 살아야 한다오."

"생명이 탄생할 때까지요? 그럼 생명이 탄생하면 저 영혼들은 어떻게 됩니까?"

"당연히 그 생명의 영혼이 되는 것이오."

엥? 그건 또 무슨 소리야?

"생명의 영혼이 된다는 게……?"

"어렵게 생각할 것 없소. 명계에서 하는 일이라고는 죽은 사람의 육체에서 영혼을 분리한 뒤 생명이 태어날 때까지 여기서 관리하다가, 생명이 태어나면 영혼을 그 새 생명에 집어넣는 것이라오. 물론 그전에 그 영혼의 기억은 모두 지운다오."

베이타는 어렵게 생각하지 말라고 했지만 난 어렵게 생각할 수밖에 없었다. 가장 기본적인 것부터 내 생각과는 완전히 틀렸기 때문이었다.

"왜 죽은 사람 몸에서 영혼을 분리합니까?"

"새 생명이 태어나면 그 생명에게 영혼을 불어넣어 주기 위해서요."

"왜 새 생명에 영혼을 불어넣어 줍니까?

"그래야 그 생명이 살아갈 수 있기 때문이오."

"영혼이 없으면 생명은 죽습니까?"

"물론이오."

베이타와 얘기를 나눌수록 이 세계가 어떻게 돌아가고 있는지 점점 더 헷갈려져 왔다. 그리고 그에 비례하여 궁금증은 쌓여만 갔다.

따라서 난 자연히 계속해서 질문을 할 수밖에 없었다.

"영혼의 수는 한정되어 있습니까?"

"거의 그렇다고 할 수 있소. 가끔 영혼 하나가 여러 개로 나뉘는 경우도 있는데, 그건 영력이 강한 영혼일 때 해당하는 얘기고 보통은 생명 하나당 영혼 하나를 배정받소."

"그럼, 영혼이 부족할 수도 있잖습니까?"

"물론이오. 영혼을 받지 못한 생명체는 죽게 된다오. 예를 들자면 유산이 되든지, 태어나자마자 죽든지, 아니면 태어나더라도 얼마 살지 못하고 죽게 되오."

"그렇다는 얘기는 지금 아르카디아에 살고 있는 인간들의 수는 예나 지금이나 거의 일정하다는 뜻 아닙니까?"

"그렇소."

"인구 수의 증가가 전혀 없는 겁니까?"

"거의 없소."

베이타의 대답에 난 어처구니없음을 느껴야 했다. 인간은 지식이 쌓여감에 따라 의술이 발달하게 되고 따라서 인구의 증가는 필연적으로 일어나야만 한다. 그런데 지금 이 세계는 의술이 발달해도 인구의 증가가 일어나지 않는, 말하자면 자연계의 생태계 평형을 되풀이하고 있는 것이다.

후후…… 아무래도 영혼의 유무(有無)로 생명의 삶과 죽음을 결정하는 이런 체제는 영계에서 만들어낸 것 같은데? 인간의 머릿수를 제한하면 환경오염이나 식량 부족 같은 문제는 발생하지 않겠지만, 사회에 변혁을 몰고 올 인재의 탄생 확률이 적어진다는 문제가 있겠지. 거의 변화나 변혁이 일어나지 않는 지극히 단조로운 생활의 연속…… 스파트 녀석이 말했던 발전없는 세계가 지금의 아르카디아인가…….

"후후, 그대는 아르카디아를 발전없는 세계라고 생각하고 있구려."

내 생각을 읽을 수 있는 것인지 베이타는 미미한 웃음을 지으며 입을 열었다. 명계 관리자 정도라면 충분히 영혼들의 생각에서 나오는 파장을 느낄 수 있겠다고 생각했기 때문에 난 별로 놀랍지 않았다. 단지 베이타가 말한 내용에 신경이 쓰일 뿐이었다.

"그럼, 베이타 씨는 지금의 아르카디아를 좋아합니까?"

"뭐, 좋아한다고는 볼 수 없소. 아르카디아는 지금 상태로도 먹고 살 만하기 때문에 뭔가 만들려는 노력도, 뭔가 변화를 꾀하려는 움직임도 없다오. 그래서 발전이 없다고 말할 수도 있을 거요. 하지만 난 굳이 그 규칙을 바꾸고 싶지는 않소. 그냥 지금 그대로 사는 게 훨씬 편하다오."

흠…… 이미 권력을 가지고 있거나 어느 정도 안정된 생활을 하고 있는 자들에게 변화란 두렵고 부담스러운 존재지. 그 변화에 적응하려면 여러 가지로 어려움을 겪어야 하고, 심지어는 자신이 쌓아올린 업적마저 무너지는 수가 있으니까 말이야. 명계의 관리자인 베이타 역시 그런 안일한 생각을 가지고 있군.

"변화하지 않는 인간은 인간으로서의 가치가 없지 않을까요?"

난 베이타에게 그렇게 물었다. 이미 내 생각을 다 알고 있는 베이타라면 내 질문이 무엇을 뜻하는지 알고 있으리라 생각했다. 그리고 내 생각대로 베이타는 내 말의 의미를 알고 있었다.

"그대는 이런 체계를 만들어놓은 영계를 부수고 싶어하는구려."

"……."

"뭐, 지금의 체계가 무너지든 말든 나하고는 관계없소. 영계가 무너지면 새로운 체계가 생길 거고, 그때 가면 내 역할도 바뀔 테니까 말이오. 어떤 식으로 될지는 모르겠지만."

베이타는 약간 쓸쓸한 웃음을 머금었다. 그는 영계가 부서지는 것을 그다지 바라고 있지 않은 것이다. 하지만 자신이 중용자를 제어할 의무가 없기 때문에 그냥 내가 하고 싶은 대로 내버려 두는 상태였다. 현재 명계의 관리자인 베이타의 할 일은 내게 마지막 일곱 번째 성물을 넘겨주는 일이기 때문이었다.

"안으로 들어갑시다."

그렇게 말한 베이타는 영혼들이 일렬로 들어가고 있는 문 안으로 향했다. 그를 따라 문 안으로 들어갔더니 수풀이 우거지고 꽃들도 흐드러지게 피어 있는 아름다운 광경이 내 눈앞에 펼쳐졌다. 그리고 그곳에서 이리저리 날아다니는 영혼들과 심심해 죽겠다는 표정으로 활보하고 다니는 영혼들을 볼 수 있었다.

"여기는 천국입니까?"

눈에 보이는 풍경이 아름다워 보였기 때문에 그렇게 생각한 난 베이타에게 물어보았다. 하지만 베이타의 대답은 내 예상을 완전히 빗나가는 것이었다.

"천국? 하하, 그런 건 없소. 당연히 지옥 같은 것도 없고."

얼렐레? 천국과 지옥이 없어? 설마 명계의 공무원들이 직무 유기를 하는 건 아니겠지?

"그럼 영혼들에게 형벌 같은 건 안 가합니까?"

"그런 질문들은 보통 영혼들이 다 하는 건데, 우리 명계에서는 영혼들에게 형벌을 가하지 않소. 영혼들은 고통도 못 느끼는데 형벌을 가해봤자 무슨 소용이 있겠소."

아, 그랬지. 영혼들은 감각을 느끼지 못하니까 때리거나 해도 고통을 못 느끼겠구나. 그렇지만 뭔가 이상한걸? 그럼, 어째서 사람들은 저승에 천당과 지옥이 있다고 믿는 거지?

"명계에서 하는 일은 뭡니까?"

"아까도 말했지만 영혼들의 보관과 방출이오."

"그렇다면 왜 사람들은 죽으면 천당이나 지옥에 간다고 생각합니까?"

"후후."

내 질문에 베이타는 묘한 웃음을 흘렸다. 내가 그런 질문을 할 것임을 예상하고 있었던 것 같았다.

"그런 건 사람들이 스스로 만들어낸 허구일 뿐이오. 죽음을 두려워하는 인간들이 죽음의 세계 역시 자신들이 살고 있는 세계와 같은 모습일 거라고 추측하고, 자신들의 세계에서 착한 일을 하면 복을 받고 나쁜 일을 하면 벌을 받는다는 사회적 논리를 죽음의 세계에 투영시킨 것이라오. 그렇게 함으로써 사람들이 착한 일을 하도록 유도하는 것이오. 한마디로 자신들의 현재 생활의 질서를 지키려고 그런 말도 안 되는 얘기를 날조하는 거요."

"……"

"생각해 보시오. 만약 명계가 영혼들이 생전에 지은 죄를 벌하는 곳이라면 명계는 권선징악을 장려하는 것이 되오. 그것은 명계의 목적이 착한 인간 만들기라는 뜻이오. 그렇다면 명계에서는 죄를 진 영혼들을 처벌하는 장면을 이승의 사람들에게 보여주고 '나쁜 짓을 하면 이런 벌을 주겠다'라고 협박하는 편이 악행하는 자들에게 강한 경고를 주어 나쁜 짓을 못하게 할 수도 있소. 하지만 우리들은 그렇게 하지 않고 있다오. 영혼을 처벌하지 않기 때문에 처벌 장면을 보여줄 이유가 없는 거요."

"……!"

베이타의 말은 모두 내 생각에서 크게 벗어나는 것이었다. 사람들이 스스로의 생활을 경계하기 위해 잘 알지 못하는 죽음의 세계에다 멋대로 천국이니 지옥이니 하는 것을 만들었다는 사실과 그런 사실을 알고서도 명계 쪽에서 그런 소문을 그냥 내버려 두고 있다는 사실이 놀라웠던 것이다.

"왜 사실을 바로잡으려 하지 않는 겁니까? 인간들 스스로 그렇게 생각하는 편이 인간들에게 좋다고 생각하기 때문입니까?"

"그건 아니오. 아즈라엘들이 영혼들에게 쉴 새 없이 그런 해명을 해야 한다는 사실에 안타까움을 금치 못한다오. 그렇지만 해명을 위해서는 명계에서 영력이 제일 강한 내가 직접 이승으로 가야 하오. 그것은 명계의 영혼 관리 체계가 엉망이 된다는 것을 뜻하는 거요. 모든 영혼들은 나를 통해 관리되고 있으니 말이오."

음…… 그렇군. 아까 베이타가 제단 위에서 아즈라엘들이 데려온 영혼들을 일일이 확인하고 있었지. 지금 내 앞에 있는 녀석은 그 베이타의 분신이니까…… 잠깐, 그럼 분신을 만들어서 그런 일을 시키면 되지 않나?

"분신을 만들면 되지 않습니까?"

"어렵소. 내 분신은 영력이 약하오. 영력을 분신에게 조금이라도 많이 주입하게 되면 명계 업무에 차질이 생긴단 말이오."

베이타는 결단코 그렇게 할 수 없다는 듯이 딱 잘라 말했다. 그래서 나도 그것에 대해 더 이상 왈가왈부하지 않았다. 단지 내가 이곳으로 온, 정확히 말해서 강제로 이곳으로 오게 된 목적에 대해 말했다.

"마지막 성물은 어디에 있습니까?"

"이 안 어딘가에 있소. 그 위치가 정확히 어디인지까지는 나도 잘 모른다오."

"그 말뜻은… 제가 직접 성물을 찾아야 한다는 겁니까?"

"잘 아시는구려."

흐으…… 그런 싸가지없는 말을 아무렇지도 않게 하는군. 같이 찾아주면 어디 덧나나? 명계의 업무를 봐야 한다는 걸 핑계로 안 도와줄 생각이지?

"잘 아시니 내가 굳이 말할 필요는 없을 것 같소. 난 여기서 기다릴 테니까 성물을 찾게 되면 나한테 오시오. 그럼 명계에서 나갈 수 있는 방법을 알려주겠소."

"…이미 죽은 사람이 살아날 방법이 있단 말입니까?"

"물론이오. 성물 찾아오면 가르쳐 줄 테니 걱정 마시오."

"……."

왠지 모르게 베이타가 하는 말은 별로 미덥지가 않았다. 하지만 그렇다고 베이타의 말을 안 들을 수도 없었기 때문에 난 영혼들이 활개 치고 다니는 이상한 곳으로 더 깊이 들어가려 했다. 그러다가 갑자기 한 가지 질문이 떠올랐기 때문에 베이타를 쳐다보며 물었다.

"근데, 제 정령들은 어떻게 된 겁니까?"

"정령? 글쎄… 아마 죽은 그대의 몸에 묶여 있을 거요. 아즈라엘이 영육분리(靈肉分離)를 할 때 정령들이 딸려오지 않은 걸로 봐서는 그대와 완전한 정신합일 상태는 아니었던 것 같소. 그래도 영마관의 강제력에 구속된 걸 보면 정령들이 그대의 정신을 어느 정도 공유하고 있었을 거요. 그래서 그대의 영혼이 육체에서 분리된 후 정령들은 기절 상태로 그대의 육체에 얽매여 있을 것이오."

베이타는 내가 말하는 정령의 의미가 바로 다섯 정령을 가리키고 있음을 정확히 알아내고 그렇게 대답했다. 그리고 명계에만 있어야 할 베이타가 영마관이 나에게 강제력을 걸었던 것까지 알고 있다는 사실에 난 크게 놀랐다.

"상당히 자세히 알고 계시는군요."

"하하, 내가 영혼을 다루다 보니 본의 아니게 회로계에서 일어나는 일들을 많이 알고 있는 것뿐이라오. 그걸 뭔가에 악용할 생각은 없소."

"뭐, 하여튼… 제가 다시 살아나면 정령들도 원래대로 돌아가는 것이겠죠?"

"그건 확신하오."

베이타의 대답은 자신감이 넘쳐흐르고 있었다. 난 그다지 베이타를 믿고 싶은 생각은 없었으나 이 상황에서는 그냥 믿기로 하고 다시 영혼들이 떼거지로 몰려 사는 장소로 걸어 들어갔다. 그런데 그 와중에 갑자기 질문할 거리가 또 떠올라서 베이타에게 다시 질문을 날렸다.

"근데 전 성물의 기운을 느끼지 못합니다. 제가 어떻게 성물을 찾아내고, 그게 성물인지 확신할 수 있습니까?"

"척 보면 그게 성물이라는 느낌이 올 거요."

"……."

흠…… 정말 성의없는 대답이군. 하긴, 직책 높으신 관리자 양반에게 뭔가를 기대한 내가 잘못이지. 자, 그럼 성물이나 찾으러 가볼까? 앗!

"왜 그러시오?"

내가 막 안쪽 더 깊은 곳으로 들어가려다가 멈칫하자 베이타가 이상하다는 표정으로 나에게 물었다. 그래서 난 베이타 쪽을 돌아보며 입을 열었다.

"한 가지 물어볼 게 더 있어서요."

"……."

찾아가라는 성물은 찾아가지도 않고 질문만 연신 해대는 내가 귀찮은지 베이타는 얼굴을 살짝 찌푸렸다. 그렇지만 난 그런 베이타의 표정에는 신경 쓰지 않고 내가 하고 싶은 질문을 가차없이 했다.

"하루 종일 그렇게 명계의 업무를 하면 지치지 않습니까?"

"후후.'

내 질문에 베이타는 묘한 미소를 지어 보였다. 그런 질문을 던지는 내가 아직 한참 모자른다는 듯한 기분 나쁜 미소였다.

"우선 영혼은 감각이 없소. 피로는 육체가 있기 때문에 생기는 거요. 그리고 육체가 피로해지는 원인은 바로 감각이 있기 때문이오. 일상 생활에서 수도 없이 받는 자극이 육체를 피로하게 만든다는 뜻이오. 그래서 밤에 인간은 잠을 잠으로써 자극에 지친 육체를 잠시 쉬게 하는 거요. 하지만 감각이 없는 영혼은 자극을 받지 않기 때문에 피로를 느끼지 않게 되오. 따라서 아무리 일을 해도 아무리 머리를 써도, 감각을 가지고 있지 않은 영혼은 결코 지치지 않는 것이오."

"아……."

베이타의 친절한 설명에 난 대충 이해를 했다. 그의 말을 정리해 보면 영혼에게는 감각이 없기 때문에 피로를 느끼지 못하고, 피로를 느끼지 못하기 때문에 잠을 잘 필요성이 없어지며, 잠을 잘 필요성이 없기 때문에 이곳을 아무리 싸돌아다녀도 지치지 않는다는 것이었다. 그리고 감각이 없는 영혼이 배고픔 같은 것을 느낄 리가 없었기 때문에 배를 채워야만 하는 이유도 없었다.

"이제 난 더 이상 대답하지 않겠소. 빨리 성물을 찾아오시오. 그렇지 않으면 소생 방법을 알려주지 않을 거요."

날 그냥 놔두면 계속해서 질문할 것이란 예감이 들었는지 베이타
는 그렇게 딱 잘라 말했다. 그래서 난 어쩔 수 없이 수많은 질문거리
들을 가슴에 품은 채 발길을 돌려야 했다. 어디 있는지도 알지 못하
는 성물을 찾으러 이 끝도 보이지 않는 이상한 장소를 죄다 뒤져야
했던 것이다.

　흐으…… 도대체 어떻게 성물을 찾아! 날 죽일 셈이냐? 영혼이 아
무리 피로를 느끼지 못한다고 하더라도 성물을 언제 찾아서 언제 내
몸으로 돌아가? 이러다가는 내 몸이 썩어 없어질 때까지 돌아가지도
못하겠다!

　…….

　영혼들이 옹기종기 모여 살고 있는 영혼들의 보관소는 매우 조용
했다. 말다툼이나 서로 잡담하는 것도 없이 너무나 조용했다. 바람이
나 곤충 같은 잡음도 전혀 없었기 때문에 주위는 바늘 하나만 떨어
져도 알아챌 수 있을 정도의 조용함을 유지하고 있었다.

　“…….”

　하늘 위를 유유자적하게 날아다니고 있거나 일부러 땅 아래로 파
고들어 가는 영혼들을 보며 난 기분이 착 가라앉는 것을 느꼈다. 그
영혼들의 얼굴에서는 그 어떤 즐거움도 찾아볼 수가 없었다. 모든 것
에 초탈한 듯한 표정만이 떠올라 있을 뿐이었다. 이 죽음의 세계에서
는 뭔가 할 수 있는 게 아무것도 없는 것 같았다.

　“여기서 내보내 줘! 난 죽지 않았단 말이야!”

　영혼 보관소의 입구에서 한 영혼이 소동을 부렸다. 자신의 죽음을
인정하지 않고 자신을 살려내라고 요구하는 것이었다. 그렇지만 그
누구도 그 영혼의 말에 귀를 기울이지 않았다. 심지어 시끄럽게 떠든
다고 소리치는 영혼들도 없었다. 어차피 시간이 지나면 저 영혼 녀석

도 얌전해질 것이라는 확신을 하고 있었던 것이다.

호으…… 항상 똑같은 자연 환경만 보고, 항상 똑같은 일만 되풀이
되니까 영혼들이 완전 맛이 갔군. 이런 곳에다 감각을 가지고 있는
인간을 집어넣으면 며칠 견디지 못하고 정신병자 되겠는걸? 어쨌든
성물 찾기 전에 저 무표정한 영혼들에게 성물 비슷한 거 보지 못했
냐고 물어봐야겠군.

"저기요, 혹시 여기에서 뭔가 눈에 띄는 물건 보신 적 없습니까?"

난 하늘을 날아다니는 한 영혼에게 말을 걸었다. 그러나 그 영혼은
날 무표정한 눈으로 내려다보더니, 이내 하늘 위로 훨훨 날아갔다. 간
단하게 내 말을 무시해 버렸던 것이다. 그리고 다른 영혼들 역시 내
질문에는 그 어떤 대답도 하지 않겠다는 듯 싸늘한 표정을 지었다.

크으…… 어쩔 수 없이 나 혼자 성물을 찾아야 하나? 뭐, 처음부터
뒤지다 보면 찾을 수 있겠지만, 시간이 엄청 걸릴 텐데 걱정이다.

"저기 ……."

그때 웬 부드러운 여자 목소리가 내 뒤에서 들려왔다. 마침 영혼들
에게 무시당한 상태였기 때문에 난 즉시 그 목소리를 낸 영혼을 쳐
다보았다. 얼굴이 꽤 예쁜 20대 정도의 여자였는데 영혼이라서 완전
한 알몸을 한 채 서 있었다. 정상적인 경로(?)를 통해서는 결코 볼
수 없는 여자의 몸을 눈앞에 두고 있는데, 그 순간 내 머리 속에 떠
오른 생각은 이런 것들이었다.

'얼굴은 화장을 한다면 미인이라는 소리를 들을 정도이고 몸통과
다리의 비율은 대략 4대 6 정도……. 다리도 꽤나 잘 빠진 편이고 살
이 지나치게 찌지도, 지나치게 마르지도 않았군. 성격에 문제만 없다
면 연애하거나 결혼하는 데에 별 지장이 없겠구만.'

단순히 그런 생각들뿐, 무슨 야시시한 생각이나 느낌은 전혀 들지

않았다. 마치 예술가의 조각품을 보는 듯한, 아니, 그것도 여성상 같
은 그런 것이 아니라 그냥 단순한 조각품을 보는 듯한 그런 느낌이
었다. 감각이 없기 때문인지 생각의 경향이 본능적인 쪽보다는 표면
적인 쪽으로 흐르고 있었던 것이다.

"무슨 일이십니까?"

상대방도 알몸이고 나도 알몸, 생전 처음 보는 남녀가 서로의 알몸
을 쳐다보는데도 나나 그 여자나 전혀 의식하지 않고 있었다. 역시
전체적인 분위기가 그 어떤 것에도 신경 쓰지 않는 분위기였기 때문
에 나나 그 여자의 사고방식이 그 분위기에 지배되고 있는 것이었다.

"무슨 눈에 띄는 물건을 찾으신다고 하셨나요?"

그 여자는 내 말을 다시 한 번 확인하려는 듯이 그렇게 물었다. 그
래서 난 고개를 끄덕이며 대답했다.

"예, 뭔가 특이한 물건 없습니까?"

"특이한 거라면 봤어요. 저쪽에 있던데요."

여자의 손이 상당히 애매한 쪽을 가리켰다. 단순히 저쪽에 있다
는 것일 뿐 정확히 어느 위치에 있는지까지는 그 손짓으로는 전혀
알 수 없었던 것이다. 하지만 아무런 정보도 없이 이 넓은 곳을 뒤
지는 것보다 대강의 위치라도 아는 것이 중요했기 때문에 난 그 여
자에게 고맙다고 인사했다. 그리고 나서 즉시 여자가 가리킨 곳을
뒤져 보려 했다. 그때 여자가 아직 할 말이 끝나지 않은 듯 입을 열
었다.

"잠깐만요. 제가 안내할게요."

"……?"

얼레? 이 여자가 나한테 관심있나? 다른 영혼들은 모두 가만히 있
는데 왜 굳이 안내하겠다는 거지?

"……!"

그 여자 영혼의 의도를 알 수 없었던 나는 그 여자의 얼굴을 보고 어느 정도 그 의도를 짐작할 수 있었다. 그래서 그녀에게 한 가지 질문을 던졌다.

"이곳에 온 지 얼마나 됐습니까?"

"저요?"

"예."

"음…… 정확히는 모르겠지만 그렇게 오래되지는 않았어요."

역시 그렇군. 여기에 오래 있지 않았기 때문에 아직 인간적인 생각이 남아 있어서 뭔가 변화있는 것을 추구하는 거야. 그 변화란 것은 눈에 띄는 것을 찾으려 하는 나일 테고. 저 여자도 이곳에 더 있으면 그런 관심도 꺼버리겠지? 모든 영혼들이 그런 것처럼.

"그럼, 안내 부탁드립니다."

예쁜 여자 영혼이 친절하게 안내해 주겠다는데 거절할 내가 아니었다. 그렇게 난 여자 영혼의 안내를 받으며 눈에 띄는 것이 있다는 장소로 향했다. 영혼이라 땅 위를 걷지 않고 하늘 위를 훨훨 날아갔는데, 그동안 난 여자의 이름이나 그런 잡다한 것을 전혀 묻지 않았다. 그건 여자 쪽에서도 마찬가지였다. 어차피 죽은 이상 긴 세월을 이곳에서 보내야 할 텐데, 그렇게 되면 다른 영혼들처럼 모든 것에 신경을 끄고 살게 되므로 그런 사소한 것들은 알 필요도 없다는 생각에서였다.

흘…… 난 이곳에 금방 왔을 뿐인데 다른 영혼들처럼 상대방 이름이나 나이 같은 걸 전혀 안 묻고 있군. 벌써 이곳의 분위기에 휩쓸려버린 건가? 아, 난 원래 그런 걸 잘 안 묻는 녀석이었지…….

"여기예요."

어떤 장소에 도착한 후 여자 영혼이 비행을 멈추며 한곳을 가리켰다. 그녀의 손을 따라 시선을 돌린 결과 지금까지 보아왔던 나무와 꽃들만 보였다. 무슨 눈에 띌 만한 것은 전혀 보이지 않았던 것이다.

"그냥 똑같은 나무하고 꽃들만 있지 않습니까?"

"아니, 나무와 꽃 사이를 잘 보세요. 뭔가 빠르게 지나가는 물체가 보일 거예요."

"……?"

여자 영혼이 거짓말하는 것 같지는 않았기 때문에 난 좀 더 자세히 나무와 꽃을 쳐다보았다. 그리고 잠시 후 그녀의 말대로 뭔가 빛나는 물체가 빠른 속도로 나무와 꽃 사이를 지나가고 있음을 발견하게 되었다. 그 물체의 속도가 워낙 빨라서 대충 보면 발견하기 어려웠던 것이다.

"저게 뭡니까?"

"모르겠어요. 다른 영혼들에게 물어보니 원래부터 있었다고 했어요."

흐음…… 저게 성물일까? 베이타 녀석은 척 보면 그게 성물인지 아닌지 알 수 있을 거라 했는데, 난 전혀 느낌이 안 오는걸? 그럼 저 물체는 성물이 아니라는 소리인가? 하지만 그냥 무시하고 가버리기에는 뭔가 께름칙하고…….

"저거 영혼에게 뭔가 해를 주는 물체는 아니죠?"

난 빠른 속도로 비행하는 물체를 가리키며 여자 영혼에게 물었다. 그러자 여자 영혼은 고개를 끄덕이며 대답했다.

"전혀 해를 주지 않아요. 제가 저걸 잡으려고 여러 번 시도했었지만 모두 실패했죠. 영혼에게는 육체가 없어서 그런지 저 물체를 잡을 수가 없더라구요."

"그렇습니까? 그럼, 제가 해보죠."

우선 저 물체가 성물이라는 가정을 한 후, 난 그 물체를 잡기 위해 그 물체가 지나가는 길목에 자리 잡고 기다렸다. 빠른 속도로 나무와 꽃 사이를 질주하던 빛나는 물체는 순식간에 내가 서 있는 위치까지 날아왔다. 그리고 순식간에 내 몸속에 파고들었다.

"아! 없어졌어요!"

빛나는 물체가 내 몸속에 파고들고 나서 내 영혼의 몸을 꿰뚫고 나오지 않았는지 여자 영혼이 경탄의 소리를 발했다. 하지만 단지 그 것뿐 그 이상의 일은 일어나지 않았다. 정말로 그 빛나는 물체가 일곱 번째 성물인지, 그냥 이곳에서 우연히 발생한 물체인지 나로서는 알 수가 없었다. 성물을 찾은 걸로 치고 베이타에게 돌아갈 건지, 계속 성물을 찾아 이 넓은 장소를 헤매고 다녀야 할 것인지조차 결정하기 힘들었다.

흐으…… 어떻게 하지? 느낌상 내 영혼의 몸속에 들어 있는 물체가 성물인 것 같기도 하고 아닌 것 같기도 하고…… 무지하게 헷갈리는구만. 뭐, 됐어. 그냥 성물 찾았다고 생각하고 우선 베이타에게 돌아가자.

"도움 주셔서 감사합니다. 이만 가보겠습니다."

난 그 여자 영혼에게 정중히 인사하고 나서 베이타가 있는 쪽으로 가려고 했다. 그러자 여자 영혼이 이상하다는 표정을 지었다.

"어디로 간다는 거예요? 명계의 관리자인 베이타가 허락하지 않는 이상 그 어떤 영혼도 여기서 빠져나갈 수 없어요."

"그건 괜찮습니다. 베이타의 명령을 받고 여기에 왔던 것이니까요."

"……?"

내가 대충 얼버무린 대답에 여자 영혼은 그래도 모르겠다는 듯이 고개를 갸웃했다. 어쨌든 난 계속 머리만 갸웃하는 여자 영혼에게 작별 인사를 한 뒤에 바로 베이타에게 날아갔다. 도움만 받고 아무 보답도 하지 않는 게 조금 마음에 걸리긴 했지만 내가 그녀에게 해줄 수 있는 일은 아무것도 없었기 때문에 그냥 어쩔 수 없는 것이라고 나 스스로를 위안했다.

"오, 벌써 찾았소?"

비행 청소년처럼 하늘을 훨훨 날아온 날 보고 베이타가 얼굴 가득 미소를 떠올렸다. 난 그런 베이타에게 이렇게밖에 얘기해 줄 수 없었다.

"제대로 찾은 것인지는 모릅니다."

"그럼, 더 찾지 그러시오?"

"…귀찮습니다."

"허허, 중용자가 성물 찾는 일을 귀찮아해서야 쓰겠소?"

흘…… 그렇게 말하는 아저씨가 직접 성물 찾아보시지?

"그럼 약속대로 그대를 소생시키겠소 날 따라오시오"

나에게 더 이상 성물 찾을 의지가 없음을 알아차린 베이타는 어딘가로 걸어가기 시작했다. 그런데 그가 걸어가는 곳은 영혼들의 보관소 내부였다. 밖으로 나가서 뭔가 다른 곳에서 소생 방법을 실행할 줄 알았던 난 약간의 당황함을 느껴야만 했다.

"……!"

그때 갑자기 눈앞의 풍경이 소리도 없이 일그러지기 시작했다. 그것 때문에 내가 엄청 놀라고 있는데도 베이타는 유유히 앞으로 걸어 나갈 뿐이었다. 자세히 보니 베이타의 앞쪽에서도 풍경이 마구 일그러지고 있었다.

……

아주 잠깐의 시간이 지난 후, 일그러졌던 눈앞의 풍경이 제대로 보이기 시작했다. 하지만 그 풍경은 방금 전까지 내가 보고 있었던 풍경이 아니었다. 어두컴컴해서 앞도 제대로 보이지 않는 곳에 베이타와 내가 서 있었던 것이다.

"여기는 어디입니까?"

난 베이타에게 물었다. 그러자 베이타는 날 쳐다보면서 느긋한 어조로 대답했다.

"여기가 바로 영혼들을 방출하는 곳이오"

"이 어두운 곳이 말입니까?"

"그렇소"

베이타의 말은 정말 뜻밖이었다. 도대체 여기서 영혼들의 방출이 어떻게 이루어지고 있는 것인지 전혀 짐작할 수가 없었다. 그런 내 마음을 아는지 모르는지 베이타는 그저 새카만 어둠을 뚫고 어딘가로 걸어갈 뿐이었다.

"근데 영혼들을 방출하는 곳이라면서 어째서 영혼이 하나도 안 보이는 겁니까?"

베이타가 아무 말도 하지 않고 그냥 걷기만 했기 때문에 난 베이타에게 달을 걸어보았다. 다행히 베이타는 내 질문을 기다렸던 모양인지 질문을 받자마자 대답을 해주었다.

"영혼들은 이미 여기 있소. 단지 이 어둠이 서로를 알아채지 못하도록 하고 있을 뿐이오. 즉, 방출 장소로 온 영혼들은 혼자서 어둠을 떠돌다가 목적지에 도착하여 지금까지의 기억을 잃어버리고, 새로운 생명이 있는 곳으로 날아가는 것이오"

"왜 기억을 잃어버립니까?"

"이곳에는 영혼의 기억을 먹고 사는 벌레들이 있기 때문이오. 명계에서는 그 벌레들을 영충(靈蟲)이라고 부른다오."

헐…… 기억을 먹고 사는 벌레들이 있다고? 그래서 영혼들이 새로운 생명의 영혼이 되어도 예전의 기억은 갖고 있지 않는 건가?

"하지만 그 벌레들의 공격을 피하면 기억을 잃지 않을 수도 있는 것 아닙니까?"

"하하, 물론이오. 가끔씩 영충의 습격을 피해서 예전의 기억을 가지고 새 생명의 영혼이 되는 영혼들도 있다오. 그것을 인간들은 환생(還生)이라고 하더이다."

"흐음…… 그렇군요."

베이타의 말은 꽤 흥미로웠다. 하지만 잠시 생각을 바꿔서 해보니 그 영충의 공격을 피하지 못하면 나 역시 지금까지의 기억을 잃어버린 채 내 몸으로 돌아갈지도 모르는 상황이었다. 그런데도 베이타는 영충이 습격하든 말든 전혀 신경 쓰고 있지 않으니 나로서는 답답할 수밖에 없었다.

"영충의 습격을 피할 수 있는 방법이 있습니까?"

"본래는 없소. 하지만 나와 같이 갈 경우에는 안전하오."

얼레? 베이타와 같이 있으면 안전하다고? 설마 그 영충들, 베이타가 기르고 있는 애완 곤충은 아니겠지?

"하하, 그럴 리가 있겠소? 단지 영충들이 내 강력한 영력을 느끼고 접근하지 않는 것뿐이라오. 비록 내 분신이라 할지라도 말이오."

베이타는 그렇게 말했지만 난 그렇게 생각하지 않았다. 그냥 영충들을 베이타의 애완 곤충이라고 단정지어 버렸다. 어차피 이번에 되살아나면 다시는 이곳에 올 일이 없어지기 때문에 명계에 대해서 멋대로 생각해도 상관없었던 것이다.

……

시간은 시간대로 흘렀고 나와 베이타는 나와 베이타대로 걸었다. 영혼이기 때문에 걷는다고 피곤하거나 지치는 것이 없어서 시간이 얼마나 흘렀는지 전혀 알 수가 없었다. 하지만 꽤 시간이 지났다고 생각한 순간, 그렇게 새카맣던 어둠이 갑자기 사라지며 아주 밝은 풍경이 내 시야에 들어왔다.

육체가 없는 영혼이기 때문에 어둠에서 밝음으로 뒤바뀌어도 눈부시다거나 눈이 따갑다는 일은 발생하지 않았다.

"……!"

풍경이 확연히 눈에 들어왔을 때 난 크게 놀랐다. 내가 서 있는 곳은 바로 육체밖에 없는 나 자신이 바위 위에 얌전히 드러누워 있는 바로 그곳이기 때문이었다. 내 곁에는 아트로포스가 여전히 눈물을 뚝뚝 흘리며 울고 있었고, 그 옆에는 라케시스와 클로토가 아트로포스 위로하기를 포기한 채 내가 깨어나기만을 마냥 기다리고 있었다.

"이저 그대의 육체 속에 들어가기만 하면 되는 거요."

베이타는 더 이상 자신의 할 일이 없다는 듯한 어조로 입을 열었다. 확실히 나도 그렇게 하면 내가 되살아난다는 것을 느끼고 있었기 때문에 망설일 이유가 없었다. 그래도 지금까지 안내해 준 베이타에게 작별 인사는 해야 도리라고 생각해서 내 육체에 들어가기 전에 베이타에게 작별 인사를 했다.

"지금까지 도움 주셔서 감사합니다."

"하하, 내가 뭘 한 게 있겠소. 아참!"

내 인사에 실실 쪼개던 베이타가 뭔가 생각난 듯이 탄성을 발했다. 갑작스런 탄성이라 내가 바짝 긴장했을 때, 베이타는 느긋한 어조로 말을 이었다.

"마지막 성물의 효능은 바로 극반동(極反動)이오"

"……."

어쭈구리…… 마지막 성물의 효능을 알고 있다는 말은 성물이 뭔지 이미 알고 있었다는 뜻? 그런데 왜 나한테는 한마디 말도 안 하고 무조건 성물을 찾아오라고 한 거야? 이 명계 관리자를 주인공으로 청문회를 열어?

"극반동은 상대의 공격을 그대로 되돌리는 것을 말하오. 물론 자신보다 약한 자의 공격만 튕길 수 있다오. 어쨌든 극반동은 일 대 다수의 싸움에서 별 볼일 없는 졸개들에게 신경 쓰지 않아도 되기 때문에 상당히 유용하오. 졸개들이 아무리 그대를 칼로 찌르든 마법으로 공격을 하든 졸개들의 실력이 당신보다 아래인 한, 그들은 자신들이 한 공격에 자신들이 피해를 입을 뿐 그대는 그 어떤 부상도 당하지 않게 된다오."

"……!"

마지막 성물에 그런 엄청난 능력이 숨겨져 있는 줄은 몰랐기 때문에 난 놀람에 놀람을 거듭해야 했다. 그렇게 날 경악의 도가니 속으로 밀어 넣은 베이타는 내가 모르는 사이에 작별 인사를 하고 냉큼 명계로 돌아가 버렸다. 정말 눈 깜짝할 사이였다.

이런, 작별 인사도 제대로 못했는데 그냥 가버렸네? 뭐, 어쩔 수 없지. 마지막 성물의 효능에 대해서 듣기 전에 녀석에게 했던 작별 인사로 대신했다고 치자. 그럼 이제 슬슬 내 육체로 돌아가 볼까?

스스슥―

내가 내 육체 안으로 들어가자 마치 마찰이 일어나는 듯한 음향 효과가 발생했다. 하지만 내 영혼은 무리없이 육체 안으로 들어갔고 그와 동시에 머리 속의 필름이 끊겨 버렸다.

……

"흑흑……!"

누군가 흐느끼는 소리가 제일 먼저 들렸다. 그리고 내 머리가 부드러운 뭔가에 감싸여 있다는 것도 느꼈다. 난 잠시 머리를 굴려서 내가 땅 계에서 성물을 얻고 본래의 내 몸으로 돌아왔다는 것을 생각해 내었다. 그러자 몸의 모든 기능이 정상적으로 움직이면서 내 정신 역시 아주 말짱해졌다.

"흑흑……."

흘…… 아트로포스가 내 머리를 부여잡고 계속 울고 있는 것 같군. 그렇다는 건 지금 얼굴에서 느껴지는 부드러운 물체는 아트로포스의…… 흠흠, 하여튼 일어나야겠다.

"로스, 나 돌아왔는데."

"……!"

죽어 있던 시체가 갑자기 말을 하자 아트로포스는 크게 놀랐다. 그 사이 난 아트로포스의 품에서 빠져나와 라케시스와 클로토에게도 내 부활 소식을 알렸다. 두 사람은 이미 내가 멀쩡히 살아 돌아올 것임을 알고 있었는지 별 반응이 없었다. 하지만 아트로포스는 그렇지 않은 듯했다.

"이드님… 정말 이드님인 거죠……?"

"아, 일단은 그런 것 같은데."

"흑……!"

내 대답을 듣자마자 아트로포스는 내 품속에 몸을 던지며 또 울기 시작했다. 오히려 내가 죽었을 때보다 더 많이 우는 것 같았다. 그래서 난 내 품에 안겨 우는 아트로포스를 살짝 끌어안아 주었다. 뭔가 어색한 말을 하는 것보다는 그렇게 하는 편이 훨씬 낫다는 생각이 들었기 때문이다.

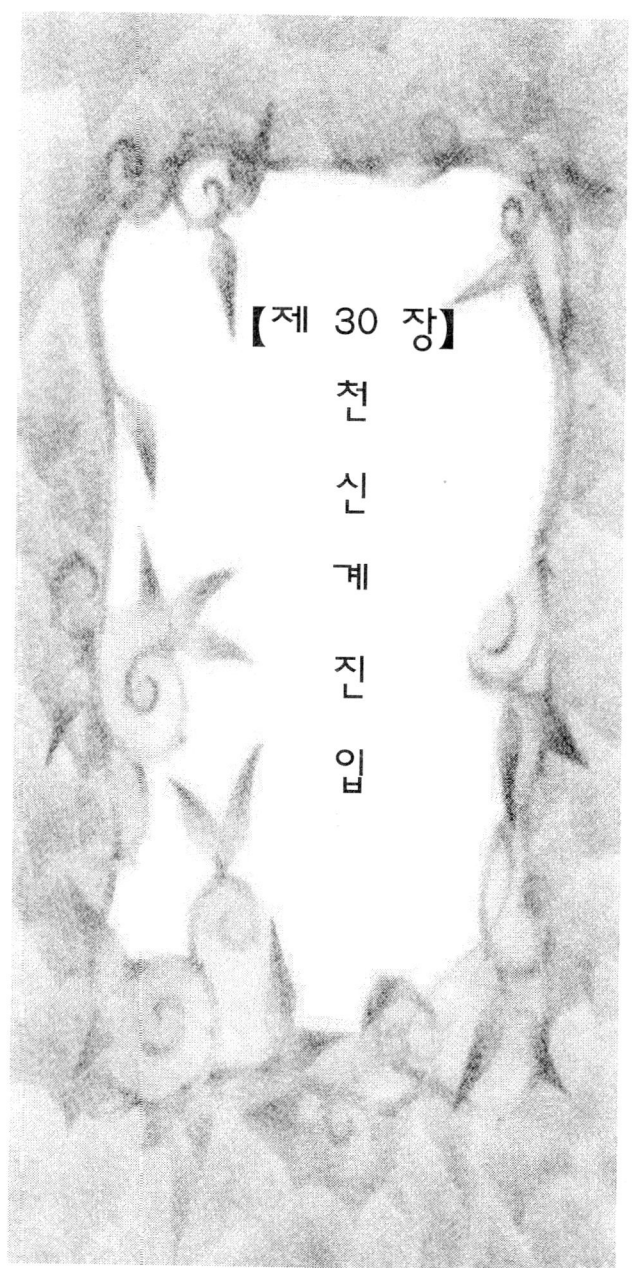

【제 30 장】

천
신
계
진
입

"어때? 내 말이 맞았지?"

내가 죽었다가 멀쩡히 살아나자 라케시스가 거 보란 듯이 말했다. 난 그냥 어느 정도 울음이 진정된 아트로포스를 안고서 라케시스를 째려보았다.

"아주 고~맙게 생각한다."

"고맙게 생각하면 됐어. 근데 언제까지 로스를 끌어안고 있을 생각이야?"

라케시스는 아트로포스를 품에 안고 있는 내 꼴을 보고 날카로운 눈초리를 해 보였다. 그렇지만 난 라케시스나 클로토의 시선에는 신경 쓰지 않고 아트로포스가 스스로 떨어질 때까지 계속 안고 있을 생각이었다. 그러나 안타깝게도 라케시스의 말을 듣고 나자 아트로포스가 내 품에서 빠져나가 어색하게 웃고 말았다.

"죄송해요, 저 때문에……."

"아니, 로스가 미안해할 필요는 없어. 어쨌든 라케시스의 말대로 명계에 가서 마지막 일곱 번째 성물을 얻어왔으니까 말이야."

그럼그럼. 문제는 만약 라케시스의 예측이 틀렸다면 난 완전히 죽었을 거란 것일 뿐. 결론적으로 끝은 좋았지만 그 과정에 문제가 있으니까 라케시스에게 보상을 받아야 할 텐데…… 뭘 달라고 할까?

"성물을 다 모았다니까 이제 나하고 클로토의 일은 끝난 거네. 그럼 이제 이드 혼자 천신계나 천마계를 가든가 로스하고 같이 가든가 서로 열심히 의논해서 결정하라구. 우린 이만 가볼게. 중용의 법칙 잘 실현해라."

"그럼, 몸 건강히 임무 완수하시길."

내가 보상 방법에 대해서 생각하고 있을 때 라케시스와 클로토는 그렇게 말하더니 자신들의 뒤쪽에 금색의 마법진을 만들었다. 그리고 나서 주저없이 그 금색 마법진 안으로 들어갔다. 자신들이 사는 곳으로 돌아가려는 것이었다.

"갑자기 가는 게 어디 있……!"

그 두 명에게 가지 말라고 소리치려고 했을 때 이미 두 여인의 모습은 내 앞에서 사라지고 없었다. 자신들의 할 일이 다 끝나자마자 냉큼 자기들 세계로 돌아가 버리는 라케시스와 클로토의 행동에 나와 아트로포스는 멍청해질 수밖에 없었다.

"그냥 가버린 거지……?"

"그런 것 같네요……."

이미 두 여자가 떠난 후에 물었던 어리석은 질문이었지만 아트로포스는 그 어리석은 질문에 대답해 주었다. 그렇게 서로 멍청한 문답을 나눈 우리들은 잠시 멍하게 앉아 있다가 거의 동시에 자리에서 일어섰다. 라케시스와 클로토가 너무 갑작스럽게 가버려서 조금 얼떨

떨하긴 했지만, 성물을 모두 모은 이상 이제 천신계나 천마계로 가야 했기 때문이었다.

"그런데 어떻게 천신계나 천마계로 가지?"

"글쎄요… 뭔가 방법이 떠오를 것 같기는 한데……"

아트로포스는 어떤 이미지가 머리 속에서 떠오르는 듯 고운 아미를 살짝 찡그렸다. 난 그저 아트로포스가 어떤 생각을 완전히 떠올릴 때까지 그냥 옆에서 기다리는 수밖에 없었다. 그렇게 대략 1분여 정도가 흐르자 아트로포스는 마침내 그 이미지를 완전히 떠올리고는 나에게 소리쳤다.

"잠깐만 기다려요!"

난 아트로포스의 말대로 가만히 있었고 아트로포스는 주변에 있는 돌 하나를 주워 들더니 그걸로 땅바닥에 그림을 그리기 시작했다. 그것은 라케시스와 클로토가 이리로 올 때 사용하는 마법진과 꽤 비슷한 모양이었다. 물론 그 마법진을 자세히 본 적이 없기 때문에 단순히 복잡하다는 이유로 두 개가 비슷하다고 느끼는 것일지도 몰랐다.

"됐다!"

한참을 마법진 그리는 데 정신을 쏟았던 아트로포스가 허리를 펴며 기분 좋게 외쳤다. 그러나 그 이후의 일을 떠올렸는지 이내 우울한 얼굴을 했다. 아직 중용의 법칙을 실현해야 하는 과제가 남아 있어서인 듯했다.

"저기……"

"응?"

"제가… 이드님을 따라가도 될까요?"

아트로포스는 그것이 어려운 말이라도 되는 것처럼 망설이며 물었다. 그러나 난 어차피 그 대답에 관해서는 이미 결정을 내린 상태였기 때문에 망설임없이 입을 열었다.

"물론. 로스가 있으면 힘이 되니까."

그럼그럼. 만약 아트로포스가 없으면 저 복잡한 마법진을 내가 외워야 하니까 귀찮거든. 게다가 마법 쓸 때 아트로포스가 옆에 있으면 정신력의 부담도 덜 수 있으니까 좋고, 또 하나 이유를 덧붙이자면 예쁜 여자가 옆에서 응원해 주면 힘이 난다는 것!

"네!"

내 생각을 아는지 모르는지 아트로포스는 내 대답을 듣고 밝은 미소를 지었다. 그 미소를 보니 순간적으로 '지금까지의 중용자와 영인관은 서로 사랑했다'라는 말이 떠올랐으나 난 그 생각을 일부러 덮어버렸다. 아직 중용의 법칙이라는 관문이 남아 있는 이상 그 외의 것에 신경 쓰고 싶지 않았기 때문이다.

"그런데 천신계하고 천마계 중에서 어디로 먼저 갈 건가요?"

"응? 아… 글쎄…… 어디로 가지?"

지금까지는 성물 모으는 것에만 신경 썼기 때문에 천신계와 천마계 중에서 어디를 먼저 방문할 것인지 결정하지 않은 상태였다. 하지만 이제 성물을 모두 모으고 차원 이동 마법진까지 갖추어진 이상 결정하지 않을 수 없었다.

흠…… 저 마법진으로 그냥 내 세계로 돌아갈 수는 없나? 그러면 두말할 것도 없이 좋지만 그럴 리가 없겠지? 그나저나 천신계냐 천마계냐 그것이 문제구나……!

"먼저 천신계로 가는 게 어때요?"

내가 계속 결정을 내리지 못하자 아트로포스가 먼저 의견을 내놓았다. 당연히 난 그 이유를 물었고, 아트로포스는 그 이유를 이렇게 설명했다.

"라케시스님과 클로토님의 말로는 천신계가 천마계를 공격하려고 한다잖아요? 그러니까 우선 전쟁을 일으키려는 천신계를 처리하는 것이 급할 것 같아서요."

"음……"

뭐, 아트로포스의 말에도 일리가 있지. 전쟁 준비를 갖춘 천신계를 먼저 처리하는 게 좋을지도 몰라. 만약 천마계를 먼저 처리한다면 천신계가 기다렸다는 듯이 날 공격할지도 모르니까 말이야.

"그럼 천신계로 하자."

"네, 잠깐만 기다리세요!"

아직 마법진이 완성된 것은 아니었는지 돌을 든 아트로포스의 손이 다시 움직이기 시작했다. 하지만 작업 시간은 매우 짧았다. 그냥 선 몇 개 그은 걸로 끝났던 것이다.

"다 됐어요. 마법진 안으로 들어오세요."

아트로포스는 먼저 마법진 안에 들어간 뒤 날 불렀다. 마법진에 들어가자마자 천신계로 날아가는 건 아닌 듯해서 난 가벼운 마음으로 마법진 우에 섰다. 그렇게 내가 마법진 안으로 들어오자 아트로포스가 나에게 지시를 내렸다.

"천신계로 이동한다는 생각을 하세요."

"응? 하지만 난 천신계가 어떻게 생겼는지도 모르는데?"

"그건 상관없어요. 그냥 생각만 하시면 돼요."

"그래?"

차원 이동 방법을 정확히 아는 사람은 아트로포스밖에 없었기 때문에 난 그냥 아트로포스가 시키는 대로 천신계로 이동하는 생각을 떠올렸다. 그러자 마법진에서 금색의 빛이 뿜어져 나오기 시작했고, 이내 나와 아트로포스의 몸은 이상한 공간으로 빨려들듯 사라지게 되었다.

"……?"

차원 이동이 눈 깜짝할 사이에 이루어졌기 때문에 난 내 눈앞의 달라진 풍경에 얼떨떨함을 느껴야 했다. 이곳의 풍경은 분명 화창한 한낮의 숲이었건만 나무의 형태나 꽃의 형태가 아주 가관이었다. 나무들은 모두 곧게 자라고 완벽한 좌우 대칭이었으며 꽃 역시 좌우 대칭에 조금도 구부러짐이 없었다. 숲에서 자라고 있는 모든 나무와 꽃, 그리고 수풀들이 모두 곧은 형태에 한 치의 오차도 없는 좌우 대칭이었던 것이다.

"어, 엄청나네요……!"

누군가 만들어놓은 듯한 숲의 모습에 아트로포스는 질렸다는 표정을 지었다. 그리고 나 역시 아트로포스와 같은 표정을 짓고 있었다. 왠지 이 숲의 형태가 천신계의 모든 것을 보여주는 것 같아 답답하기 그지없었다.

"여기의 자연물은 환상적이군."

"이런 데서 살다간 정신이 이상해지겠다."

지금까지 있는 줄도 몰랐던 사라만다와 노움이 오랜만에 입을 열었다. 명계에 갔다 오고 나서 정령들에게는 전혀 신경을 쓰지 않은 탓에 두 녀석이 갑자기 입을 열었을 때 난 조금 놀라 버리고 말았다.

"옆에 영인관이 있으니까 저희들한테는 관심도 없는 거죠?"

내 반응을 느낀 실프가 우울해진 목소리를 냈다. 그래서 난 명계에서 정령들을 걱정했다는 등의 말로 정령들을 달래려고 했지만 효과는 거의 없었다. 그렇게 내가 정령들 때문에 골치 아픈 줄 모르고 아트로포스는 나에게 말을 걸었다.

"여기가 천신계인 것 같은데, 이제 어떻게 할 거예요?"

"글쎄……."

지금부터 당장 천신계의 아지트로 쳐들어가서 녀석들을 두들겨 주면 아주 간단하게 일이 해결되겠지만, 천신족들이 왜 천마족들을 싫어하는지 그 이유도 알지 못하고 무작정 싸움을 거는 것은 별로 마음에 들지 않았다. 역시 난 인간이기 때문에 내 행동에 대해 어떤 정당성이 부여된다면 좀 더 적극적으로 그 일을 수행할 수 있는 것이다.

"우선 천신계에 대한 정보를 모아야겠어. 천신족들은 이곳에서 어떤 생활을 하고 있는지, 왜 천마족들을 미워하는지 알아내야지."

"네! 그러는 게 좋겠어요."

내 말을 들은 아트로포스는 약간 들뜬 어조로 찬성했다. 천신계에 오자마자 싸움을 할 것이라 생각했는데, 그렇게 하지 않아 기쁜 모양이었다. 그런 아트로포스의 모습에 나도 덩달아 기쁨을 느낄 때, 갑자기 뭔가 이상한 기분이 들어서 흠칫했다.

"왜 그러세요?"

내 표정이 달라지자 아트로포스가 걱정스러운 얼굴로 물었다. 하지만 난 그녀의 물음에 대답하지 않고 내 피부에 깔아놓은 마나 회로를 가동시켰다. 그리고 내 예감대로 내 몸 바깥에선 아무런 변화도 없었다 즉, 이 천신계라는 곳에는 마나 회로가 전혀 깔려 있지 않았던 것이다.

이런, 마나 회로가 없으면 난 마법을 못 쓰는데……. 그럼 나에게 남은 건 정령들의 힘뿐이란 말인가? 이거 골치 아픈걸? 도대체 지금까지의 중용자들은 어떻게 천신계에서 싸운 거지? 마나 회로도 없는 곳에서 어떻게?

"왜 그래요? 뭔가 잘못됐나요?"

내가 아무 말도 하지 않자 아트로포스는 아까보다 더욱 근심 어린 얼굴을 해 보였다. 만약 내가 여기서 마법을 쓸 수 없다는 사실을 말하게 된다면 아트로포스는 더욱 걱정스러워할 것이 분명했다. 그렇지만 이건 중대 사항이라 그냥 숨길 수도 없어서 난 솔직히 말하기로 했다. 어쩌면 아트로포스가 어떤 해결책을 알고 있을지도 모르기 때문이었다.

"이곳은 마나 회로가 깔려 있지 않아. 그래서 마법을 쓸 수가 없어. 그것 때문에 좀 걱정이 돼서."

"아……!"

어째서 내 표정이 어두워진 것인지 알게 된 아트로포스는 작은 탄성을 터뜨렸다. 그러다가 어떤 생각을 떠올렸는지 나에게 자신의 의견을 말했다.

"이곳에 마나 회로가 없다는 것은 전에 풍천마 자레드가 말했던 대로 천마장… 아니, 천신장이 깔려 있기 때문이 아닐까요? 그가 그랬잖아요, 천마장은 마나 회로를 배제한다고. 그러니까 천신계 자체에 천신장이 깔려 있어서 마나 회로가 배제되고 있는 건지도 몰라요."

"……."

흐음…… 생각해 보니까 그런 것 같기도 하군. 풍천마 자레드의 천마장 때문에 난 마법을 쓸 수 없었지. 그래서 끈을 이용해 그 천마장을 부수어 버렸고. 그렇다는 것은 끈을 이용하면 여기서도 마법을 사용할 수 있다는 건가? 하지만 끈을 다루지 못했던 지금까지의 중용자들은 어떻게 싸울 수 있었던 거야?

"이드님, 이건 제 생각인데 풍천마 자레드가 그랬던 것처럼 이드님의 힘으로 천신장을 배제하면 되지 않을까요? 마나 회로를 극도로 개방해서 천신장을 몰아내고 이드님의 마나 회로를 이곳에 건설하는 거예요."

아트로포스는 마법 사용 방법에 대해서도 자신의 의견을 말했다. 그녀의 의견은 확실히 가능성이 있었기 때문에 난 고개를 끄덕인 뒤 즉각 마나 회로를 최대로 개방했다. 우선 마나장으로 천신장을 몰아내 보고자 하는 것이다.

우우웅—

내 피부에 건설한 마나 회로로부터 막대한 양의 마나장이 발생했고, 마나장은 천신장과 반발하는 성질을 가졌는지 천신계에 넓게 퍼져 있어 상대적으로 밀도가 작은 천신장을 밀어내기 시작했다. 그렇게 천신장을 내 몸 주위에서 몰아내고 나서 난 마나장을 인위적으로 중첩시키고 고정시켜서 가상의 마나 회로를 만들었다. 꽤 어려운 작업이라 생각했지만 성물의 힘 때문인지 의외로 쉬웠다. 내 주위를 마나 회로가 덮인 소형 회로계로 만드는 건 별로 어렵지 않았던 것이다.

"파이어 애로우Fire Arrow."

가상 마나 회로 건설이 끝나자마자 난 마법을 사용했다. 그러자 내 주위에 하나의 불화살이 만들어졌다. 내가 하나만 만들겠다고 생각했기 때문에 하나만 만들어진 것일 뿐, 마나장 안에서 마법 사용하는 데에는 아무 이상이 없었다.

"마법 사용이 가능해요? 자유롭게 쓸 수 있어요?"

내가 만들어낸 불화살을 보고도 아트로포스는 걱정스러운 얼굴로 나에게 물었다. 불화살의 개수가 적어서 마법 사용에 어떤 제한이 있는 것으로 생각하고 있는 듯했다. 그래서 난 실실 쪼개면서 입을 열었다.

"괜찮아. 마나 회로를 만들어놓은 뒤에는 마음대로 마법을 쓸 수 있으니까. 그것보다는 이렇게 싸우려면 정신력이 많이 소모될 거야. 그러니까 로스가 많이 도와줘야 해."

"네!"

도움을 바라는 내 말에 아트로포스는 밝은 표정을 지었다. 나에게 뭔가 도움을 줄 수 있다는 사실이 굉장히 기쁜 것 같았다. 어쨌든 그렇게 마법 사용에 대한 걱정도 어느 정도 덜었기 때문에 우리들은 아무 방향이나 잡고 무작정 걷기 시작했다. 우선 배가 고파오기 전에 뭔가 식사를 해결할 만한 것을 찾아야 했던 것이다.

구우우―!

나와 아트로포스가 숲에서 얼마 벗어나지 못했을 때 하늘 위에서 기이한 소리가 들려왔다. 상황을 고려해 보자면 그 소리는 어떤 새 종류의 울음소리가 분명했다. 그리고 내 느낌만을 고려해 보자면 우리에게 뭔가 해를 끼칠 만한 녀석은 아니었다.

"아! 저기……!"

하늘 위에서 거대한 물체를 발견한 아트로포스가 손가락으로 그것을 가리켰다. 확실히 그건 독수리의 모습을 하고 있었는데, 양쪽 날개를 활짝 펼친 길이가 거의 10미터에 달해서 무지막지하게 커 보였다. 만약 저런 독수리가 10마리 정도만 모인다면 하늘을 완전히 뒤덮어서 낮을 밤으로 뒤바꿀 것 같았다.

"……?"

얼레? 근데 왜 저 독수리가 아까부터 우리 주위를 뱅글뱅글 돌고 있는 거지? 나와 아트로포스를 점심 식사감으로 찍어버린 건가? 하지만 녀석의 덩치에 비해 우리들이 너무 작아서 먹어봤자 간에 기별도 안 갈 텐데? 아, 저 녀석, 점심 먹고 나서 입가심으로 우릴 먹으려는 걸지도 모르겠는걸? 나하고 아트로포스는 운동도 거의 안 하니까

살이 야들야들하고 부드러워서 맛있을지도 몰라.

펄럭펄럭—

우리의 머리 위를 뱅뱅 돌고 있던 거대 독수리가 마침내 우리를 잡아먹으려고 하강을 시작했다. 그러나 아쉽게도 우리 주변에 있는 나무들이 거대 독수리의 하강을 심각하게 방해하고 있었다. 거대 독수리도 그것을 알았는지 더 이상의 하강은 시도하지 않고 우리 머리를 기준으로 뱅글뱅글 돌기만 했다.

쩝, 녀석이 내려오면 잡아다가 독수리 튀김을 만들려고 했는데 아쉽게 됐군. 저런 거대한 독수리는 그 수가 별로 없을 테니까 희귀 동물 보호 차원에서 밀렵은 못하겠다. 날 공격했으면 정당방위를 적용해서 당설임없이 맛있게 잡쉈주실 텐데…….

"아! 누가 내려와요!"

내가 하늘 위에서 뱅글뱅글 돌고 있는 거대 독수리를 보며 입맛을 다시고 있을 때, 아트로포스가 그 독수리를 가리키며 또다시 소리쳤다. 확실히 그녀의 말대로 하늘 위에서 한 인간이 홀홀 떨어져 내리고 있었다. 아니, 이곳은 천신계이기 때문에 인간이 아니라 천신족이라고 해야 맞았다.

탁—

적어도 20미터는 되는 하늘 위에서 아주 사뿐히 날아 내린 그 천신족은 아주 잘생긴 남자였다. 겉모습으로 보이는 나이도 20살 전후 정도였고 키도 나보다 더 컸다. 성격에 문제만 없다면 여자들에게 인기 엄청 많을 청년이었던 것이다.

"두 분은 이곳에서 뭐 하고 계십니까?"

천신족 청년은 나와 아트로포스를 쳐다보며 그렇게 물었다. 묻는 어조에 어떤 권위적이거나 관료적인 느낌이 없었기 때문에 난 부담

없이 대답했다.

"여행 중입니다."

"여행? 어디서 오셨습니까?"

"이곳이되 이곳이 아닌 곳입니다."

"……."

난 네프나 할멈의 말을 멋대로 도용해서 거짓말을 했다. 천신계에서도 잘 알려지지 않은 존재로 가장해서 행동한다면 내가 중용자라는 사실이 발각되지 않을 것 같았기 때문이다. 다행히 그 천신족 청년은 내 거짓말에 그냥 넘어가 버렸다.

"그렇군요. 그럼 옆에 계신 여자 분은 어떻게 되십니까?"

"……!"

큰 고비를 넘겼다고 안도하고 있는 틈을 타서 천신족 청년은 나에게 까다로운 질문을 던졌다. 이 천신계에서 내가 마법을 쓰기 위해서는 아트로포스의 도움이 필요할지도 모르므로 난 항상 그녀와 같이 있어야 했다. 그렇기 때문에 내 대답은 약간 황당한 쪽으로 흘러 버렸다.

"제 아내입니다."

"……!"

예상했던 대로 아트로포스만 굉장히 놀란 표정을 지었을 뿐 천신계 청년은 그런 것 같았다라는 표정이었다. 그리고 그는 우리에게 자신을 소개했다.

"전 '겔레오스'라고 합니다. 자기소개를 이제야 하는 점을 용서하십시오."

"전 이드고 이쪽은 로스입니다."

난 얼굴을 빨갛게 물들인 채 눈만 동그랗게 뜨고 있는 아트로포스를 대신해서 겔레오스라는 천신족 청년에게 우리의 이름을 밝혔다. 그렇게 서로의 소개가 대강 끝나자 겔레오스가 나에게 질문을 했다.

"이 부근에 아는 분이 계십니까?"

"……."

흠…… 이 근처에 아는 사람 없다면 자기가 우릴 도와주겠다는 소리인가? 설마 아트로포스에게 눈독을 들이는 건 아니겠지? 아, 아트로포스 몸에 몇몇 정령들을 집어넣어 주면 별 문제가 생기지 않겠군. 잠시 녀석 신세 좀 져볼까?

"신혼여행을 겸해서 하는 거라 아는 사람이 없습니다. 죄송합니다만, 이 부근에 하룻밤 묵고 갈 만한 곳이 있습니까?"

"있긴 있습니다만, 이 숲을 벗어나야 합니다. 두 분이 괜찮으시다면 제가 여관까지 안내해 드리겠습니다."

얼레? 천신계에도 여관 같은 게 있나? 아니, 그것보다는 그 여관에서 돈을 받을 텐데 난 천신계에서 쓰는 돈은 전혀 가지고 있지 않다고. 가능하다면 내 착한 얼굴을 미끼로 해서 공짜로 잠을 재워줄 만한 곳을 찾아야……!

"저희는 맨몸으로 여행하는 거라 수중에 가지고 있는 것이 아무것도 없습니다. 그래서 여관에서 지내기 어렵습니다."

"아, 그러십니까? 이런 외진 숲에서 만난 것도 인연이니, 제가 두 분의 몫까지 내도록 하겠습니다."

"하지만 그럴 수는……."

"괜찮습니다. 걱정 마십시오"

겔레오스는 내 계획대로 우리들의 여관비를 제공하고자 했다. 그래서 난 단 한 번만 사양하고 나서 냉큼 고맙다고 말했다. 너무 거절을 하다 보면 겔레오스가 정말로 생각을 바꿀지도 몰랐기 때문이었다.

"그럼, 실례를 무릅쓰고 신세를 지겠습니다."

"하하, 별말씀을. 그럼 '튜이'를 타고 숲을 빠져나가기로 하죠."

"튜이?"

"머리 위를 돌고 있는 저 새의 이름입니다. 제가 기르고 있는 녀석
이기도 하죠."

겔레오스는 아직도 우리들의 머리 위를 뱅글뱅글 돌고 있는 거대
독수리를 가리키며 그렇게 말했다. 예상은 하고 있었지만 저런 거대
한 독수리를 애완 동물로 기르고 있는 겔레오스가 나에게는 이상하
게 보일 수밖에 없었다.

"자, 그럼 갑니다!"

겔레오스의 낭랑한 외침이 있은 직후 갑자기 나와 아트로포스의
몸이 허공 위로 떠오르기 시작했다. 그리고 눈 깜짝할 사이에 우리들
은 거대 독수리 튜이의 등 위에 올라타 있었다. 겔레오스가 자신의
능력으로 우리를 튜이의 등까지 옮겨다 놓은 것이다. 그것만 보더라
도 겔레오스의 능력이 결코 범상치 않다는 것을 알 수 있었다.

구우우우—!

나와 아트로포스가 땅 아래로 추락하지 않기 위해 튜이의 몸에 잔
뜩 나 있는 털을 부여잡자마자 튜이는 하늘 높이 떠올라 어딘가로
날아가기 시작했다. 난 아트로포스의 몸에 운디네와 잭 오 랜턴을 배
치시킨 다음 튜이의 등 위에서 떡하니 버티고 서 있는 겔레오스에게
질문을 던졌다.

"겔레오스 씨, 방금 전까지 튜이를 타고 하늘을 날고 있었는데 왜
갑자기 숲 아래로 내려온 겁니까? 저희를 발견해서 내려온 겁니까?"

"그렇습니다. 이 숲에서 생각할 수 있는 존재를 만난다는 건 흔히
있는 일이 아니니까요. 두 분을 발견하고 누구인지 궁금해서 내려와

본 겁니다."

흠…… 할 일 더럽게 없나 보군. 뭐, 그 덕분에 이렇게 노숙할 걱정은 없어졌으니까 다행이지. 어쨌든 겔레오스를 이용할 수 있는 대로 실컷 이용해 먹은 다음에 기회를 봐서 도망가야겠다. 한 녀석에게 너무 오래 붙어 있으면 내 존재를 들킬지도 모르니까 말이야.

펄럭 펄럭—

튜이의 덩치가 크다 보니 몇 번 날개를 펄럭이며 날아가니까 순식간에 숲을 벗어나 버렸다. 숲 밖에는 마을이 하나 있었는데, 사람들이 형성한 마을의 모습과 큰 차이는 없었다. 단지 하늘 위에서 마을을 내려다보았기 때문에 뭐라고 정확히 말할 수는 없었지만, 느낌상 꽤 분위기가 침착한 마을 같았다.

"내려갑니다!"

튜이가 마을 광장 바로 위에 도달하자 겔레오스는 자신의 능력으로 우리를 아래로 떨어뜨렸다. 물론 마을 광장에 떨어진 우리들은 아무렇지도 않게 멀쩡했다. 그렇게 우리들을 마을 광장에 내려놓은 겔레오스는 자신도 아래로 내려오고 나서 하늘 위에 떠 있는 튜이를 올려다보았다. 그리고 잠시 후, 나와 아트로포스는 놀라운 광경을 목격하게 되었다.

구우우—

말도 못하게 거대했던 독수리 튜이가 마을 광장 쪽으로 내려옴에 따라 급속도로 작아지기 시작했다. 그리고는 기어이 참새만한 크기로 축소되어 겔레오스의 어깨 위에 사뿐히 내려앉았다. 그 장면을 보고 나와 아트로포스는 물론이고 주변에 있던 천신족들도 놀란 표정을 지었다.

흐으…… 천신계라서 그런지 보통은 상상할 수 없는 일도 일어나는군. 겔레오스가 자신의 능력으로 튜이를 작게 만든 건지, 튜이가 스스로 자기 몸을 축소시킨 건지 확실하지는 않지만 어쨌든 놀라워.

"그럼, 우선 점심부터 하도록 하죠"

나와 아트로포스가 멍청히 튜이만 쳐다보고 있을 때 겔레오스는 그렇게 말하며 가게들이 밀집되어 있는 골목으로 걸음을 옮겼다. 인간들이 사는 모습이나 천신족들이 사는 모습이나 거의 다른 게 없었기 때문에 우리는 다른 세계로 왔다는 이질감 같은 것은 느끼지 못하고 있었다.

끼익—

어느 음식점 앞에 도착한 겔레오스는 주저없이 문을 열고 안으로 들어갔고, 우리들 역시 그를 따라 그 음식점 안에 잠입했다. 점심 시간이라 그런지 음식점 안에는 천신족들로 넘쳐 나고 있었다. 그런데 신기하게도 음식점 안은 너무나 조용했다. 거의 30여 명이나 되는 천신족들이 식사를 하고 있었는데도 불구하고 가끔 식기가 달그락 소리를 내는 것 외에는 그 어떤 잡소리도 들리지 않았던 것이다.

흠…… 도대체 이 많은 인간, 아니, 천신족들이 말 한마디 없이 조용히 식사를 하고 있다니… 게다가 모두들 의자에 똑바로 앉아서 거의 부동 자세로 식사를 하고 있으니…… 나원, 뭐라고 할 말이 없군. 여기가 무슨 군대냐?!

"저기 앉도록 하죠"

겔레오스는 작은 목소리로 우리들에게 말하며 마침 식사를 끝내고 천신족 몇 명이 일어서는 자리로 걸어갔다. 하지만 아직 테이블 위에 먹던 식기가 남아 있었기 때문에 바로 앉진 않았다. 음식점에서 일하던 천신족 종업원이 그릇을 모두 치우고 테이블을 깨끗이 닦고 나서야 유유히 그 자리에 앉았다.

"……."

우리들이 모두 자리에 앉자 종업원 하나가 테이블 옆으로 오더니 말없이 우리들을 쳐다보았다. 그것은 누가 보더라도 주문을 받으려는 행동이었다. 하지만 나와 아트로포스는 천신계의 음식에 대해서 아무것도 모르기 때문에 모든 것을 겔레오스에게 맡기기로 하고 아무 말도 하지 않았다.

그러자 겔레오스는 테이블 중앙에 놓인 종이와 펜을 집어 들더니 어떤 글을 써서 종업원에게 보여주었다. 겔레오스가 그 종이 쪽지에다 뭐라고 썼는지는 알 수 없었지만 지금의 상황을 고려해 볼 때 주문할 음식 이름을 쓴 것 같은 느낌이 들었다.

척척—

겔레오스에게서 종이 쪽지를 건네 받은 종업원은 우리들에게 살짝 인사를 하고는 주방 쪽으로 걸어갔다. 역시 겔레오스는 그 종이 쪽지에다 주문 음식을 적어놓은 것이었다.

흐으…… 이 음식점은 주문을 종이 쪽지에다 받는 거냐? 말로 하면 안 되나? 주문을 일일이 종이에다 써야 하는 건 무지하게 귀찮을 텐데…….

슥슥—

나와 아트로포스가 아무 말 없이 앉아 있을 때 겔레오스가 종이 쪽지에다 뭔가를 적기 시작했다. 그리고는 그 종이 쪽지를 우리들 앞으로 살짝 밀어놓았다. 당연히 우리들은 그 종이 쪽지에 써져 있는 글을 읽었다.

『이곳의 모든 음식점에서는 종이 쪽지를 통해 이야기를 해야 합니다. 그게 예의죠.』

헉?! 그런 말도 안 되는……!

슥슥—

겔레오스는 우리들이 글을 다 읽었다고 생각했는지 다른 종이 쪽지에다 뭔가를 쓰고는 다시 우리들 앞에 그것을 놓았다. 그 내용은 이랬다.

『제가 주문한 것은 이곳의 기본적인 식사 메뉴입니다. 만약 그 음식이 마음에 들지 않는다면 저에게 글을 써주십시오. 다른 걸로 바꿀 테니까요.』

흘…… 일일이 글을 써서 애기를 해야 하다니…… 정말 불편하구만. 하지만 뭐 어떡하나, 음식점 안에 있는 모든 녀석들이 다 그러고 있는데. 나도 그냥 동참해 주는 수밖에.

달그락…… 달그락…….

가끔씩 들리는 식기 부딪치는 소리가 마치 자장가 같았다. 그리고 잠시 후 겔레오스가 주문한 음식이 나왔을 때 나와 아트로포스는 또 한 번 놀라고 말았다. 천신족들의 음식이란 것이 전부 채소나 과일, 야채류뿐이었기 때문이다. 물론 그것들은 먹기 좋게 잘 요리된 상태였다.

크으~ 고기를 못 먹는 건가? 도대체 이런 걸로 어떻게 버티라는 건지…… 난 하루라도 고기를 안 먹으면 입 안에 이끼가 낀다고!

달그락…….

우리가 테이블 위에 올려진 음식들을 넋 놓고 바라보기만 하고 있을 때 겔레오스는 테이블에 있던 포크와 나이프를 들고 음식을 천천히 먹기 시작했다. 사실 나이프 같은 건 그다지 필요가 없었는데도 그는 나이프를 계속 들고 포크로 음식을 찍어 먹었다.

주위를 둘러본 결과 다른 테이블에서 식사를 하는 천신족들 역시 모두 그렇게 하고 있었기 때문에 나와 아트로포스도 그들처럼 포크와 나이프를 들고 식사를 했다.

끼이―

점심 식사를 모두 마치고 우리들은 음식점을 나섰다. 너무나 조용한 분위기에서 식사를 했기 때문인지 나와 아트로포스는 포만감보다는 해방감을 먼저 느끼고 있었다. 우리들 중에서 포만감을 느끼는 녀석은 겔레오스뿐이었다.

"이제 여관을 잡도록 하죠."

배가 부른 겔레오스는 괜히 실실 쪼개면서 한 여관을 향해 걷기 시작했다. 한창 자라는 나이에 고기를 먹지 못한 아트로포스는 아직도 배가 고픈 표정을 하고 있었지만, 주도권은 이미 겔레오스가 가지고 있었기 때문에 우리들은 그저 그의 뒤를 얌전히 따를 수밖에 없었다.

끼이―

여관 문을 열고 안으로 들어간 겔레오스는 나이가 꽤 들어 보이는 여관 주인에게 방 두 개를 주문했다. 다행히 여관에서는 종이 쪽지로 주문을 하지 않고 직접 말을 해서 주문을 하는 것이었다. 어쨌든 그렇게 방 두 개를 주문한 겔레오스는 나와 아트로포스를 보며 주의를 주었다.

"두 분은 한 방에서 쉬도록 하십시오. 그리고 여관은 많은 사람들이 사용하는 장소이니 밤에 너무 시끄럽게 하지 않도록 해주십시오."

"……!"

그 말의 뜻은…… 나하고 아트로포스가 한 방에서 같이 자야 한다는 소리? 흠흠, 뭐 겔레오스한테 부부라고 말해 버렸으니 같은 방에서 자는 게 당연하겠지만.

"두 분은 여행하느라 지치셨을 테니 먼저 들어가 쉬도록 하십시오.

전 튜이와 함께 산책할 생각입니다. 나중에 저녁 시간이 되면 돌아올 테니 걱정 마십시오"

그렇게 말한 겔레오스는 여관 주인에게 먼저 돈을 지불한 뒤 조용히 여관 밖으로 나갔다. 그러자 여관 주인은 우리에게 방 번호를 알려주었고, 우리들은 그 방으로 올라갔다. 음식점에서조차 조용히 음식을 먹는 천신족들의 여관이라 그런지 방도 상당히 깔끔하고 깨끗했다. 화려도는 별로지만 청결도는 인간들의 어느 고급 여관보다 나았다.

"……"

"……"

당연한 소리지만 방 안에는 나와 아트로포스밖에 없었다. 그리고 침대는 하나이고 두 명이 잘 수 있게 넓었다. 바닥에 깔아놓고 잘 만한 이불이나 담요가 침대 위에 덮여 있는 것 외에는 없었기 때문에 나 혼자 바닥에서 자는 것도 불가능했다. 한마디로 난 아트로포스와 같은 침대 위에서 자야 한다는 소리였다.

꿀꺽! 엄청나게 긴장이 되는군. 회로계에서 아트로포스하고 같이 여행할 때 거의 같은 방을 쓰긴 했지만 같은 침대 위에서 잔 적은 없었는데, 천신족 녀석들은 바닥에서 자는 걸 고려하지도 않나? 어떻게 이불을 하나밖에 준비 안 하는 거야? 이건 나보고 아트로포스와 같이 자라는 소리잖아. 크…… 녀석들, 정말 마음에 들어!

"저기……"

내가 아무 말도 안 하고 침대만 뚫어져라 쳐다보자 아트로포스가 얼굴을 잔뜩 붉히며 입을 열었다. 하지만 뭐라고 말을 잇지는 못했다. 그래서인지 그게 지금의 상황을 더욱 어색하게 만들었다. 아무도 없는 방에 다 큰 남녀 둘이 같이 있으니 자연스럽게 심장이 쿵쾅하고 뛰기 시작했다. 아트로포스에게 내 심장 뛰는 소리가 들릴 것 같은 헛생각조차 들었다. 지금까지와는 다른, 너무나 다른 분위기였다.

"호흡이 빨라지고 맥박 수가 증가하는군."

"뜨겁다, 뜨거워! 잘못하면 내가 타 죽겠다!"

"……!"

심장이 터질 듯 쿵쾅거리고 있을 때 갑자기 그 두 마디의 말이 내 귀를 강하게 때렸다. 그것은 바로 내 몸속에 있는 사라만다와 노움의 목소리였다. 정령들이 너무 조용히 있었기 때문에 그들이 내 몸속에서 주변 상황을 살펴보고 있다는 사실을 까맣게 잊어버리고 있었던 것이다.

"너무해요! 저희가 그렇게 있으나마나 한 존재인가요?"

자신들을 까맣게 잊었다는 것에 실프가 불만 섞인 목소리를 내었다. 운디네와 잭 오 랜턴은 현재 아트로포스의 몸에서 잠복 근무를 하고 있었기 때문에 난 그들의 목소리를 들을 수 없었다. 하지만 아트로포스의 몸에 운디네와 잭 오 랜턴을 배치시켰다는 것조차 잊어먹은 것에 대해서 그 둘에게 미안한 감정을 느꼈다.

"후우……."

정령들이 내 일거수일투족을 감시하고 있다는 것을 깨달았기 때문인지 난 나도 모르게 한숨을 내쉬고 말았다. 그런 갑작스런 한숨에 놀란 사람은 아트로포스였다.

"왜… 그러세요?"

"아니, 내가 겔레오스에게 우리들이 부부라고 해서 한 방을 쓰게 됐잖아. 게다가 이불도 하나밖에 없고 말이야."

우선 그렇게 한숨 쉰 이유에 대해서 말한 나는 약간의 부연 설명을 덧붙였다.

"어쩔 수 없이 침대에서 같이 자야겠다."

"……!"

내가 표정 하나 바꾸지 않고 그런 말을 하자 아트로포스의 눈이 동그랗게 떠졌다. 내 말의 의도를 오해한 것이 틀림없었다. 여기서 아트로포스를 좀 더 놀려주고픈 생각도 들긴 했지만 그냥 사실을 그대로 얘기해 주었다.

"같이 자도 괜찮아. 내가 무슨 짓을 하려고 하면 정령들이 방해를 할 테니까 말이야. 그리고 로스 몸에도 정령 둘이 들어가 있으니까 안전하고."

"아……."

내 말을 들은 아트로포스는 안도의 탄성을 발했다. 그런데 그 탄성은 자세히 들어보면 뭔가 허탈한 느낌을 가지고 있었다. 하지만 내가 그 미묘한 탄성의 느낌에 대해 조금 더 생각해 보려고 했을 때 아트로포스의 말이 들려왔다.

"정령이라고 하면… 이드님의 마음대로 다룰 수 있지 않아요? 전혀 안전하지 않을 것 같은데요?"

흠…… 갑자기 할 말이 없어지는 듯한 느낌이…….

"뭐, 그렇긴 하지만 내 정령들은 워낙 특이한 녀석들이라 내 말을 잘 안 듣거든. 그러니까 염려할 필요 없어."

"……."

아트로포스의 얼굴에는 여전히 걱정스럽다는 표정이 떠올라 있었다. 그것은 날 믿지 못하는 것과 마찬가지라 난 확실한 어조로 말했다.

"그냥 잠만 잘 거니까 너무 걱정하지 마. 정 싫다면 이불없이 그냥 바닥에서 잘 수도 있어."

"아, 아니에요. 같이… 자요……."

그냥 아무렇지도 않게 '같이 자도록 하죠' 같은 말을 하면 됐을 텐데 아트로포스가 괜히 말끝을 흐렸기 때문에 분위기만 더욱 이상해졌다. 하지만 이번에도 역시 그 미묘한 분위기에 초를 친 건 내 정령들이었다.

"또다시 혈압과 맥박 상승 중."

"이제 가을인데 왜 이렇게 더워? 누가 얼음 좀 줘!"

흐으…… 사라만다… 노움… 알았으니까 가만히 좀 있어라. 점심 먹은 지 얼마 되지 않아서 벌써 잘 생각은 없다고. 그래도 딱히 할 만한 것이 없으니까 문제이긴 하지만.

"로스, 우리도 산책이나 할까?"

난 아트로포스에게 그렇게 제안했고, 계속 남녀 둘이 같은 방에 있는 건 부담스러웠는지 그녀도 쉽게 찬성했다. 의견의 합치를 본 우리는 방을 나와 거위 마을의 골목골목을 거닐었다. 왠지 데이트하는 기분이긴 했지만 가끔씩 터져 나오는 정령들의 간섭에 그런 기분도 제대로 느끼지 못했다.

짹짹짹—

이른 아침, 여관을 나서는 나와 아트로포스, 그리고 겔레오스를 맞이한 것은 참새 비슷한 새의 울음소리였다. 어젯밤 난 아트로포스와 같은 침대 위에서 자긴 했지만 정령들이 함께 있었기 때문에 우려할 만한 일은 일어나지 않았다. 그 점이 조금 아쉽기도 했다.

"앞으로 어떻게 하실 겁니까?"

겔레오스는 나와 아트로포스를 쳐다보며 그렇게 물었다. 그것에 관해서는 어젯밤 아트로포스와 의논한 것이 있어서 난 망설이지 않고 말했다.

"천신계의 고위 관리들이 있는 곳에 한번 가려고 합니다."

"......!"

내 말에 겔레오스의 웃는 표정이 크게 바뀌었다. 보통 부부 동반 여행(?)이면 경치 좋은 관광지를 둘러보는 게 정상인데 갑자기 고위 관리들이 사는 곳을 가보고 싶다고 하니 놀랐던 것이다.

"왜 그런 곳에……?"

"그냥 보고 싶은 겁니다. 가능하면 천신계의 모든 것을 알고 싶거든요. 여행할 때마다 그런 걸 확인하지 않으면 허전합니다."

난 그런 말도 안 되는 이유를 둘러대었으나 겔레오스는 내 말을 그냥 믿어버렸다. 천신계에서 살지 않은 존재에 대해서는 겔레오스가 잘 모르기 때문에 그냥 '그런가 보다' 하고 납득해 버리는 것이었다.

"도움 주셔서 감사합니다. 저희는 계속 여행하도록 하겠습니다."

겔레오스에게 간단히 작별 인사를 하고 나와 아트로포스는 발 닿는 대로 걸어가고자 했다. 그러나 그런 우리들의 발걸음에 겔레오스가 제동을 걸었다.

"잠깐만 기다리세요!"

"......?"

"그런 곳은 두 분이 마음대로 들어갈 수 있는 곳이 아닙니다. 아무리 천신족들이 선량하다 하더라도 함부로 돌아다녀서는 안 됩니다."

흠…… 뭐, 고위 관리들이 살고 있는 곳이니까 경비가 그만큼 삼엄하겠지. 하지만 그렇다고 내가 안 갈 리가 있나. 녀석들에 대한 정보를 최대한 많이 알아내야 하기 때문에 갈 수밖에 없어.

"겔레오스 씨 같은 분과 만나면 구경하는 것도 별로 어려울 것 같지는 않군요. 걱정 안 하셔도 됩니다."

"……."

내 말을 들은 겔레오스는 잠시 입을 닫았다. 뭔가를 생각하는 듯한 표정이었기 때문에 나와 아트로포스도 가만히 있었다. 그렇게 약간의 시간이 지나자 마침내 겔레오스가 자신의 생각을 모두 정리했는지 결연한 표정으로 입을 열었다.

"저를 따라오십시오. 제가 안내해 드리겠습니다."

"……?"

얼레? 설마 겔레오스가 지위 높은 천신족과 어떤 관계를 가지고 있다는 건 아니겠지? 예를 들어 천신계를 다스리는 지도자의 아들이라던가 하는…….

"전 빙천신(氷天神)의 자식이기 때문에 저와 같이 있으면 충분한 구경이 될 겁니다."

겔레오스는 그 말로써 우리들을 설득하려고 했지만 빙천신이 천신계에서 어떤 지위에 있는지 모르기 때문에 우리로서는 뭐라 대답할 수가 없었다. 겔레오스도 그 점을 눈치 챘는지 하하 웃으며 말했다.

"빙천신은 현재 천신계 서열 4위에 올라 있습니다. 그 정도면 고위 관리 축에 끼는 거라고 생각합니다만."

"……!"

헉! 서열 4위라고? 그런 엄청난 위치에 있는 관리의 아들이 혼자서 왜 싸돌아다니고 있는 거야? 이런 황당한 전개가 있나……!

"근티 왜 이렇게 혼자 다니시는 겁니까? 서열 4위의 고위 관리 아들이라고는 생각하기 힘들군요. 설마 집을 나오신 건 아니겠죠?"

겔레오스의 말을 모두 믿을 수가 없어서 나도 모르게 그런 소리가 거침없이 흘러나왔다. 다행히 겔레오스는 내 마음을 이해하고 있었는지 전혀 화를 내지 않았다. 그렇지만 그의 대답은 날 더욱 황당하게 만들었다.

"사실 전 지금 집을 나온 상태입니다."

"……."

"믿기지 않으십니까?"

"……."

겔레오스의 물음에 난 침묵으로 대답을 대신했다. 하지만 마음속으로는 겔레오스가 고위 관리의 자제라는 소리를 인정하고 있었다. 저번에 그 거대 독수리 튜이를 참새만큼이나 작게 만든 실력을 보았기 때문이었다. 그 정도의 실력을 가진 존재는 그만큼 제대로 된 교육과 훈련을 받았거나, 굉장한 자질을 부모에게서 물려받았다고 할 수 있으므로 그의 부모가 강한 실력자일 확률이 높은 것이다.

"저와 같이 가실 거라면 그 이유를 알려드릴 생각입니다만."

겔레오스는 마치 협상을 하는 듯한 어조로 말했다. 이대로 헤어지면 더 이상 만날 일이 없다고 생각했기 때문인 것 같았다. 어쨌든 난 천신계의 고위 관리들의 생활상을 파악할 겸 겔레오스의 정체에 대해서도 알고 싶었기 때문에 고개를 끄덕였다.

"그럼 신세 지도록 하겠습니다."

"알겠습니다."

내 대답을 들은 겔레오스는 즉시 튜이를 원상 복귀시켰다. 그리고는 자신의 능력으로 우리들을 거대해진 튜이의 등에 태웠다. 우리가 등에 타자마자 튜이는 거대한 날개를 펄럭여 날기 시작했고, 그에 따라 어젯밤을 지냈던 마을이 작아져 가기 시작했다.

"중용자라고 아십니까?"

"……!"

튜이가 어딘가로 열심히 날아가고 있을 때 겔레오스의 질문이 날아왔다. 그의 목소리는 그렇게 크지 않았는데도 튜이가 허공을 가르며 날아갈 때 생기는 바람 소리를 억누르며 내 귀에 똑똑히 전달되었다.

"중용자 이그드라실 말입니까?"

"그렇습니다."

"…소문은 약간 들었습니다만."

난 그저 그렇게만 말했다. 차마 내가 중용자라고 말할 수는 없었기 때문이다. 그리고 겔레오스가 어째서 갑자기 중용자를 거론하는 것인지도 알 수 없다는 이유도 있었다. 겔레오스는 내가 속으로 뜨끔하고 있다는 것을 아는지 모르는지 자기 할 말만 했다.

"중용자는 중용의 법칙에 따라 천신족을 치러 올 겁니다. 모두 합심해서 그를 막는다고 해도 승리를 장담할 수가 없습니다. 지금까지의 역사는 모두 중용자의 승리였으니까요."

"……."

"그런데 지금 제 아버지를 비롯한 천신계 고위 관리들이 천마계 공격을 결행하려 하고 있습니다. 중용자를 막는다는 것은 애초에 불가능하기 때문에 차라리 존재 가치가 없는 천마계라도 말살하자는 소리죠."

"……."

역시 라케시스와 클로토의 말대로 천신계는 천마계 공격을 준비하는 모양이군. 중용자를 막는 게 불가능해서 천마계를 치려 하다니… 어떻기 하면 그렇게 생각할 수가 있지? 천마계의 존재 가치가 없다라……

"천마족이 아무리 동물만도 못한 종족이라고는 하지만 그들에게도 살 권리는 있습니다. 그래서 전 아버지의 의견에 반대했지만 전혀 소용이 없었죠. 그것 때문에 여행 좀 하겠다는 핑계로 집을 나오는 불효를 저지르고 말았습니다."

겔레오스의 표정은 진지했다. 말을 들어보면 겔레오스의 아버지가 여행하겠다는 것을 반대하지도 않은 듯했는데 겔레오스 혼자 아버지에게 미안한 감정을 가지고 있는 것 같아서 조금 우스웠다.

흠…… 근데 천마족이 동물만도 못한 종족이라고? 도대체 천마족들이 어떤 생활을 하고 있길래 천신족 녀석들은 그렇게 생각하고 있는 거냐? 천마족은 천신족에게 미움을 받아도 단단히 받고 있구만.

구우우—

거대 독수리 튜이를 타고 날아가길 몇십 분, 마침내 튜이가 속도를 천천히 줄이기 시작했다. 목적지에 거의 도착했기 때문이었다. 하늘 위에서 쳐다보니 높은 건물의 지붕이 많이 보였다. 건물도 지금까지 보던 것보다는 크고 웅장한 것이, 확실하게 고위 관리들의 집이라는 생각이 들게 했다.

펄럭펄럭—

어떤 넓은 집의 정원 안으로 튜이가 날아 내렸다. 정원 자체의 크기가 웬만한 학교만큼이나 컸기 때문에 튜이가 내렸어도 정원의 공간은 남아돌고 있었다. 그래서인지 겔레오스도 튜이를 작게 만들지 않고 그냥 내렸다.

"여기가 아버지의 집입니다."

나와 아트로포스를 튜이의 등에서 내려준 겔레오스가 정원 안의 건물을 가리키며 그렇게 말했다. 아까도 하늘에서 봤지만 내려서 보니까 건물 크기가 장난이 아니었다. 한 나라의 궁전 같은 크기인데다가 완전히 하얀 색이라서 무슨 신전에 온 듯한 느낌이었다.

얼레? 근데 하늘에서 거대 독수리가 자기 집 정원에 무단으로 주

차했는데 왜 집주인은 전혀 반응이 없지? 이 정원은 무료 주차장인가?

"도련님, 돌아오셨습니까?"

그때 갑자기 건물 문이 열리면서 한 노인이 정원 쪽으로 걸어나오며 겔레오스에게 인사를 했다. 입고 있는 옷이나 겔레오스에 대한 행동을 보면 이 집의 하인 정도의 신분인 듯했다. 그리고 겔레오스 역시 그 노인을 편하게 대했다.

"손님을 모시고 왔어. 이분들은 부부니까 큰 방을 하나 준비해 줘."

"알겠습니다."

겔레오스의 지시를 받은 노인은 다시 건물 안으로 들어갔다. 노인이 들어가고 난 뒤 겔레오스는 튜이에게 둥지로 돌아가라고 말했고, 튜이는 어기적어기적 걸어서 건물 뒤로 돌아갔다. 튜이의 둥지가 건물 뒤쪽에 있는 모양이었다.

우우웅—

"……!"

튜이가 건물 뒤쪽으로 모습을 감춘 직후 갑자기 우리의 정면에서 어떤 파장이 일어났다. 그런데 그 파장에서 기이하게도 아주 차가운 기운이 느껴졌다. 그 차가운 기운 때문인지 난 순간적으로 빙천신(氷天神)이 우리 앞에 나타날 것이라는 생각이 들었다. 그리고 그런 내 생각은 정확히 들어맞았다. 눈처럼 흰 피부에 얼음처럼 차가운 표정을 지닌 30대 정도의 중년 남자가 우리 앞에 모습을 드러냈던 것이다.

"돌아왔느냐?"

"예, 아버지."

중년 남자는 겔레오스와 그렇게 인사를 주고받았다. 그래서 난 놀

라고 말았다. 겔레오스가 20살 정도이기 때문에 그의 아버지인 저 중
년 남자는 적어도 40세나 50세 정도여야 정상이었다. 그런데 중년 남
자의 모습이 나이에 걸맞지 않게 젊어 보였기 때문에 놀랐던 것이다.
그러나 그런 내 생각에 사라만다가 토를 달았다.

"너, 바보냐? 천신족이나 천마족은 나이에 비해서 젊게 보인다고
그랬잖아! 네가 전에 만났던 염천신이나 풍천마 모두 나이에 비해서
젊었다고! 그러니 겔레오스의 아버지가 젊어 보이는 건 당연하지!"

아, 그랬군. 얼레? 그렇다는 건 겔레오스가 나보다 나이가 많다는
뜻? 흠…… 천신족이나 천마족은 겉모습만 보고 짐작해서는 안 되겠
군.

"응? 그분들은 누구시냐?"

겔레오스에게서 우리들로 시선을 돌린 중년 남자는 우리들을 보고
다시 겔레오스에게 물었다. 그러자 겔레오스는 간단히 우리들을 중년
남자에게 소개시켜 주었다.

"여행하다가 만난 분들로, 남자 분이 이드 씨고 여자 분이 로스 씨
입니다. 두 분이 여기에서 잠시 지내실 수 있게 해드리고 싶어 모시
고 왔습니다."

"흠……."

겔레오스의 말에 중년 남자는 나와 아트로포스를 찬찬히 뜯어보기
시작했다. 얼굴 표정이 예전의 아트로포스보다 훨씬 차가웠기 때문에
그가 쳐다볼 때 난 몸이 얼어붙는 듯한 느낌을 받았다. 냉정하고 차
가운 두 눈으로 내 마음속을 꿰뚫어 보는 것 같아서 난 일부러 집
넓다, 나도 이런 집에서 살았으면 좋겠다라는 등의 쓸데없는 생각을
했다. 상대가 천신계 서열 4위의 빙천신이라면 남의 마음을 읽는 능
력이 있을지도 모르기 때문이었다.

"…내 이름은 '샤메이로'라오. 남들은 모두 빙천신이라 부르오."

겔레오스의 아버지 빙천신 샤메이로는 간단하게 자신을 소개한 다음 다시 겔레오스를 보며 말했다.

"난 이제부터 천신 회의에 나간다. 두 분을 잘 모시거라."

"…전쟁 준비 하는 겁니까?"

"그렇다."

"……."

겔레오스는 어두운 표정을 지은 채 입을 다물었다. 침묵으로써 샤메이토의 행동에 반대하고 있는 것이었다. 그렇지만 샤메이로는 겔레오스의 반대 같은 것은 신경 쓰지 않고 그냥 사라져 버렸다. 그런 아버지의 행동에 겔레오스는 침울한 표정만 지을 뿐이었다.

흠…… 침울한 표정을 짓는 건 좋은데 손님을 그냥 문밖에다 세워놓고 침울한 표정을 지으면 어쩌라는 거야? 우리의 입장 좀 생각해 달라구. 이 썰렁한 분위기에서 잘 지낼 수나 있겠어?

"아, 죄송합니다. 어서 안으로 들어오십시오."

잠시 침울한 표정을 짓고 있었던 겔레오스는 비로소 자신의 실수를 깨닫고 우리를 건물 안으로 안내했다. 밖에서 봤던 느낌대로 건물 안 역시 차갑고 하얀 느낌이었다. 빙천신이라는 이름에 걸맞게 집 자체가 얼음 같은 느낌을 받게 하고 있었던 것이다.

"도련님, 방 준비했습니다."

어느새 나타난 노인이 겔레오스에게 상황을 보고했고, 겔레오스는 우리보고 노인을 따라가라고 했다. 그래서 나와 아트로포스는 노인이 안내하는 길을 따라 복도를 거닐었다. 노인은 우리를 2층으로 데려갔고, 그중에서 내 키의 두 배 정도 되는 문 앞에서 멈춰 섰다.

"이 방입니다. 두 분이 지내실 수 있도록 해놨으니 걱정 마십시오.

그리고 점심은 12시에 있고, 장소는 1층 식당입니다. 그럼, 편히 쉬십시오."

깍듯한 어조로 그렇게 말한 노인은 방금 걸어왔던 복도를 되돌아갔다. 넓은 복도에 노인까지 가버리자 남은 것은 나와 아트로포스 둘 뿐이었다.

"그럼 들어가자."

끼이―

난 그 큰 문을 열고 먼저 안으로 들어갔다. 확실히 방은 두 사람이 쓰기에 충분한 크기였고 깨끗하기 그지없었다. 그래도 전체적으로 하얀 색이었기 때문에 약간 차가운 이미지가 풍겨왔다.

흠…… 방 이미지가 이런 데다가 정령들까지 두 눈 부릅뜨고 있으니 실수할 리는 없겠지. 어쨌든 이 방에서 아트로포스와 둘이 또 한 침대에서 자겠군. 괜히 기분이 좋아지는 느낌!

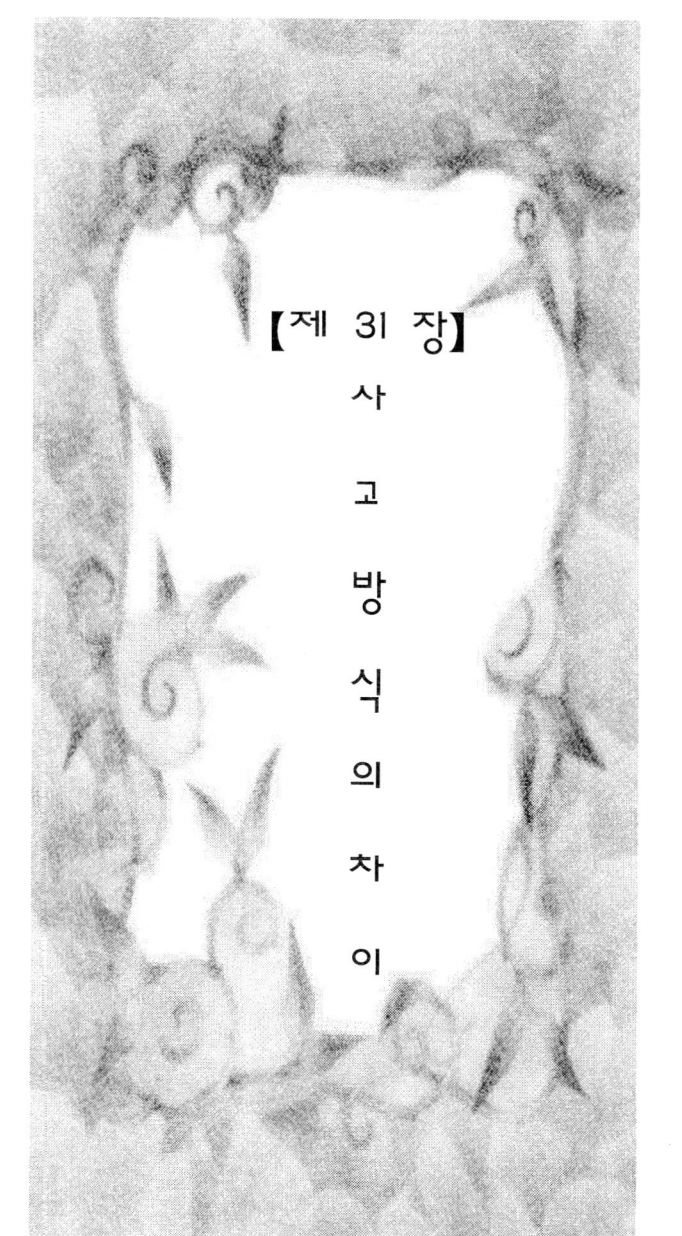

【제 31 장】

사
고
방
식
의
차
이

겔레오스의 집, 정확히는 겔레오스의 아버지 빙천신 샤메이로의 집에서 머무른 지 벌써 3일이 흘렀다. 그 3일 동안 나와 아트로포스는 상당히 지쳐 버렸다. 어떤 이상한 짓을 해서 지친 게 아니라 이 집 식구들의 생활에 적응하려다 보니 굉장히 지쳤다. 식사 시간이나 장소는 항상 그 시간 그 장소였고, 취침 시간조차 정해져 있었다. 나와 아트로포스는 손님이라서 그나마 자유 시간이 많은 편이었지만, 겔레오스나 이 집 식구들은 완전히 짜여진 시간표대로 생활했다. 그런 점'에서 그들 모두 하루의 한 시간이라도 멍하게 보내선 안 된다는 생각을 가지고 있는 듯했다.

"휴……."

점심 식사를 끝내고 방에 돌아온 아트로포스가 나지막이 한숨을 내쉬었다. 그래서 난 그녀 옆에 앉아 그 이유를 물었다.

"어디 아픈 거야?"

"아니에요. 별로 점심 먹고 싶은 생각이 없는데도 항상 그 시간에 식사를 해야 하잖아요. 왠지 답답하다는 느낌이 들어서 그래요."

흠…… 그건 그래. 이곳 식구들은 식사 시간 외에는 절대로 음식을 준비하지 않으니까 말이야. 그래서 식사 시간을 놓치면 굶는 수밖에 없지. 게다가 음식의 양은 항상 정해져 있고, 재료도 거의 똑같은 데 다가 남기지 말고 모두 먹어야 하니까 처절해. 여긴 극기 훈련할 때 보다 규율이 더 엄격하다니까. 아직 가보지는 않았지만 군대 수준이 아닐까?

똑똑—

"저 겔레오스입니다. 혹시 시간 있으십니까?"

얼레? 겔레오스가 이 시간에 웬일이지? 녀석, 계획표대로라면 점심 식사 끝난 후에는 튜이와 1시간 동안 놀아줘야 할 텐데? 무슨 중요 한 일이라도 생겼나?

끼이—

"무슨 일입니까?"

난 문을 열고 문밖에 서 있는 겔레오스에게 그렇게 물었다. 그러자 겔레오스는 부탁조의 어조로 말했다.

"지금 아버지께서 천신 원로님들에게 천마계 토벌을 강력히 주장 하고 계십니다. 오늘 있을 천신 회의에서도 그 주장을 굽히지 않으실 것 같습니다. 그래서 아버지가 천신 회의에 가기 전에 제가 아버지의 생각을 돌려보려고 합니다. 이드 씨와 로스 씨가 절 도와주실 순 없 겠습니까?"

"……."

흠…… 천신계의 천마계 토벌이라……. 막아야 하긴 하는데 내가 무슨 힘이 있나. 게다가 난 설득 같은 것도 잘 못해서 별 도움이 안

될 텐데…… 아, 그래도 일단 언제 공격할 것인지 등의 정보는 캐낼 수 있을 테니까 같이 가는 게 좋겠군.

"별 도움은 되지 못하겠지만 그러도록 하겠습니다."

"아, 정말 감사합니다. 그럼 어서 따라오십시오."

겔레오스는 누군가와 같이 뭔가를 한다는 것 자체가 즐거운 듯이 웃으며 우리를 1층으로 데리고 갔다. 1층의 접대실 안에는 이미 외출 준비를 모두 끝낸 빙천신 샤메이로가 느긋하게 앉아 있었다. 원래는 그냥 나가려고 했는데 겔레오스가 할 말이 있다면서 잡아놓아서 앉아 있는 것 같았다.

"앉으십시오."

겔레오스뿐만이 아니라 나와 아트로포스까지 세트로 왔는데도 샤메이로는 별 표정의 변화 없이 우리에게 접대실 안에 마련된 소파에 앉기를 권했다. 그래서 우리 셋은 샤메이로의 맞은편에 사이좋게 나란히 앉았다. 한쪽은 전쟁 지지파이고, 다른 한쪽은 전쟁 반대파이기 때문에 그렇게 앉은 것이었다.

"그래, 무슨 일로 불렀느냐?"

샤메이로는 여전히 무표정해서 차갑게 느껴지는 얼굴로 겔레오스에게 물었고, 겔레오스는 단도직입적으로 이야기를 시작했다.

"전쟁 준비를 중단해 주십시오."

"…이유는?"

"전쟁은 비윤리적이기 때문입니다."

"……"

겔레오스의 대답에 샤메이로는 잠시 입을 다물었다. 그러나 약간의 시간이 지나자 샤메이로의 입에서 분명한 어조의 말이 흘러나왔다.

"천마족의 존재 자체가 비윤리적이다."

"그건 그렇긴 하지만……."

이런, 겔레오스 그런 말도 안 되는 소리에 납득하면 어쩌라는 거야? 그러다가는 우리가 설득당할 수도 있다고! 내가 꼭 나서야 되겠냐?

"갑자기 끼어들어서 실례합니다만, 어째서 천마족의 존재 자체가 비윤리적이라는 겁니까? 천마족이 비윤리적인 짓이라도 하는 겁니까?"

"그렇소."

"……."

샤메이로의 대답이 너무 빠르고 확정적이라 난 뭐라고 대꾸할 말이 없었다. 이미 그의 머리 속에는 '천마족은 비윤리적인 행동을 한다, 비윤리적인 행동은 존재해서는 안 된다, 따라서 천마족은 존재해서는 안 된다'라는 삼단 논법이 틀어박혀 있는 것 같았다.

흠…… 샤메이로의 생각을 무너뜨리기 위해서는 천마족이 비윤리적이라는 대전제를 부수거나 비윤리적인 행동이 존재 가치가 있다는 설명을 해야 하는데, 내가 생각하기에도 비윤리적인 행동이 필요한지에 대해서는 의문이니까 결국 천마족이 비윤리적이 아니라는 것을 증명해야 한다는 소리겠군. 하지만 천마족의 생활을 모르는 내가 그런 걸 증명할 수 있을 리가 없으니 원…….

"천마족들이 어떤 점에서 비윤리적이라는 것입니까?"

천마족을 극단적으로 싫어하는 샤메이로에게 객관적인 대답을 기대하기는 힘들 테지만 현재 샤메이로를 통해서만이 천마족에 대해 알 수 있었기 때문에 난 그에게 그렇게 물어보았다. 그렇지만 샤메이로는 그런 내 기대를 산산이 무너뜨렸다.

"모르는 편이 좋소. 그것이 정신 건강을 위한 일이오."

"……."

이런, 설명할 말이 없어서 그런 식으로 얼렁뚱땅 넘어가려는 거 아니야? 난 이미 정신이 썩을 대로 썩어 있기 때문에 별의별 소리를 다 들어도 정신 건강에는 아무 문제가 없다고!

"그럼 언제 천마계를 토벌할 생각이십니까?"

어차피 지금 상태로는 샤메이로의 군은 생각을 바꿀 수 없었기 때문에 적어도 천마계 토벌 시기라도 알아내기 위해서 난 그런 질문을 던졌다. 하지만 아쉽게도 샤메이로는 정확한 답변을 피해 버렸다.

"조만간이오."

"……."

흠…… 천신계 중요 기밀이라고 안 가르쳐 주다니……. 이래 가지고는 겔레오스를 따라온 보람이 없잖아? 그냥 지금 이 순간부터 당장 중용의 법칙을 실행해 버릴까?

"우리에게는 시간이 없소. 언제 중용자가 중용의 법칙을 실현하러 올지 모르기 때문이오."

샤메이로는 내가 아무 말도 하지 않자 자신의 주장을 더욱 확고히 하려는 듯이 강한 어조로 말했다. 그런 샤메이로의 말에 겔레오스는 아무런 반박도 하지 않았다. 나하고 같이 샤메이로의 생각을 돌리기로 했으면서 제일 먼저 포기해 버린 그의 행동에 난 어처구니가 없었다.

나원, 웃어른의 생각은 옳다라는 거냐? 하여간 젊은것이 이렇게 끈기가 없어서야 어디다 써먹어? 아, 그래, 열심히 포기해라. 난 샤메이로에게서 최대한의 정보를 얻어낼 테니까 말이야.

"중용자는 현재 회로계에 있습니까?"

천신족들이 중용자에 대해서 얼마나 알고 있을까 궁금했기 때문에

145

난 샤메이로를 떠보았다. 다행히 중용자에 대해서는 샤메이로도 별로 중요시하는 것 같지 않았다.

"확실하게는 모르지만 시기적으로 봐서는 아마 지금쯤 마지막 일곱 번째 성물을 찾으려고 혈안이 되어 있을 거요. 그가 과연 마지막 성물을 찾을 것인가 찾지 못할 것인가는 그의 능력에 달려 있다 할 수 있소"

"예……."

흐흐, 녀석들은 내가 이미 일곱 번째 성물을 찾아내서 자기들 앞에 버젓이 앉아 있다는 사실을 모르는군. 하긴, 내가 생각해도 마지막 성물을 너무 순식간에 찾아내 버렸어. 내가 그 엉성한 성물의 수수께끼를 풀자마자 라케시스가 바로 날 저승으로 보내 버렸으니…….

"이제 곧 천신 회의가 있어서 난 가봐야겠소"

나와 겔레오스가 더 이상 말을 하려는 기미를 보이지 않자 샤메이로는 자리에서 일어났다. 그리고 나와 아트로포스에게 가볍게 인사를 하고 접대실을 빠져나갔다. 샤메이로가 접대실을 나간 후 난 겔레오스에게 사과했다.

"도움이 못 돼서 죄송합니다."

"아닙니다. 저 역시 아무 말도 못했으니까요"

흠…… 잘 아는군.

"사실… 저도 마음속으로는 천마족이 말살되기를 바라고 있었는지도 모릅니다. 그들은 생각하는 존재로서의 삶을 거부하고 있으니까요"

겔레오스는 샤메이로에 못지 않게 천마족에 대해서 아주 좋지 않은 인상을 가지고 있었다. 그렇기 때문에 천마계를 치겠다는 샤메이로를 말리지 않은 것이다. 그래서 난 겔레오스에게 하나의 질문을 던져 보았다.

"겔레오스 씨는 천마족들의 생활을 직접 눈으로 보았습니까?"

"아니오."

"그런데 어떻게 천마족들이 비윤리적인 삶을 산다고 확신할 수 있습니까?"

"어릴 적부터 그렇게 배워왔습니다. 물론 워낙 지저분한 것들이라 자세히 가르쳐 주지는 않습니다만, 배운 것들만으로도 천마족의 생활이 매우 비윤리적임을 짐작할 수 있습니다."

호으…… 배운 것만으로 짐작한다라? 그게 얼마나 위험한 행동인지는 아는 거야? 어차피 어릴 때 배우는 정보는 엄청나게 왜곡된 상태라고. 아무것도 모르는 아이들한테 어른들의 복잡한 생활을 제대로 알려줄 것 같냐?

"그럼, 겔레오스 씨가 배운 천마족의 생활을 알려주십시오."

"……"

내 요구에 겔레오스는 입을 다물었다. 그것은 너무 더러운 얘기라 차마 말로 꺼낼 수가 없다는 듯한 태도였다. 그래서 결국 난 이런 결정을 내려야 했다.

"알겠습니다. 천마족의 생활을 알기 위해서는 제가 직접 천마계로 가는 수밖에 없겠군요."

"……!"

천다계로 가겠다는 내 말에 겔레오스의 표정이 급격히 변했다. 그의 표정을 한마디로 요약하자면 그런 위험한 곳에 가서는 안 된다는 것이었다. 하지만 천신계를 구경한 다음에 천마계를 구경하기로 마음먹은 상태였기 때문에 난 확정적인 어조로 말했다.

"어차피 천마계도 한번 구경하려고 생각했었습니다. 천신계에서 전쟁을 일으키기 전에 다녀올 겁니다. 만에 하나 천마계가 멸망해 버린다면 다시는 천마계를 구경할 수 없을 테니까요."

"하지만……!"

"저희도 저희들 스스로의 몸 정도는 지킬 수 있습니다. 단지 겔레오스 씨에게 부탁하고 싶은 것은 천신계에서 천마계로 갈 수 있는 방법을 알려달라는 것입니다."

"……."

겔레오스는 입을 다문 채 생각에 잠겼다. 내 부탁이 자신에게 별로 곤란한 것은 아니지만, 위험한 천마계에 그냥 가도록 내버려 둘 것인가 말 것인가를 두고 갈등하고 있는 것 같았다. 난 그저 겔레오스의 말을 기다리기만 했다. 내가 뭐라고 강요해 봤자 소용없음을 느꼈기 때문이었다.

툭툭—

그때 아트로포스가 내 옆구리를 살짝 쳤다. 천마계로 가려면 자신이 알고 있는 차원 이동 마법진을 사용하면 되는데 왜 굳이 겔레오스에게 그런 부탁을 하는 거냐라는 표정이었다. 하지만 난 그냥 아트로포스에게 날 믿으라는 얼굴을 해 보이기만 했다.

뭐, 아트로포스가 천마계로 가는 방법을 알고 있긴 하지만 천신족들은 어떤 식으로 천마계에 갈 수 있는지 알아야 하지 않겠어? 겔레오스와 떨어지기 전에 최대한 많은 정보를 알아내야 한다구. 자, 겔레오스, 어서 대답을 하시지?

"…저도 따라가겠습니다."

"……?"

한참 후에 겔레오스의 입에서 흘러나온 말은 내 예상을 완전히 빗겨 나가는 것이었기 때문에 난 잠시 어리벙벙해졌다. 그의 말이 무엇을 의기하는지 제대로 파악하지 못했던 것이다.

"따라가겠다니요?"

"말 그대로입니다. 두 분만 그런 위험한 곳에 가도록 할 수는 없으니까요. 그리고 저와 같이 가는 편이 안전할 겁니다."

흐으…… 도대체 겔레오스는 왜 이렇게 남의 일에 끼어들기를 좋아하는 거야? 숲에서 헤매고 있는 우리들을 데리고 와서 여관까지 잡아준 건 그렇다 치더라도, 그렇게 증오하는 천마족들이 사는 천마계까지 같이 가겠다니……. 이 녀석, 진짜 아트로포스에게 흑심 품은 거 아니야?

"왜 이렇게 저희들에게 친절을 베푸시는 겁니까?"

이번만큼은 겔레오스의 친절을 그냥 받아들일 수 없었기 때문에 난 조금 차가운 어조로 그에게 물었다. 그러자 겔레오스는 아주 당연하다는 듯한 표정을 지으며 답했다.

"타인이 위험해지는 것을 그냥 보고 있어서는 안 되기 때문입니다. 자신의 목숨이 위태로워진다 하더라도 타인을 돕는 것이 정의라고 배웠기 때문에 전 그것을 그대로 실천하고 있는 것뿐입니다."

"… …."

배운 대로 행동한다 이거냐? 그거 참 어렵고 위대한 일이지만, 그 타인이 믿을 만한지 믿을 만하지 못한지 제대로 파악하지도 않고 돕는 게 좋다고 할 수는 없잖아? 만난 지 겨우 나흘밖에 안 지났는데 어떻게 목숨을 내놓고 우리를 돕겠다는 거냐고.

"겔레오스 씨는 저희를 믿는 겁니까?"

"그렇습니다. 예의를 아는 분치고 나쁜 존재는 없으니까요."

내 질문에 겔레오스는 단정적인 어조로 대답했다. 한마디로 겔레오스는 내가 지금까지 예의 바르게 행동했기 때문에 날 좋은 인간이라고 단정 짓고 있는 것이었다. 인간이란 존재는 겉으로 착하게 행동하면서 속으로 욕을 할 수 있다는 것을 그는 아직 모르고 있는 것 같았다.

흐…… 겔레오스는 마음이 순수한 건지 멍청한 건지…… 어쨌거나 천신계 서열 4위에 랭크되어 있는 빙천신 샤메이로의 아들이니만큼 실력이 있을 테니까 같이 천마계로 가면 그나마 덜 위험하겠지. 이 기회에 겔레오스의 사회 경험도 늘려줘 볼까?

"알겠습니다. 그럼 함께 천마계에 가도록 하죠."

"……!"

내 말을 듣고 아트로포스가 놀란 표정을 지었다. 계속 같이 있다 보면 겔레오스에게 내 정체를 들킬지도 모르기 때문에 그것을 우려하고 있는 것이었다. 그래서 난 그녀에게 안심하라는 미소를 지어 보인 다음에 겔레오스에게 말을 걸었다.

"출발은 최대한 빨리 하고 싶습니다. 언제 전쟁이 터질지 모르니까요. 그래서 가능하면 오늘 중으로 가고자 합니다."

"음…… 알겠습니다. 그럼 지금 즉시 출발하시겠습니까?"

헐, 생각보다 빠른걸? 나야 뭐 출발 시간이 빠르면 빠를수록 좋지. 이런 답답한 천신계에 오래 있다가는 내 명이 짧아질 테니까 말이야.

"지금 출발하기로 하죠."

내 대답을 듣고 나서 겔레오스는 앞장서서 접대실을 빠져나갔고, 우리들은 그런 겔레오스의 뒤를 따랐다. 그리고 나서 겔레오스가 부른 튜이의 등 위에 다시 올라타게 되었다. 장소가 멀어서 튜이를 타고 거기까지 날아갈 생각인 듯했다.

펄럭펄럭—

"겔레오스 씨, 어디로 가실 생각입니까?"

튜이가 완전히 날아올라 하늘을 가르며 비행을 시작했을 때 난 겔레오스에게 질문을 던졌다. 공기를 가르며 날아가는 소리 때문에 내 목소리가 잘 전달될지 걱정했으나 빙천신의 아들답게 겔레오스는 내 말을 정확히 알아듣고 입을 열었다.

"지금 가려는 곳은 '차원의 틈'입니다. 천신계와 천마계 사이에는 불규칙하게 길이 생기는데 그걸 차원의 틈이라고 하죠. 바로 그 틈을 통해서 별 어려움 없이 천마계로 갈 수 있습니다."

"차원의 틈이 불규칙하다면 지금 그 틈이 있는지 없는지 모른다는 소리 아닙니까?"

"물론 그렇습니다만, 그 틈을 통하지 않고서는 평범한 존재가 천신계에서 천마계로 넘어가는 것은 불가능합니다. 특별한 능력자만이 차원 이동을 할 수가 있죠."

흠…… 그런가? 하지만 빙천신 샤메이로의 아들 정도면 차원 이동을 할 수 있는 능력을 가지고 있지 않나? 아직 어려서 그 정도까지의 능력은 없을라나?

구우우―!

튜이는 긴 울음소리를 내면서 빠르게 허공을 갈랐다. 녀석의 비행 속도가 정말 빨랐기 때문에 주위의 풍경이 제대로 눈에 들어오지 않았다. 그런데도 튜이의 등에 타고 있는 우리들은 상당한 안정감을 느끼고 있었다. 튜이가 우리들이 떨어지지 않도록 절묘하게 나는 것인지, 겔레오스가 자신의 능력으로 우리를 안전하게 지켜주고 있는 것인지는 모르지만 어쨌든 승차감 하나는 좋았다.

……

대략 3시간 정도의 시간이 지난 듯했다. 날아가는 튜이의 등에 타서 하릴없이 가만히 앉아 있기에는 너무나 긴 시간이었지만, 마차보다 수십 배 빠른 속도로 날아왔기 때문에 목적지까지의 거리에 비해서 걸린 시간은 매우 짧았다라고 할 수 있었다.

"바로 이 근처입니다. 이 근처에서 차원의 틈이 발생합니다."

겔레오스는 튜이의 속도를 늦추면서 아래를 가리켰다. 그가 가리킨 곳은 수풀이 우거진 숲이었다. 나와 아트로포스가 있던 숲은 아니었으나 곧게 자란 나무라든지 좌우 대칭적인 식물들의 모습은 그곳과 별반 다르지 않았다.

탁—

겔레오스의 도움으로 숲에 내려선 나와 아트로포스는 차원의 틈이란 것이 있나 없나를 대충 살펴보았다. 그사이 겔레오스는 튜이를 작게 만들었고, 나와 아트로포스는 차원의 틈처럼 보이는 것을 전혀 찾지 못했다.

"차원의 틈은 어떻게 생겼습니까?"

"글쎄요…… 얘기로만 존재한다고 들어서 잘 모릅니다만……."

이런, 겔레오스도 말로만 들었다는 거였어? 난 실제로 본 줄 알았잖아! 이래 가지고 천마계로 가는 게 가능하겠나? 차라리 겔레오스에게 우리의 정체를 밝히고 차원 이동 마법진을 쓰는 게 낫겠다!

"……!"

그때 갑자기 숲 안쪽에서부터 이상한 기운이 감지되었다. 마치 유리창에 쩍쩍 금이 가는 듯한 파장이 느껴졌기 때문에 우리들은 서둘러 숲 안쪽으로 들어갔다. 숲 안쪽으로 들어갈수록 파장은 강렬해졌고, 그 파장 발원지에 도착했을 때에는 유리창이 완전히 깨지는 듯한 파장을 느끼게 되었다.

"저거 아니에요?!"

뛰어온 탓에 거칠어진 숨을 제대로 고르지도 못한 채 아트로포스가 정면을 가리키며 소리쳤다. 그녀의 말대로 나무가 빽빽이 들어서 있는 좁은 공간으로부터 시커먼 틈이 입을 쩌억 벌리고 있는 모습을 나와 겔레오스는 두 눈으로 똑똑히 확인했다. 그리고 서로 그것이 틀림없는 차원의 틈이란 것을 확신했다.

"저게 차원의 틈이겠군요."

"운이 좋군요. 이렇게 금방 발견하게 되다니."

차원의 틈을 발견한 우리들은 거칠어진 숨을 고르며 마음을 진정시켰다. 차원의 틈의 크기는 사람 하나가 간신히 들어갈 수 있을 정도로 작았다. 하지만 아직은 차원의 틈이 사라질 기미를 보이지 않았기 때문에 우리들은 여유를 부릴 수 있었다.

"정말 천마계로 가실 겁니까?"

겔레오스는 그것을 다시 확인하려는 듯이 나와 아트로포스를 보며 물었다. 그리고 내 대답은 정석대로 흘러나왔다.

"물론입니다. 여기까지 와서 되돌아갈 수는 없죠."

그럼그럼. 왔던 길을 되돌아가려면 튜이를 타더라도 최소한 3시간 이상 걸리는데 그 지겨운 시간을 또 보내기는 싫다고. 차라리 천마계로 들어가서 싸우는 게 낫지. 심심한 건 진짜 못 견딘다니까.

"그럼 갑시다!"

겔레오스는 호기롭게 소리친 후 제일 먼저 차원의 틈 안으로 들어갔다. 그 뒤를 이어 나와 아트로포스가 차례로 차원의 틈 안에 진입했다. 차원의 틈에 들어갔을 때 약간 현기증을 느꼈으나 그것은 아주 짧은 순간이었을 뿐, 금방 정신을 차릴 수 있었다.

"……?"

얼레? 갑자기 왜 서늘한 느낌이 드는 거지? 아까까지만 해도 약간 따뜻한 느낌이었는데…… 설마 천마계는 천신계와 계절이 다르다는 건 아니겠지?

"으악!!"

내가 서늘한 느낌을 느끼며 의아해하고 있을 때, 갑자기 내 앞쪽에서 비명 소리가 들려왔다. 비명 소리가 굵은 것으로 봐서는 나보다 먼저 차원의 틈에 들어갔던 겔레오스가 어떤 이유에선가 비명을 지른 것으로 생각할 수 있었다. 그래서 난 급히 초점을 맞춰 내 앞쪽에서 어떤 상황이 전개되고 있는가를 확인해 보았다.

"죄, 죄송합니다!!"

초점이 맞춰지고 내 눈에 가장 먼저 들어온 광경은 앞쪽에 있던 겔레오스가 얼굴을 시뻘겋게 물들은 채 급히 내 쪽으로 몸을 돌리는 모습이었다. 시선을 옆으로 돌린 결과 우리들이 서 있는 곳은 시원한 시냇물이 흐르는 작은 시냇가임을 확인할 수 있었다. 그리고 별로 깊지 않은 시냇물 속에는 상체를 완전히 드러낸 18살 정도의 젊은 여성이 목욕을 하고 있는 것도 확인했다.

흠…… 맨 처음 느꼈던 서늘한 기운은 저 시냇물 때문이었나 보군. 이곳의 계절 자체도 천신계와는 크게 다르지 않는 것 같은데? 그건 그렇고, 상체를 완전히 드러낸 여자가 있다… 라고라고라?!

"정말 죄송합니다!"

내 앞에 서 있던 겔레오스는 다시 한 번 소리쳤다. 그가 사과하고 있는 대상은 시냇물에서 목욕하던 여성이었다. 겔레오스의 목소리에 지금의 상황을 파악한 난 어서 고개를 그 여자로부터 돌려야 한다는 것을 느꼈다. 하지만 이상하게도 그 여자가 전혀 몸을 가릴 생각을 하지 않았기 때문에 난 대담하게도 그 여자의 몸을 계속 쳐다보게 되었다.

"뭘 봐요? 여자 몸 처음 봐요?"

내가 빤히 자기 몸을 쳐다보고 있자 그 여자가 날카롭게 한마디했다. 자세히 쳐다보니 상당한 미모에 날씬한 몸매, 그리고 풍만한……어쨌든 미인이라고 불리기에 손색이 없을 여자였다. 그런데 그 여자는 내가 쳐다보고 있는데도 불구하고 전혀 당황하지 않고 아주 자연스럽게 시냇가에서 나와 바위에 걸쳐 놓았던 옷을 입기 시작했다.

"어이, 소환주. 언제까지 쳐다볼 거냐?"

"어쩔 수 없어, 사라만다. 이 녀석은 여자라면 사족을 못 쓰는 변태니까 말이야."

내가 시선을 돌리지 않자 사라만다와 노움이 날 놀려댔다. 하지만 그런 녀석들의 말 때문에 난 더욱 시선을 돌리기 싫어졌다. 그리고 시선을 돌릴 필요도 없이 그 여자는 이미 옷을 다 입고 우리 앞에 서 있었다.

"이제 다 입었으니 그렇게 뒤돌아 설 필요는 없어요."

여자가 말하는 대상은 겔레오스였다. 그러나 겔레오스는 여전히 얼굴을 빨갛게 물들이며 이렇게 소리칠 뿐이었다.

"본의 아니게 실수를 한 점 용서해 주십시오!"

"나참, 신경 쓸 거 없다니까 그러네. 됐으니까 이쪽이나 쳐다보고 말해요."

여자는 물에 젖은 파란색의 긴 머리카락을 끈으로 묶으며 말했다. 그런 여자의 말에 마침내 겔레오스는 몸을 돌려 그 여자를 쳐다보았다. 하지만 그 여자의 상체를 보았기 때문인지 그의 얼굴은 여전히 빨개져 있었다.

"후훗, 정말 귀엽네?"

겔레오스의 빨개진 얼굴을 보고 여자는 흥미롭다는 듯한 표정을 지었다. 하지만 뻔뻔하게 자기 몸을 쳐다본 날 보고는 날카로운 눈초리를 했다.

"그쪽은 사과 안 하나요?"

"몸을 본 건 잘못한 거지만…… 가만히 있었던 그쪽도 잘못한 것 아닙니까?"

흐으…… 내가 지금 무슨 소리를 하는 거냐? 여자의 알몸을 보더니 정신이 나가 버린 건가? 이런 상황에서 그렇게 당당히 말하다니……!

"훗, 그건 그렇군요."

의외로 여자는 내 말에 화를 내지 않았다. 대신 묘한 질문을 던졌다.

"내 몸 어땠어요? 괜찮았죠?"

"……."

지금 이 여자…… 날 놀리는 거야? 당연히 괜찮았… 그게 아니라 그런 질문을 하는 의도가 뭐냐고!

"뭐, 어쨌든 이렇게 만난 것도 인연이니까 서로 자기소개나 하죠. 난 '루리아'라고 해요."

자신을 루리아라고 밝힌 여자는 먼저 날 쳐다보았다. 일행 중에서 내가 제일 뻔뻔스럽다고 느낀 모양이었다. 한마디로 '찍혔다'라고 할 수 있었다.

"전 이드입니다."

"전 로스예요."

"저, 전 게, 게, 겔레오스입니다……."

여자의 몸을 본 것이 충격이었는지 겔레오스는 자기소개할 때 굉장히 더듬었다. 그런 겔레오스의 모습에 킥킥 웃던 루리아가 나와 아트로포스를 쳐다보더니 이런 말을 꺼냈다.

"그쪽 두 분, 혹시 애인 사이 아니에요?"

흠…… 꽤나 눈썰미가 있는 여자로군. 외모 자체로만 보자면 나와 아트로포스보다는 겔레오스와 아트로포스 쪽이 더 어울릴 텐데.

"결혼했습니다."

"에? 그래요? 얼마나 됐는데요?"

어쭈구리…… 왜 그런 사소한 것까지 묻는 거야? 저 여자의 눈썰미가 날카로우니까 잘못하면 내 정체를 들킬지도 모르겠는걸? 조심 조심!

"얼마 안 됐습니다. 한 석 달 정도?"

"그렇군요, 축하해요."

진심으로 축하하는 것인지는 몰라도 하여튼 루리아가 축하의 말을 했기 때문에 난 그녀에게 감사의 말을 전했다. 다행히 겔레오스에게 부부라고 말했던 것이 있었기 때문에 아트로포스는 전혀 놀란 표정을 짓지 않았다. 만약 그녀가 놀란 표정을 지었다면 루리아에게 거짓말을 발각당했을 것이 틀림없었다.

"근데 여러분들은 차원의 틈을 통해서 건너온 거죠? 그렇다는 건… 세 명 다 천신족?"

헐…… 역시 머리 회전이 장난 아니게 빠르군. 아, 그 정도는 다 알 수 있나? 하지만 난 머리가 나빠서 그 정도까지는 못 알아낼 것 같은데……

"이쪽 겔레오스 씨만 천신족이고 저와 로스는 천신계의 외진 구석에 살고 있는 종족입니다."

얼굴을 여전히 빨갛게 물들이고 있는 겔레오스를 대신하여 난 루리아에게 설명을 해주었다. 나와 로스가 천신족이 아니라는 말에 루리아는 의아한 표정을 지어 보였지만 천마계에서도 천마족이 아닌 존재가 있는 모양인지 그다지 신경 쓰지는 않았다. 대신 다른 질문을 던졌다.

"그런데 세 분은 무슨 일로 천마계에 온 거예요? 설마 정찰하러?"

"아닙니다. 천마족들의 생활상을 구경하고 싶어서 온 것뿐입니다. 원래는 저와 로스가 신혼여행을 겸해서 하려고 했는데, 천신계를 여행하던 중 겔레오스 씨를 만나서 이렇게 천마계까지 같이 오게 된 겁니다."

"그래요? 천마족들의 생활상을 구경해 봐야 볼 것도 없는데."

"상관없습니다. 그런데 천마계의 고위 관리들을 보려면 어디로 가야 합니까?"

난 하루라도 빨리 천마계의 천신계 대처 방법을 알아내기 위해서 루리아에게 그런 질문을 던졌다. 그런데 루리아는 그 질문을 듣고 날 의심했다.

"천마족들의 생활상을 알아보려면 보통 천마족 마을에 놀러 가면 되는데 왜 굳이 고위 관리들을 보려고 그러죠? 역시 천마족의 정보를 빼내려고 온 거죠?"

"……."

흐으…… 거참 꼬치꼬치 캐묻기는. 그냥 그렇다면 그런 줄 알 것이지! 하여간 의심은 많아가지고!

"그냥 고위층 존재들이 어떤 삶을 사는지 궁금해서 그럽니다. 일반 천마족의 생활을 보는 것보다 그들의 생활을 보는 것이 더 어려우니까요."

"뭐, 그건 그렇지만……."

"처음 본 분에게 너무 무리한 부탁을 한 것 같군요. 그래도 고위 관리들이 어디에 사는지 정도는 알고 계시지 않습니까?"

"음……."

내 부탁에 루리아는 잠시 생각에 잠겼다. 그것은 겔레오스가 우리
를 돕고, 심지어는 천마계까지 따라왔을 때의 표정이었기 때문에 난
가슴이 철렁했다. 그리고 안타깝게도 그런 내 짐작은 들어맞고 말았
다.

"내가 안내하죠, 어차피 할 일도 없었는데."

"…감사합니다."

"뭐예요, 그 똥 씹은 듯한 얼굴은? 여자 앞에서 그런 표정 지었다
가는 인기 못 얻어요."

"아, 아닙니다. 안내해 주시면 감사하겠습니다."

루리아의 흘기는 눈초리에 난 급히 얼굴 표정을 고치며 그렇게 말
했다. 확실히 천마계에 대해서 아무것도 모르는 우리들만 가는 것보
다는 천마계에서 사는 루리아의 도움을 받는 것이 안전했다. 단지 그
것은 루리아에게 내 정체를 발각당하지 않는다는 전제 하에서였다.

"참! 소문을 들어보니까 천신계는 복수 형벌 제도가 아니라고 하던
데 정말이에요?"

루리아는 겔레오스 쪽을 쳐다보며 질문을 던졌다. 하지만 겔레오스
는 계속 루리아의 알몸이 눈앞에 어른거리는지 그녀를 제대로 쳐다
보지 못한 채 더듬거리며 대답했다.

"그, 그렇습니다……."

흐으…… 겔레오스, 제발 그만 좀 떨어라. 겨우 여자 알몸 본 거
가지고 그렇게 부끄러워하면 어떡하냐? 뭐, 너무 폐쇄된 공간에서 제
한된 정보만을 얻고 살았으니 당연한 거겠지만. 그나저나 복수 형벌
제도란 건 또 뭐야?

"루리아 씨, 복수 형벌……!"

"듣기 거북하니까 '씨' 자는 빼요. 그냥 이름만 부르라구요. 그리고 여자 분 빼고 나보다 다들 나이가 많은 것 같으니까 경어 쓸 필요 없어요."

루리아는 나와 겔레오스, 그리고 아트로포스에게 말을 놓을 것을 권했다. 그렇지만 겔레오스는 천신계에서 받은 교육 때문에 그럴 수 없다고 했다. 그래서 말을 놓게 된 사람은 나와 아트로포스였다. 어쨌든 그렇게 하기로 한 나는 루리아에게 하던 질문을 계속했다.

"근데 루리아, 복수 형벌 제도란 건 뭐야?"

"복수 형벌 제도요? 간단해요. 피해자가 당한 만큼 가해자에게 형벌을 내리는 거죠. 천마족을 죽이면 사형이고 다리를 자르면 다리를 잘리고 그런 거예요."

흠…… 그게 복수 형벌 제도라고? 그 말을 들으니까 메소포타미아 지방이던가? 하여튼 거기에서 함무라비라는 왕이 함무라비 법전을 통해 복수법인가 뭔가 하는 것을 집행했다는데… 그거하고 똑같은 거군.

"그런 건 비윤리적입니다! 적어도 가해자에게 자신의 죄를 반성하게 하고 그것을 통해 올바른 삶을 살아가도록 인도해야 하지 않습니까?"

아까지만 해도 얼굴을 붉히며 부끄러워하던 겔레오스가 갑자기 루리아의 말에 반박하고 나섰다. 하지만 루리아도 지지 않았다.

"뭐가 비윤리적이에요? 죄를 지은 만큼 대가를 치르는 건데! 그럼 그쪽은 죽은 피해자는 개털이고 가해자는 존중받아야 한다는 건가요? 종족을 죽였으니 당연히 죽어야죠!"

"실수로 죽일 수도 있지 않습니까? 당신은 실수 같은 것도 안 합니까?!"

"그 실수로 종족이 죽었다면 실수에 대한 대가를 치러야죠! 단 한 번의 실수라도 그 하나의 실수 때문에 삶 자체를 망칠 수도 있어요! 그리고 가해자 때문에 죽은 피해자는 10년 동안 아무 생활도 못한단 말이에요! 그게 얼마나 아까운 건지 알고 있어요?!"

겔레오스와 루리아의 말을 듣고 있던 도중 갑자기 의아한 점이 들었다. 그건 루리아가 마지막에 했던 '죽은 피해자는 10년 동안 아무 생활도 못한다'라는 말이었다. 그 말은 마치 10년이 지나면 죽은 피해자가 살아난다는 것처럼 들렸기 때문에 난 둘의 논쟁 중간에 끼어들기를 시도했다.

"잠깐! 죽은 피해자가 10년 동안 아무 생활도 못한다는 게 무슨 뜻이야? 설마 10년 후에는 멀쩡히 살아 돌아온다는 건 아니겠지?"

"무슨 소리예요? 당연히 살아 돌아오죠! 지금까지 그런 것도 몰랐단 말이에요?"

"……!"

그런 말도 안 되는…… 그렇다면 천마족들은 영원히 산다는 거야?!

"천마족이나 천신족이나 100살까지 살 수 있어요. 물론 천마족이 천마계를 벗어나거나 천신족이 천신계를 벗어나면 주어진 생을 다 살지 못할지도 모르지만요. 사실 천신계에서 어떤 식으로 죽은 자가 부활하는지는 모르지만, 적어도 천마계에서는 한 번 죽은 자는 10년 뒤에 '시간의 틈'을 통해 10살 늙은 모습으로 부활하게 돼요. 물론 예전까지의 기억은 그대로 가지고 부활하죠."

루리아의 설명에 난 어안이 벙벙해졌다. 천마계에서 사는 이상, 죽었어도 10년 뒤에 부활한다는 그 엄청난 시스템에 경탄밖에 흘러나오지 않았던 것이다. 그리고 그것은 천신계 역시 그럴 것이라는 생각으로 발전되었다.

"설마 천신계에서도 그렇습니까?"

"약간 다릅니다. 저희 쪽에서는 강한 능력을 가진 천신족이 최소한 둘 이상 모여야 부활 작업이 가능하니까요. 또 다른 점은 죽은 당시 그대로의 모습으로 부활한다는 것이죠."

"……."

하하…… 죽었어도 다시 살아날 수 있다라니…… 도대체 천신계하고 천마계는 어떻게 되어먹었길래 그렇게 되는 거야? 회로계에서는 한 번 죽으면 그걸로 끝인데!

말했었잖아. 천신계와 천마계는 자체적으로 영혼을 처리한다고. 그것을 바꾸어 말하면 죽은 영혼을 살려낼 수 있다는 소리야.

그때 갑자기 내가 처음 아르카디아에 왔을 때 라케시스가 나에게 했던 말이 떠올랐다. 그리고 중용자만이 천신족과 천마족을 완전히 죽일 수 있다는 말도 연이어 떠올릴 수 있었다. 당시에는 별로 중요하게 생각하지 않았던 그 말이 지금 루리아와 겔레오스가 하는 설명의 진정한 의미였던 것이다.

"잠깐요! 천신계는 능력자 둘이 죽은 자를 살려내는 거였어요?!"

내가 혼자 생각에 잠겨 있을 때 루리아가 겔레오스에게 반문을 던졌다. 겔레오스는 당연히 고개를 끄덕였고 루리아는 그것 보라는 표정으로 다시 따지기 시작했다.

"그쪽은 죽어도 금방 살려낼 수 있으니까 가해자에게 기회를 주는 등의 이상한 짓거리를 하는 거죠! 우리는 한 번 죽으면 10년을 기다려야 한다구요! 배정된 삶의 무려 10분의 1이란 말이에요!"

"기간은 중요하지 않습니다! 중요한 건 가해자도 그만큼의 가책을 느낀다는 거죠! 그렇기 때문에 그에게 기회를 주는 겁니다!"

"가책을 안 느끼면요?"

"그럴 리 없습니다! 천마족에는 있을지 몰라도 천신족 중에서 그런 자는 절대 없다고 확신할 수 있습니다!"

흐으…… 또 싸우기 시작하는군. 근데 난 저 둘의 말을 들으면 화가 나. 천신족이나 천마족이나 죽어도 다시 살아날 수 있지만 인간들은 절대 그럴 수 없으니까. 어쨌거나 내가 중간에 끼어들어 볼까?

"근데 천신계에서는 가해자가 같은 범행을 저지르지는 않습니까?"

"그건……."

내 질문에 겔레오스는 대답을 하지 못했다. 그건 뭔가 숨기려고 하는 게 아니라 그것에 관해서 전혀 모르고 있기 때문에 대답을 하지 못하는 것이었다. 그래서 난 겔레오스에게 이렇게 말해 주었다.

"그런 사실도 모르면서 '천신족에는 가해를 해놓고도 양심의 가책을 느끼지 않는 자는 없다'라고 말할 수 있습니까?"

"……."

후후. 우선 이렇게 해서 겔레오스의 입은 틀어막았고… 이제 루리아 차례인가?

"천마족 사이에서 많은 선행을 베풀던 자가 실수로 천마족을 죽였어. 천다족 법대로라면 그 선행자는 죽어야겠지. 하지만 그건 천마족에게 필요한 자를 없애는 거나 마찬가지. 차라리 그를 살려두는 것이 더 사회적으로 도움이 되지 않을까?"

"만약 그렇다면 천마족들이 법을 집행하지 말라고 탄원을 할 거예요. 실제로 천마계에선 그런 예도 있었으니까요."

"그거 좋긴 한데 만약 죽은 자의 친척이 선행자를 죽이라고 탄원한다면 어떻게 돼? 선행자를 죽이라는 소수의 탄원자와 선행자를 살리라는 다수의 탄원자 사이에서 천마계는 어떤 결정을 내리지?"

"아마도… 피해자의 말을 존중해서 그 선행자를 죽이겠죠……."

루리아는 내 예상에 들어맞는 말을 했다. 당한 만큼 돌려줘야 한다는 천마족의 사고방식에 따르면 범죄자는 최대한 빠른 시일 내에 피해자가 당한 만큼의 죄값을 치러야 하므로 선행자를 죽이라는 피해자의 친척과 선행자를 살리라는 천마족들이 협상하기 전에 법을 실행해야만 한다. 나쁘게 말한다면 피해자를 잃은 친척들의 일시적인 분노에 사회적으로 덕을 쌓아온 선행자가 죽게 된다는 것이다.

"루리아, 넌 그걸 어떻게 생각해?"

"……."

내 물음에 루리아는 선뜻 뭐라고 대답하지 못했다. 생각해 본 적이 없는 문제에 대해 생각하려니까 쉽게 머리가 정리되지 않는 것이었다. 어쨌든 그런 식으로 두 남녀의 말문을 틀어막은 나는 전혀 필요 없고 누구나 알고 있는 결론을 냈다.

"천신계나 천마계나 자신들의 환경에 맞게 법을 발전시켰을 뿐입니다. 자신들의 생활에 맞는 법을 가지고 다른 종족의 법이 옳으니 그르니 하는 것은 말이 안 되죠. 그러니 더 이상 그런 의미없는 싸움은 그만 하십시오. 같은 종족 내에서 이런 문제가 제기된다면 토론을 통해 해결을 봐야겠지만 지금 두 분은 전혀 다른 종족이잖습니까."

"……."

"……."

겔레오스와 루리아는 그리 내키지 않은 얼굴이었으나 내 말에 반대하지는 않았다. 내 말이 옳다고 생각하는 모양이다. 그러나 나 스스로는 내가 한 말에 반박할 말을 가지고 있었다. 종족이 다르다고 모든 걸 그렇구나 하고 넘겨 버리는 것은 결코 좋은 행동이라 할 수 없기 때문이었다. 하지만 지금 이 상황에서 그런 말을 했다가는 겨우 말싸움을 멈춘 겔레오스와 루리아가 다시 맞붙을 가능성이 있었기 때문에 그 말은 하지 않았다.

"저기……."

그때 지금까지 아무 말도 하지 않고 우리들의 하는 짓을 관람하기만 하던 아트로포스가 오랜만에 입을 열었다. 그래서 나와 겔레오스, 그리고 루리아는 아트로포스를 쳐다보며 그녀가 무슨 말을 할지 기다렸다. 그런 우리들의 시선을 받으며 아트로포스는 어떤 물체를 손으로 가리켰다.

"아까부터 신경 쓰였는데… 저건 뭔가요?"

"……?"

아트로포스가 가리킨 물체는 허공에 둥둥 떠 있는 것이었다. 생김새는 마치 사람 눈에서 갓 빠져나온 눈알처럼 징그럽게 생겼는데, 크기는 대략 내 머리통만했다.

뭐지? 저 눈알탱이는? 그러고 보니 저 눈알탱이, 아까부터 그 징그럽게 큰 눈으로 이쪽을 계속 쳐다보고 있던데…… 설마 스파이?

"아, '아이프로브Eye-Probe'요? 그거 천마계에는 다 깔려 있는 거예요. 생명체는 아니라서 누군가 일부러 없애지 않는 한 결코 죽지 않죠. 천마계의 몇 대 수장(首長)인가가 만들었다고 하던데……."

어억? 저게 생물이 아니라 천마계 수장이 만든 거라고?

"왜 만든 건데?"

"말하자면 증거물이에요. 누군가 죽었을 때 정당한 결투를 통해 죽은 것인지, 일방적으로 살해당한 것인지 쉽게 알기 위해서 천마계 수장이 만들어서 천마계 곳곳에 뿌려놓았죠."

루리아는 쉽게 설명한답시고 한 말이지만 듣는 난 전혀 이해할 수 없었다. 그녀가 말한 '정당한 결투'의 의미를 알 수 없었기 때문이다.

"정당한 결투라니?"

"말하자면 이런 거죠. 어느 날 갑자기 누군가를 죽이고 싶어졌을 때 지나가던 종족을 하나 붙잡고 '나와 싸우자!' 하는 거예요. 상대방이 그 제안을 받아들이면 정당한 결투가 성립되어 죽든 말든 처벌을 받지 않게 돼요. 그 상대방이 그 제안을 거절하면 다른 상대를 찾아야 하구요. 만약 그렇게 하지 않고 살상을 하면 처벌을 받아요."

"그래서?"

"그런데 어떤 자는 불법 살해를 하고도 정당한 결투를 통해 그 자를 죽였다라고 거짓 증언을 하죠. 그런 거짓 증언을 못하도록 항상 아이프로브가 천마족의 행동을 낱낱이 기록하고 있는 거예요."

어억? 행동을 낱낱이 기록해? 저게 무슨 감시 카메라냐?

"어떤 식으로 기록하는데?"

"잘은 모르지만 아이프로브 머리 속에 기억이 된다고 하던데요."

"그럼 누군가 아이프로브를 이용해서 남의 생활을 알아낼 수도 있잖아?"

"아니, 그렇게는 할 수 없어요."

내 질문에 루리아는 강하게 고개를 저었다. 난 당연히 그 이유를 물었고 루리아는 그 이유에 대해서 차근히, 하지만 그렇게 정확하게 설명하지는 못했다.

"아이프로브의 머리 속에 기록되어 있는 정보를 알아내는 건 고위 능력자들밖에 못해요. 게다가 아이프로브의 정보는 알 수 없는 기호와 표식으로 되어 있어서 그 해독 방법을 모르는 자는 정보를 줘도 알 수가 없죠. 그러니 다른 일반 천마족에게 아이프로브의 기록 정보가 누출될 위험은 거의 없어요."

호으…… 그거 꼭 무슨 블랙박스 같다? 비행기 사고에서 그 원인

을 알 수 없을 때 블랙박스를 해독하는데 그게 꽤 많은 시간이 걸린
다고 하던가? 어쨌든 천마계의 아이프로브는 블랙박스라고 할 수 있
겠군.

"근데 아무리 아이프로브가 생명체가 아니라고 해도 저 징그럽게
큰 눈이 쳐다보고 있으면 기분 나쁘지 않아? 자기 비밀 같은 것도
저 녀석의 머리 속에 다 기억될지도 모르잖아."

아이프로브를 보고 있으니 꼭 몰래 카메라로 감시당하는 듯한 기
분이 들어서 난 루리아에게 그렇게 물어보았다. 그런데 루리아는 내
예상과는 전혀 다른 대답을 했다.

"뭐가 기분 나빠요? 그냥 없는 셈치면 되는데."

"……."

흠…… 아이프로브가 작은 것도 아니고 인간 머리통만큼이나 큰데
저런 는알탱이가 눈앞에서 왔다 갔다 하면 기분 안 나쁘냐? 아무리
생각해도 천마족의 사고방식, 아니, 적어도 내 앞에 서 있는 루리아의
사고방식은 이해하기가 어렵다니까.

부스럭—

그때 우리의 뒤쪽에서 수풀이 움직인 소리가 들려왔다. 천마계의
나무와 수풀은 천신계와는 달리 삐뚤빼뚤 자라고 있어서 꽤 난잡해
보였다. 물론 좋게 보면 숲의 모양새가 자유 분방하다고 할 수도 있
었다. 어쨌든 그 수풀 속에서 이상한 소리가 들린 직후, 사람 크기만
한 그림자 하나가 우리 앞에 모습을 드러냈다.

"도대체 너희들은 언제까지 루리아를 붙잡고 있을 생각이냐?!"

수풀 속에서 모습을 드러낸 그림자는 우리를 보고 대뜸 큰 소리를
쳤다. 얼굴은 전형적인 악당처럼 생긴 키만 크고 해골처럼 앙상하게
마른 천마족이라서 그런지 첫인상부터가 좋지 않아서 나도 사악하게

나갔다.

"넌 뭐야?"

"어린것이 까부냐?"

첫인상 더러운 천마족은 내 예상대로 띠꺼운 반응을 보였다. 그때 루리아가 그 천마족을 알고 있는지 귀찮다는 듯한 어투로 입을 열었다.

"'파렌드', 도대체 언제까지 쫓아다닐 거야? 너하곤 절대 안 하니까 빨리 사라져."

"후후, 난 한 번 찍은 여자는 절대 포기하지 않는다. 네년이 허락할 때까지 쫓아다닐 거다. 정 안 된다면 강제로라도 하겠다."

파렌드라는 이름의 첫인상 더러운 천마족은 루리아를 협박했다. 그러나 루리아는 여유로운 표정을 짓고 있을 뿐이었다.

"누가 가만히 당하고만 있는데? 날 덮치려고 했다간 네 목숨이 온전하지 못할걸? 널 죽여도 날 덮치려고 했으니까 정당방위가 성립돼서 난 무죄!"

"······!"

"······!"

"······!"

파렌드와 루리아가 서로 무슨 얘기를 하는지 알지 못했던 나와 아트로포스, 겔레오스는 루리아의 말을 듣고 나서야 비로소 진상을 알게 되었다. 그것은 파렌드라는 녀석이 루리아를 노리고 있으며, 루리아는 그런 파렌드가 자신을 덮치기만을 기다리고 있다는 사실이었다. 파렌드로서는 루리아가 자신보다 강하기 때문에 함부로 다가갈 수 없고, 루리아로서는 파렌드가 귀찮긴 하지만 녀석이 먼저 공격하지 않으면 떼어낼 방법이 없기 때문에 서로 그렇게 경계만 하고 있었던 것이다.

"당신! 루리아 씨를 덮치려고 한단 말이오?!"

겔레오스는 엄청나게 흥분한 목소리로 파렌드에게 소리쳤다. 그러자 파렌드는 아주 띠꺼운 표정으로 그를 바라보며 말했다.

"당연하지! 그럼 내가 왜 여기 있을 것 같냐?"

"생각할 수 있는 존재로서 어떻게 그런 생각을 하는 거요? 그런 짓은 절대 용납할 수 없소!"

"네 녀석이 뭔데 나서? 천신족이면 천신족답게 잠자코 있으라고. 천마계의 정보를 캐내려고 넘어온 주제에 말이 많아!"

"…… !"

파렌드의 띠꺼운 발언에 가뜩이나 흥분해 있던 겔레오스는 더욱더 흥분했다. 하지만 결코 먼저 주먹질을 하거나 하지는 않았다. 그것만 보더라도 겔레오스가 천신계에서 상당한 교육을 받았음을 알 수 있었다.

"이곳은 천마계다. 천마장이 존재하는 곳이지. 천신족이 천마계에서 제 힘을 쓸 수 없다는 것쯤은 알고 있겠지, 꼬맹이? 재주있으면 공격해 봐. 공격해 보라니까?"

파렌드는 화났으면서 그 화를 참고 있는 겔레오스를 보고는 더 놀려주고 싶은지 더 기분 나쁜 말을 해대었다. 아무리 철저한 교육을 받은 겔레오스라도 계속 놀림받으면 폭발할 수도 있었기 때문에 내가 파렌드의 말을 가로챘다.

"야, 나하고 싸워볼 거냐?"

"……?"

"나하고 싸워서 이기면 네가 루리아와 한번 하는 거고, 내가 이기면 넌 주는 거야. 어때, 아주 좋은 생각이지?"

"……!"

내 말에 모두들 어처구니없다는 표정을 지었다. 특히 겔레오스가 엄청난 반발을 했다.

"그런 말도 안 되는 조건이 어디 있습니까?! 여자의 몸을 조건으로 내세우다니요! 그게 생각하는 존재로서 할 짓입니까?!"

"어차피 내가 이길 건데 아무 조건이면 어때?"

"이드 씨가 이긴다는 보장이 도대체 어디 있는 겁니까?! 아니, 설령 이길 수 있다 하더라도 그런 조건은 비윤리적이란 말입니다!!"

흐으…… 다른 녀석들은 다 가만히 있는데 왜 겔레오스만 펄쩍펄쩍 뛰는 거야? 당사자인 루리아만 좋다면 난 당장 싸울 생각이라고.

"루리아, 어때?"

"……."

난 루리아에게 의향을 물었고 루리아는 잠시 입을 다물었다. 내 실력을 전혀 모르는 그녀로서는 쉽게 대답할 수 없는 문제였던 것이다. 그래서인지 약간 고민하는 표정으로 나에게 질문을 던졌다.

"이길 자신은 얼마나 되죠?"

"무한대."

"무한대가 뭔데요?"

"자신감이 넘쳐흐른다는 뜻."

"질 확률은?"

"마이너스 무한대."

"그건 또 뭐예요?"

"질 확률 전혀 없다는 뜻."

나와 루리아는 바보들만 하는 문답을 했다. 그사이 겔레오스는 그런 조건으로 싸워서는 절대 안 된다며 펄펄 뛰었다. 아트로포스는 별로 반응이 없었으나 표정으로는 결코 내 생각을 좋게 보지 않는 듯했다. 그때 열심히 손익 계산을 하던 파렌드가 나와 루리아에게 정식 발표를 했다.

"난 그 녀석의 제안을 받아들이겠다! 남은 건 루리아, 네 결정뿐이다!"

후후, 걸려들었군. 파렌드는 내가 천신족이라고 생각한 데다가 내 나이가 어린것을 보고 얕잡아봤을 테니까. 하지만 내가 중용자라는 사실을 알게 되면 과연 어떤 표정을 지을까? 뭐, 굳이 중용자라는 티를 내지 않고도 가볍게 녀석을 끝낼 수 있지만.

"음…… 뭐, 좋아요. 아내까지 있는 남자가 괜한 헛소리를 하지는 않을 테니까 말이죠. 그럼, 둘이 열심히 싸워요. 아, 그리고!"

내 생각대로 싸움 허락을 한 루리아는 날 쳐다보더니 한 가지 조건을 제시했다.

"만약 그쪽이 지면 그쪽의 예쁜 아내는 내 시녀로 삼을 테니까 일부러 지는 일이 없길 바래요."

"물론. 그럼 결투나 시작해 볼까?"

난 루리아와 약속을 한 후에 파렌드와 마주 보고 섰다. 순식간에 내기 조건이 되어버린 아트로포스는 황당한 표정을 지었으나 내 실력을 믿고 있었기 때문인지 별 반발은 하지 않았다. 단지 자기와 아무런 의논 없이 멋대로 하는 날 날카롭게 흘겨봤을 뿐이었다.

"이드 씨는 자기 아내조차 내기에 거는 겁니까?!"

겔레으스는 내가 그런 사람인 줄 몰랐다는 표정으로 날 힐책했다. 하지만 난 원래 그런 사람이다란 표정을 지으며 말했다.

"재미있지 않습니까?"

"……!"

그 말 한마디에 겔레오스는 커다란 충격을 받은 듯 입을 다물지 못했다. 지금의 내 행동은 그가 천신계에서 배웠던 '윤리'라는 것에서 크게 벗어나 있었기 때문에 겔레오스로서는 이런 녀석도 존재하고 있음을 받아들일 수 없었던 것이다.

"언제 시작할 거냐?!"

내가 겔레오스와 잡담을 하자 이번에는 파렌드가 화를 냈다. 그로서는 빨리 날 죽여 버리고 루리아를 먹어야 하기 때문에 서두르고 싶어하는 것이었다.

후후, 천신계에서는 전혀 싸움 같은 건 하지 못했는데, 천마계에서는 들어오자마자 싸움을 하게 되는군. 내 싸움 감각의 유지를 위해서 녀석을 열심히 두들겨 볼까?

"그럼, 지금부터 시작하지."

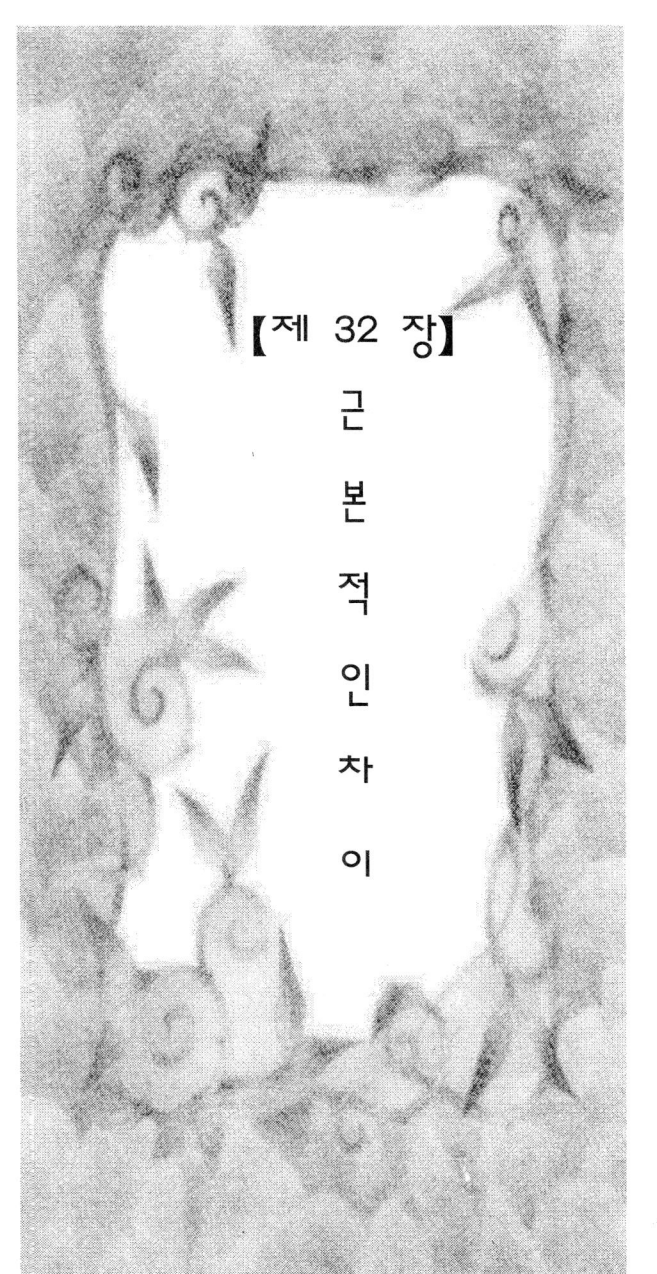

【제 32 장】

근

본

적

인

차

이

"죽어라!"

내 말이 끝나기가 무섭게 파렌드는 그렇게 외치며 나에게 장풍(掌風)을 날렸다. 파렌드의 손바닥으로부터 강맹한 바람이 쏟아져 나왔던 것이다. 그 장풍을 보건대 파렌드는 바람의 능력을 다룰 수 있는 자라고 할 수 있었다. 하지만 난 장풍이 날아오든 말든 가만히 서 있었다. 내가 가만히 서 있어도 내 몸속에 있는 정령들은 가만있지 않기 때문이었다.

휘이이잉ㅡ!

갑작스럽게 내 앞에서 일어난 돌풍 때문에 파렌드가 날린 장풍은 돌풍과 함께 휘말려 올라가 버렸다. 그 광경에 파렌드는 경악의 표정을 지었다. 나에게서 천신장이라던가 천마장, 그리고 마나장 같은 힘의 파장을 전혀 느끼지 못했기 때문이었다.

"도대체 무슨 짓을 한 거냐?!"

"무슨 짓을 하긴. 아무 짓도 안 했지."

"개소리 마라—!"

파렌드는 장난스런 내 말에 화를 내며 이번엔 주먹치기라는 직접 공격을 가해왔다. 그래서 이번엔 파렌드의 움직임을 봉쇄하고자 했다.

"어억?!"

발이 땅에 붙은 듯 떨어지질 않자 파렌드는 경악을 터뜨렸다. 그로서는 어째서 발이 움직이지 않는지 전혀 알지 못했기 때문에 당연한 반응이었다. 어쨌든 그렇게 파렌드의 움직임을 제한시켜 놓은 나는 마지막 마무리를 했다.

"끄아악—!"

파렌드의 입에서 처절한 비명이 터져 나왔다. 그것은 내장이 타 들어가고 있었기 때문에 나온 비명이었다. 하지만 나와 내 정령들을 제외하고는 그 누구도 어째서 파렌드가 괴로워하는지 몰랐기 때문에 그저 두 눈만 멀뚱멀뚱 뜨고 있을 뿐이었다.

"끄으…… 어, 어떻게……!"

털썩—

그 말을 끝으로 파렌드는 자신의 생애를 마감했다. 내장이 모두 타 들어갔기 때문인지 파렌드의 시신은 쭈글쭈글 마른 상태였다. 그럼에도 피부가 타지 않은 것은 사라만다가 절묘하게 불꽃을 제어했기 때문이었다.

후후, 난 가만히 있었는데 정령들이 다 알아서 녀석을 처리해 버렸군. 이거 너무 싱거운걸? 좀 더 어려운 조건을 걸고 싸울 걸 그랬나? 예를 들어 파렌드에게 공격할 기회를 한 100번 정도 준다든지 하는…….

"어째서 시체가 없어지지 않는 거야?!"

그때 죽은 파렌드를 보고 있던 루리아가 놀라 소리쳤다. 그러나 그녀가 말한 내용은 나로서는 이해할 수 없었다. 다행히 내가 천마계나 천신계에 대해 무지하다는 것을 아는지 루리아는 자기가 한 말의 의미를 나에게 알려주었다.

"천마계에서는 죽은 자의 시체가 시간의 틈으로 사라지게 되어 있어요! 그래야 시간의 틈을 통해 10년 후에 다시 부활해요! 근데 아직제 수명이 다 안 된 파렌드가 죽었는데도 시체는 사라지지 않았어요! 그건 이제 파렌드가 더 이상 부활할 수 없다는 것을 뜻한다구요!"

헐…… 그래? 그렇다면 그거 아주 잘된 일 아닌가? 더 이상 파렌드가 자신을 따라다닐 수 없게 됐으니까 말이야. 근데 루리아는 왜 저렇게 흥분하는 거지? 설마 루리아가 파렌드를 좋아하고 있었다는……?!

"아무리 고위 능력자라 하더라도 천마계 내에서 죽인 천마족은 반드시 시간의 틈으로 사라지게 되어 있어요. 근데 파렌드는 그 규칙이 적용되지 않았어요. 천마족이나 천신족을 천마계나 천신계에서 완전히 소멸시킬 수 있는 자는…… 중용자밖에 없어요."

"……!"

루리아의 이어진 설명에 난 심장이 튀어나올 정도의 충격을 받았다. 전혀 생각지도 못한 상황에서 내 정체가 드러나 버렸기 때문이었다. 그리고 그것을 증명이라도 하듯이 루리아의 얼굴은 내 정체가 중용자임을 확신하고 있는 표정이었다.

"중용자를 직접 보게 될 줄은 정말 생각도 하지 못했어요."

"……"

제길…… 중용자라는 걸 들켜 버렸으니 이제 어쩌지? 어쩔 수 없이 루리아와 겔레오스를 죽여 입막음을 해야 하는 건가? 아이프로브야 암호 해독하는 데 시간이 걸리는 데다가 아이프로브 스스로는 중용자가 천마계에 들어왔다는 소식을 전할 수 없으니까 전혀 신경 안 써도 되겠지.

"이드 씨가… 중용자……?!"

겔레오스는 아직도 내 정체를 확신할 수 없다는 듯이 날 쳐다보았다. 자기가 도움을 주고 집까지 데려와 먹여주고 재워줬던 자가 자신을 비롯한 천신족을 죽일 중용자라는 사실에 아까보다 더 큰 충격을 받고 있었다.

"…그렇습니다."

이미 드러난 사실을 숨겨봤자 소용이 없기 때문에 난 스스로 루리아의 말을 인정했다. 그러자 겔레오스는 완전히 굳은 얼굴로 날 쳐다보기만 했다. 충격으로 인해 일시적으로 몸을 움직이지 못하고 있는 것이었다. 그 순간을 노려 공격한다면 겔레오스가 죽을 확률은 100%를 가볍게 넘겠지만 난 그렇게 하지 않았다.

"만나서 영광이에요, 중용자 씨."

"……?"

내가 겔레오스의 행동에 주의를 기울이고 있을 때 갑자기 루리아가 내 손을 덥석 잡더니 그런 말을 했다. 게다가 얼굴에는 만나서 진짜 영광이라는 표정에 화사한 미소까지 떠올라 있었다. 그런 루리아의 표정에 난 황당해질 수밖에 없었다.

뭐, 뭐냐?! 내가 중용자라는 사실을 알았으면서도 어떻게 웃고 있는 거지? 겔레오스보다 더 큰 충격을 받아서 머리가 아예 이상해져 버린 건가? 내 정체를 드러내는 순간 루리아가 경악을 하면서 뒤로 물러나야 정상인데?

"이쪽이 중용자면 저쪽은 영인관이겠군요. 아, 그럼 성물의 수수께끼라는 걸 풀고 영인관이랑 사이좋게 건너온 거예요?"

전혀 예상치 못한 루리아의 밝은 반응에 난 멍청하게 대처할 수밖에 없었다.

"그렇긴 한데……."

"역시! 그럼 이제부터 천마족을 죽이는 거예요? 아, 천신계에서 왔으니까 벌써 천신족 죽이기는 끝난 건가요? 아니면 천마족부터 없애려고 온 거예요?"

흐으…… 어떻게 그런 질문을 아무렇지도 않은 표정으로 할 수가 있지? 아무리 생각해도 루리아의 사고방식은 이해할 수가 없다.

"이드 씨가 정말 중용자란 말입니까?!"

루리아와는 달리 겔레오스는 믿을 수 없다는 표정으로 또다시 소리쳤다. 내가 중용자라는 사실도 모른 채 먹여주고 재워줬으니 충격을 안 먹을 수 없었던 것이다. 어차피 정체를 들켰기 때문에 난 다시 한 번 아주 당당한 어조로 대답했다.

"그렇습니다. 제가 바로 중용의 법칙을 실현하기 위해 건너온 중용자 이그드라실입니다."

"……!"

겔레오스의 표정은 크게 흔들리고 있었다. 그러다가 어떤 생각이 떠올랐는지 갑자기 침을 꼴깍 삼키며 나에게 질문을 했다.

"그, 그런데 어째서 천신계에서는 중용의 법칙을 실현하지 않은 겁니까?"

흐으…… 대답하기 귀찮은 질문을 하다니…… 그냥 대답하지 말고 겔레오스의 목을 댕겅 잘라 버릴까?

"그건… 천신계에 가자마자 중용의 법칙을 실현하기는 어려웠기 때문입니다."

"왜······?"

"잘 생각해 보십시오. 겔레오스 씨라면 천신계에 가자마자 '난 중
용자니까 너희들을 죽이겠다'라면서 중용의 법칙을 실현하겠습니까?"

"······!"

내 말의 뜻하는 바가 무엇인지 어렴풋이 깨달은 듯 겔레오스는 약
간 의외라는 표정을 지었다. 그리고 곧 이어 나에게 그와 관련된 물
음을 던졌다.

"그럼 당신은 천신족이 과연 죽여도 되는 것인가를 확인하고 나서
중용의 법칙을 실현할 생각이란 말입니까?"

"어차피 전 중용자이기 때문에 중용의 법칙은 반드시 실현합니다.
단지 천신족이 천마족을 어째서 증오하고 전쟁을 일으키려는 것인지
알아보기 위해서 중용의 법칙 실현 시기를 잠시 늦추고 있을 뿐입니
다."

"그러다가 천신족과 천마족 사이에 전쟁이 일어나서 두 종족이 천
마계에서 싸우다 죽게 되면 시간의 틈으로 인해 그 죽은 종족이 다
시 살아날 텐데····· 그렇게 되면 10년 후에 당신은 또다시 중용의
법칙을 실현하러 와야 하는 거 아닙니까?"

"전쟁이 일어나기 전에 중용의 법칙을 실현할 겁니다."

난 분명한 어조로 내 입장을 밝혔다. 그것은 만약 전쟁이 일어난다
면 이유 여하를 불문하고 무조건 중용의 법칙을 실현하겠다라는 나
의 의지였다. 그렇게 나와 겔레오스가 서로를 죽일 듯이 노려보고 있
을 때 루리아가 의아한 표정을 지으며 나에게 물었다.

"에? 아직 천신계에서 중용의 법칙을 실현하지 않은 거예요? 중용
자면서 그렇게 태평스럽게 놀아도 되는 건가요?"

"······."

흠…… 아무리 들어도 루리아의 말은 나보고 빨리 중용의 법칙을 실현하라는 것같이 들린단 말이야……. 역시 물어봐야겠어.

"루리아, 넌 내가 중용의 법칙을 빨리 실현하길 바라는 거냐?"

"물론이죠!"

너무나 당연한 듯이 대답을 한 루리아 덕분에 난 더욱 황당함을 느껴야 했다. 그런 내 황당함을 알아차렸는지 루리아는 자신이 그렇게 생각한 이유를 나에게 말해 주기 시작했다.

"어차피 중용의 법칙에 의해 완전 소멸되는 존재는 천신계와 천마계의 고위 능력자들이라구요. 그다지 강한 능력을 가지고 있지 않은 일반 종족은 중용자에게 죽은 적이 없어요. 그러니 중용자가 건너와서 중용의 법칙을 실현하든 말든 일반 종족인 우리들은 전혀 상관할 필요가 없죠. 아니, 중용자가 천마계의 윗대가리들을 제거해 주면 힘없는 우리들이 권력을 잡을 기회가 생기니까 오히려 중용의 법칙 실현을 바라는 쪽이 많아요."

"……!"

그랬었군! 그래서 루리아는 내가 중용자라는 사실을 알고서도 날 경계하지 않은 거였구나. 어쨌든 루리아가 날 경계하지 않으니 루리아의 도움을 받아 천마계의 고위 관리들을 제거할 수도 있겠군. 어쩌면 다른 천마족들도 내가 중용의 법칙을 실현하게끔 도와줄지도 몰라.

"어떻게 그런 생각을 할 수가 있습니까?!"

그때 언제나 그렇듯이 겔레오스가 루리아의 말에 반박을 하고 나섰다. 천신계에서 일방적인 교육을 착실히 받은 겔레오스로서는 루리아의 그런 생각이 어떻게 나올 수 있는 것인지 이해할 수 없었던 것이다.

"그럼, 당신은 고위 관리들이 죽든 말든 전혀 상관 안 한다는 소리입니까? 그들이 없으면 규율과 규범이 흔들리게 된다는 것도 모른단 말입니까?!"

"어차피 윗대가리들이 있어도 규율, 규범은 제대로 안 지켜져요! 힘없는 우리들은 언제나 강한 자에게 당할 수밖에 없다구요! 하지만 약한 능력을 가지고 있어도 권력을 잡게 되면 자신의 안전을 지킬 수 있어요! 그래서 많은 일반 천마족들이 윗대가리들의 죽음을 기다리고 있는 거라구요!"

"설령 당신들이 권력을 잡게 되더라도 결국 당신들 역시 다음 중용자에게 죽게 될 겁니다! 그래도 권력을 바란다는 겁니까?!"

"당연하죠! 중용자가 올 때까지 자기 하고 싶은 대로 할 수 있는데 누가 원하지 않겠어요?! 그쪽은 권력의 힘이 얼마나 강한지 모르나 보죠?"

"권력은 한낱 뜬구름일 뿐입니다! 그런 것을 쫓다가는 자신마저 잃고 허망한 꿈을 쫓게 될지도 모른단 말입니다!"

루리아와 겔레오스의 공방전은 또다시 장기전으로 들어가려는 조짐을 보였다. 그래서 난 중간에서 둘의 말을 끊어버렸다.

"그런 얘기는 나중에 시간 많을 때 둘이 만나서 잘 토론해 보십시오."

"……."

"……."

내가 중간에서 인터럽트Interrupt를 걸자 루리아와 겔레오스는 입을 다물었다. 그렇게 둘의 말싸움을 중단시킨 나는 루리아에게 먼저 용건을 말했다.

"루리아, 고위 관리들이 사는 곳으로 안내해 줘."

"알았어요."

루리아는 내 요구에 금방 찬성했다. 천마족의 고위층이 죽기를 바라는 그녀로서는 당연한 반응이었다. 그래서 난 다음으로 겔레오스에게 말을 걸었다.

"겔레오스 씨는 어떻게 하실 생각입니까? 천신계로 돌아가서 중용자가 나타났다는 사실을 알리실 겁니까?"

"……."

내 물음에 겔레오스는 선뜻 대답하지 못했다. 뭔가를 상당히 망설이고 있는 것처럼 보였다. 하지만 난 겔레오스가 어떤 대답을 하든 간에 루리아와 같이 천마족의 고위층 생활을 둘러볼 생각을 하고 있었기 때문에 루리아를 앞장세웠다.

"시간 없으니까 서두르자."

"그러죠."

루리아는 내 요구대로 앞장서서 나와 아트로포스를 안내하려고 했다. 그녀로서도 빨리 고위층이 제거되어 권력 교체가 일어나기를 바라고 있었기 때문이다. 그런데 그때 가만히 서 있던 겔레오스의 입에서 예상외의 말이 흘러나왔다.

"저도 따라가겠습니다."

"……?"

얼레? 겔레오스가 따라오겠다고? 그럼 천신계로 가서 내가 나타났다는 소리는 안 하겠다는 건가? 왜지? 애국심, 아니, 애계심(愛界心)이 넘쳐흐르는 겔레오스라면 당연히 천신계로 가서 중용자의 출현을 알릴 거라 생각했는데?

"뭐, 마음대로 하십시오."

난 간단히 그렇게 말한 뒤에 루리아를 앞장세워 천마계 여행을 시

작했다. 겔레오스의 튜이를 타고 날아가면 편하겠지만 천신계의 동물
이 천마계에 제대로 적응할 수 있을지도 걱정되고, 겔레오스가 우리
편하라고 튜이에 태워줄 건지도 의문이었기 때문에 그냥 운동하는
겸 열심히 걸었다. 그래서인지 루리아와 여러 가지 얘기를 하게 되었
다.

"루리아는 왜 혼자 다니는 거야?"

"혼자 다니는 게 편하니까요."

"집은? 부모님은?"

"집이나 부모라는 존재가 있으면 답답하잖아요. 뭔가 구속되는 것
같고. 그리고 엄마나 아빠도 일일이 나한테 신경 쓰려면 귀찮을 테니
까 그냥 나온 거죠."

루리아는 전혀 신경 쓰지 않는다는 표정으로 그렇게 말했다. 그 말
자체만으로도 나나 아트로포스로서는 쉽게 이해할 수 없는 것이었다.
그러나 그 뒤에 이어진 루리아의 말은 우리를 충격 속으로 몰아넣었
다.

"아빠하고 섹스 하는 것도 질렸다는 이유도 있어요. 내 위로는 두
살 나이 많은 오빠가 있는데, 3년 전에 먼저 독립해서 나갔죠. 그래서
오빠가 어디 있는지 찾아볼 겸 혼자서 나다니고 있는 거예요. 뭐, 별
로 의미는 없지만, 어쨌든 첫 섹스 상대였으니만큼 지금 어떤 여자하
고 놀고 있나 궁금하잖아요."

"……!"

지금… 루리아가 뭐라고 했지? 내가 잘못 들은 걸까? 다시 물어보
고 싶은데 묻기가 겁이 난다…….

"…오빠라니? 친오빠?"

"당연하죠. 형제가 없으면 첫 섹스 상대는 대게 아빠나 엄마가 되

지만 형제가 있으면 그들이 되니까요. 뭐, 아직 섹스 경험이 많지 않은 형제보다는 부모 쪽이 훨씬 기술적으로 뛰어나지만, 부모하고 하면 왠지 리드당하는 느낌이 있어서 좀 그래요."

루리아의 말을 듣고 나서 난 루리아가 지금 사실을 얘기하고 있다는 것을 알 수 있었다. 하지만 그 말을 그대로 받아들이기는 힘들었다. 그러다가 문득 바로 이 점 때문에 천신족이 천마족을 극도로 증오하는 것이 아닐까 하는 생각이 들었다. 그래서 난 최대한 아무 편견 없는 입장에서 질문을 던졌다.

"루리아는 언제 오빠와 관계를 가졌는데?"

"음…… 아마 12살 때였을 거예요. 아빠랑 엄마가 우리들 보는 앞에서 자주 섹스를 해서 한번 해보고 싶었죠. 그때 오빠가 나랑 하자고 해서 하게 됐어요. 나중에는 넷이 그룹 섹스를 하면서 그럭저럭 재미있게 지냈죠."

"그 외에 관계를 가진 종족은?"

"집에서 나올 때까지는 가족들과 했다가 오빠가 독립한 뒤에는 이웃의 다른 남자들하고도 많이 했어요. 그런데 아빠랑 엄마가 빨리 내가 독립하기를 바라는 것 같아서 작년에 그냥 독립했죠. 독립하니까 꽤 힘들더라구요. 원하지는 않지만 먹고 자고 해야 하니까 맘에 안 드는 녀석들하고도 섹스를 하고. 그냥 집에 좀만 더 들러붙어서 돈 좀 빼갈 걸 하는 후회가 들 때도 있어요. 뭐, 지금은 어느 정도 안정된 생활이라 그럴 일은 없지만요."

하하…… 대단한 집안이군…… 아니, 난 지금 지극히 객관적인 입장이니까 그런 생각을 하면 안 되지. 그나저나 만약 보석 사냥꾼 요시아가 천마계에서 살았다면 과거 일 때문에 괴로워하지 않았을지도 모르겠군. 어쨌든 질문이나 계속해야겠다.

"네가 독립한 뒤에 부모님들은 어떻게 됐어?"

"글쎄요… 아마 서로 헤어져서 다른 남자, 여자하고 잘 살고 있겠죠. 둘 다 얼굴이 받쳐 주니까 먹고 살기에는 지장 없을 거예요. 어쩌면 결혼해서 애들을 키우면서 살지도 모르구요."

"내 생각엔 결혼하면 별로 좋지 않을 것 같은데 나중에 헤어질 거면 왜 결혼을 했지?"

"그거야 애를 키우려고 그런 거죠. 아, 그러고 보니 그쪽은 천마계의 법률에 대해서 잘 모르죠?"

그 생각을 이제야 떠올린 듯 루리아는 자기 머리를 살짝 치며 실실 웃었다. 그리고는 천마계의 법률, 특히 결혼 법률에 관해 이야기하기 시작했다.

"천마계에서는 결혼한 자만이 아이를 가질 수 있어요. 그리고 결혼을 하게 되면 다른 남자, 여자하고는 관계를 가지면 안 되죠. 오직 가족 구성원끼리 섹스를 해야만 해요. 그것 때문에 아이를 많이 낳는 거예요. 그래야 섹스 할 상대가 많아지니까요."

하하…… 정말로 만약 요시아가 여기서 태어났다면 지극히 평범한 삶을 살았겠군…….

"그리고 아이들이 자기 의사로 모두 독립한 뒤에는 결혼한 두 남녀는 자유로운 몸이 돼요. 다시 자기들끼리 결합해서 살든지 다른 남녀를 찾아서 헤어지든지 자기들 자유죠. 만약 결혼하지도 않은 자가 아이를 낳아 키우려고 한다면 법적으로 처벌을 받아요."

홀…… 결혼하지 않으면 아이를 낳아 키울 수 없다라……. 그 말을 들으니 궁금증이 생기는군.

"만약 결혼하지 않았는데도 아이를 낳으면 어떻게 돼?"

"정확히는 모르지만 아마 5년 정도 감옥에서 지내게 될 거예요. 물론 그 아이는 보호 시설에 맡겨지죠. 그래 봤자 부모가 없으니 제대로 된 교육을 받지 못하고 거의 일꾼 수준으로 전락해 버려요. 그런 아이들은 섹스나 살상 등의 자유가 없이 그저 100년의 삶을 허무하게 채우다 사라질 뿐이죠."

"왜 그런 법을 만든 거야?"

"글쎄요… 아무래도 모두 자유롭게 살려다 보니 자연히 힘든 일을 하려는 자들은 줄어들게 마련이죠. 그래서 그런 법을 만들어서 억지로 힘든 일을 시킬 존재들을 만들어내는 거예요. 뭐, 감옥에서 죄 값을 치르는 자들도 힘든 일에 동원되긴 하지만요."

루리아는 그 말을 일말의 표정 변화 없이 얘기했다. 그녀에게는 힘든 일에 억지로 동원되는 아이들을 동정하는 마음은 눈곱만큼도 없었다. 그저 자기 자신만 안전하면 된다는 그런 생각이 틀어박혀 있을 뿐이다. 그래서인지 난 루리아를 어떻게 평가할 수가 없었다. 나역시 그런 생각으로 사는 인간이기 때문에.

"……"

겔레오스는 루리아의 말을 들을수록 더욱 천마족이 혐오스러워진다는 표정을 하고 있었다. 확실히 내가 생각하기에도 합법적인 살상 행위가 가능하고 가족과도 성 관계를 가질 수 있는 성생활과 여러 가지로 다른 법들이 이른바 '윤리적'이라고 불리는 천신족에게는 '비윤리적'이며 혐오스럽게 느껴질 수밖에 없었다. 하지만 그렇다고 천마족을 멸하려는 천신족들의 행위는 마음에 들지 않았다. 그것은 그들의 가치관으로 남의 생활에 간섭하는 것이나 마찬가지였기 때문이다.

"아, 혹시 영인관하고 이혼하면 나한테 와요. 아직까지 중용자하고 섹스를 한 천마족 여자는 없었으니까 내가 그쪽하고 하면 역사적으로 길이길이 남을 거예요."

루리아는 진심인지 농담인지 구분할 수 없는 미소로 날 쳐다보며 그렇게 말했다. 그래서 나도 약간 농담조의 대꾸를 해주었다.

"나보다는 천신족인 겔레오스하고 하는 게 어때? 그게 더 역사적으로 길이길이 남을 것 같은데."

"저쪽은 마음에 안 들어요. 그리고 알게 모르게 천신족하고 천마족은 관계를 맺어왔기 때문에 저쪽하고 섹스 해도 별거 아닌 일이라구요. 그것보다는 100년마다 나타나는 중용자 쪽이 훨씬 역사적이에요."

흠…… 뭐라고 반박할 말이 없군. 아무리 천신족이 천마족을 미워한다고는 해도 그중에는 그런 것에 전혀 상관없이 사는 녀석들이 있을 테니까 말이야. 물론 드러내놓고 천신족이나 천마족과 관계를 가졌다라는 소리는 못하겠지만 암암리로는 상당히 많을지도…….

"……?"

그때 뭔가 요상한 소리가 내 귀를 간지럽혔다. 자세히 들어보니 무슨 신음 소리 같았다. 그러나 일행 중에는 누구도 그 소리에 신경 쓰는 존재가 없었다. 그 소리를 모른 척한다기보다는 들리지 않아서 신경 쓰지 않는 것 같았다.

"루리아, 무슨 소리 들리지 않아?"

"……?"

내 말에 루리아는 의아한 표정을 지으며 손을 귀에 갖다 대었다. 모두들 내 말로 인해 걸음을 멈추고 가만히 서 있었기 때문에 그 요상한 소리는 조금 잘 들리게 되었다. 그런데 어느 순간 그 소리의 강도가 갑자기 커졌다. 비록 깜짝 놀랄 정도로 큰 소리는 아니었으나 소리의 강도가 커졌을 때 그 소리가 무엇인지 우리 모두는 똑똑히 알게 되었다. 그것은 쾌락으로 인해 여자가 지르는 신음 소리였던 것이다.

"근처에 섹스 하는 자가 있나 보네요. 신경 쓰지 말아요."

"……"

흠…… 신경 쓰지 말라고? 아직 해도 지지 않은 데다가 이런 숲 속에서 하고 있는데 어떻게 신경을 안 쓸 수가 있어? 이런 건 당장 가서 몰래 훔쳐봐야 하는 거야!

"아, 아직 훤한 대낮인데도 그런 짓을……!"

겔레오스는 은은히 들려오는 신음 소리에 얼굴을 빨갛게 물들이며 황당해했다. 아무 생각 없이 사는 나조차도 그렇게 느끼고 있으니 철저하게 교육을 받은 갈레오스로서는 전혀 이해하지 못할 상황이었던 것이다. 어쨌든 난 한참 즐기고 있을 녀석들에게 방해를 주지 않기 위해 모두를 신음 소리가 들리지 않는 쪽으로 데려갔다. 그리고 나서 화제를 다른 곳으로 돌렸다.

"근데 천신계에서 곧 쳐들어올지도 모르는데 천마계는 꽤 조용한 것 같다?"

"그거야 방어 준비가 끝났으니까 그렇죠. 그리고 일반 천마족은 전쟁에 참여를 안 하니까 그냥 자기 생활만 즐기고 있는 거예요. 전쟁 터지면 열심히 피난 가야겠죠."

루리아는 전쟁이 터지더라도 별 걱정이 안 드는 것 같았다. 자기 자신만 안전하다면 다른 건 어떻게 돼도 좋다라는 사고방식이라고도 할 수 있었다. 난 그런 루리아의 생각에 토를 달지 않고 다른 질문을 던졌다.

"모두 그런 생각을 하면 군대 결속력이 약할 것 같은데?"

"그럴지도 모르지만 병사 하나하나가 자잘한 싸움으로 단련되어 있으니까 쉽게 죽지는 않아요. 아마 천신족이 쳐들어오면 우리가 이길걸요?"

흠…… 이길 거란 생각으로 태평하게 살고 있다라는 소리냐? 참 대단하다고밖에 할 수 없군. 전쟁이 터지면 자기들에게도 피해가 온다는 것을 모르나 보지?

"어쨌든 묵을 곳을 찾자. 저녁도 해결해야 하니까."

난 길을 잘 아는 루리아를 앞장세워 모두를 마을 쪽으로 이끌었다. 겔레오스는 루리아와 함께 있는 것, 아니, 좀 더 나아가 천마계 자체에 들어와 있는 것에 불쾌한 표정을 짓고 있었으나 천신계로 돌아가려 하지는 않았다. 아마도 나와 아트로포스가 천마계에서 어떤 행동을 취할 것인가가 궁금했기 때문일 것이다.

천마계에서의 생활은 생각보다 빠르게 지나갔다. 천마족들이 어떤 생각으로 살아가고 있는지 알아가는 것만으로도 시간이 부족할 정도였다. 조용하고 윤리적인 천신족과는 달리 그들은 항상 자유롭게 생활했다.

많은 부분에서 그 자유로움이 지나쳐 방탕함으로 표출되고 있었으나 그들은 그 방탕함을 당연한 것으로 받아들이고 있었다. 식사 시간에 왁자지껄 떠드는 것은 기본이고, 남들 다 잘 때 술 먹고 고래고래 소리 지르다가 싸움 붙어서 시간의 틈 속으로 사라지는 녀석들도 있었다. 그런데도 불구하고 천마계는 그런대로 잘 돌아갔다. 정당한 결투라는 제도와 10년 후에 부활하는 시간의 틈이 있기 때문인지 친구나 가족이 다른 자와 싸우다가 죽어도 별 신경을 쓰지 않았다. 남에게 특별히 피해주지 않고 자기 자신에게만 신경 쓴다면 누구 하나 뭐라 하지 않는, 지극히 개인주의적인 사회가 바로 천마계였다.

털썩—

"와! 이겼다!"

건물 때문에 한낮의 태양이 잘 비치지 않는 마을의 좁은 골목에서 10살 정도의 소년이 기쁜 듯이 소리쳤다. 그의 손에는 조잡하게 만들어진 검이 들려 있었고, 그 앞에는 목이 잘린 또래의 소년이 쓰러져 있었다. 그러나 그 소년의 시체는 그대로 눈앞에서 사라져 버렸다. 시간의 틈 속으로 빨려 들어간 것이다.

"이걸로 3연승! 5연승의 고지가 멀지 않았다!"

소년은 기분 좋은 듯 당당하게 외치며 다른 골목으로 모습을 감추었다. 그리고 그 소년과 교대를 하듯 그 골목에서 겉보기로 30대 정도 되어 보이는 두 명의 아낙네가 따사로운 햇빛 속에 모습을 드러내었다. 그 두 아낙네는 열심히 얘기를 주고받고 있었다.

"전에 그쪽을 겁탈한 남자는 어떻게 됐어요?"

"뭐, 지금쯤 감옥에서 호모들에게 겁탈당하고 있겠죠. 여자를 우습게 보는 그런 자는 직접 당해야 한다니까요. 얼굴도 못생긴 녀석이 날 겁탈하는데 얼마나 기분이 나쁘던지."

"아, 전부터 궁금했는데 도대체 강간죄가 있는 남자는 어떻게 겁탈을 당해요?"

"몰랐어요? 엉덩이에 삽입당하는 거예요. 애널 섹스Anal Sex라고 하는 건데 호모들이 사용하는 방법이죠. 근데 그거 잘못하면 항문이 파열돼서 위험해질 수도 있어요."

두 아낙네는 거리를 거니는 천마족들이 듣든 말든 자기들 얘기만 열심히 했다. 아니, 거리에 있는 천마족들은 자기 외의 일에는 별 관심을 보이지 않았기 때문에 두 아낙네가 그런 얘기를 큰 소리로 서슴없이 말하는 것이었다. 그러나 그런 것에 익숙치 않은 나와 아트로포스, 그리고 겔레오스는 얼굴을 붉혀야만 했다.

"이곳에 온 지 며칠이 지났는데도 여기 생활은 적응이 잘 안 되네요……."

두 아낙네의 모습이 작아지자 아트로포스가 빨갛게 물든 얼굴로 입을 열었다. 그 말에 루리아는 어깨를 으쓱하며 고개를 설레설레 저었다.

"뭐가 적응이 안 돼요? 그냥 편하게 지내면 된다구요. 전혀 어려워할 것 없어요."

흠…… 그거야 이곳에서 태어나고 자란 너니까 편하게 지내는 거지. 우리 같은 외부인들은 적응하기 매우 어려운 곳이야. 특히 엄격한 교육을 받은 겔레오스로서는 우리보다 더 견디기가 어렵겠지. 얼~ 겔레오스의 얼굴에 전신의 피가 다 몰려든 것 같은데? 바늘로 살짝 찌르면 피가 팍 하고 터져 나오겠다.

"……!"

그때 어떤 미묘한 파장이 내 몸을 스쳐 지나가는 듯한 느낌을 받았다. 그리고 그 파장은 순간적이 아니라 연속적으로 내 몸을 때리고 있었다. 그 파장의 정체가 무엇인가 궁금해진 나는 모두에게 말했다.

"갈 곳이 생겼어. 뭔가 이상한 기운이 느껴지거든."

"……?"

천마계에 그 어떤 연고도 없는 내가 갑자기 그런 말을 하자 모두들 의아한 표정을 지었다. 특히 아직 천마계의 고위 관리들의 생활 방식도 보지 않았는데 다른 곳으로 가겠다고 했기 때문에 더욱 의아해하고 있었다. 그러나 그들의 생활 방식은 현재로써는 보고 싶은 마음이 없었다. 괜히 봤다가 더 충격 먹을지도 모르기 때문이었다.

"난 먼저 갈 테니까 따라오려면 따라와."

난 사악한 선포를 한 뒤에 미묘한 파장이 계속 느껴지는 곳으로 향했다. 어차피 모두들 할 일이 특별히 있는 게 아니었기 때문에 그냥 내 뒤를 얌전히 따랐다.

흠…… 아무래도 파장이 발생하고 있는 곳은 여기서 꽤 멀리 떨어진 것 같은 느낌이 드는데…… 걸어가다가는 파장이 사라져 버릴지도 모르겠는걸? 튜이 녀석을 타고 날아가면 편하겠지만, 여기는 천마장이 고루 퍼져 있어서 겔레오스가 튜이 녀석을 원상 복귀시키기 어려우니 관둬야겠고, 설령 원상 복구시켜도 승차 인원이 많으니까 튜이에게 부담이 갈지도 모르지. 어쩔 수 없이 내가 직접 해야겠다.

우웅—

난 내 몸의 마나 회로를 모두 가동시켜 마나장을 만들어내었다. 그리고 그 마나장으로 천마장을 밀어내고 그 대신 가상의 마나 회로를 형성시켰다. 여러 가지로 귀찮은 작업이었으나 별로 어렵지는 않았다.

"지금……!"

내가 천마장을 몰아낸 것을 느꼈는지 루리아가 놀란 표정을 지었다. 하지만 난 이유, 설명하지 않고 바로 마법을 사용했다. 내가 사용한 마법은 바로 비행 마법이었다. 워프를 하면 간단하지만 워프를 사용하기 위해서는 도착 지점에도 마나 회로를 깔아야 하는데, 그게 현재로써는 불가능하기 때문에 비행 마법을 쓰기로 한 것이었다. 비행 마법 역시 날아가면서 비행 경로에 계속 가상의 마나 회로를 건설해야 한다는 귀찮은 점이 있긴 했지만, 그게 천마계에서 가장 안전하고 빠르게 목적지까지 가는 방법이었다.

"우앗?!"

갑자기 자기 몸이 허공에 둥실 하고 떠오르자 겔레오스를 비롯한 모두가 놀람에 찬 비명을 내질렀다. 그러나 이번에도 난 놀라는 일행에게는 신경 쓰지 않고 계속해서 비행 경로에 마나 회로를 건설하면서 그와 동시에 모두를 비행 마법으로 이동시켰다. 다행히 실프가 가끔씩 바람을 일으켜 날 도와주었기 때문에 정신력의 부담은 어느 정도 줄일 수 있었다.

"와아! 이게 중용자의 힘인 건가요?"

루리아는 자기 몸이 하늘을 유유히 날자 놀람의 탄성을 터뜨렸다. 그것은 겔레오스 역시 마찬가지였다. 단지 루리아는 내 능력을 보고 아무 생각 없이 어린애처럼 기뻐하고 겔레오스는 내 능력이 천신족에게 얼마나 피해를 줄 것인가를 걱정하고 있다는 점이 달랐다.

"……!"

내가 한참 마나 회로를 건설하면서 비행 마법을 사용하고 있을 때 아트로포스가 내 옆으로 다가와 자신의 능력으로 내 정신적 피로를 풀어주었다. 마침 난 정신이 약간 어지러운 상태였기 때문에 아트로포스의 도움이 굉장히 반가웠다. 그렇게 아트로포스와 실프의 도움을 받으며 난 파장이 점점 더 강렬해지는 곳으로 다가갔다.

우우웅—

목적지에 거의 다 왔다고 느낄 무렵 루리아와 겔레오스, 그리고 아트로포스도 느낄 수 있을 정도의 강렬한 파장이 허공에 떠 있는 우리들을 덮쳤다. 그 파장은 단순한 파장이었기 때문에 몸에 아무런 이상도 없었지만 문제는 그 파장 이면에 있었다. 파장이 나오는 곳은 하나의 거대한 공간의 틈이었는데, 그 공간의 틈 앞에 무수히 많은 천신족의 군사들이 모여 있었던 것이다.

"벌써 전쟁을 시작하려는 건가?!"

공간의 틈으로부터 속속 모습을 드러내는 천신족의 군사들을 하늘 위에서 바라보며 겔레오스가 혼잣말처럼 중얼거렸다. 아무래도 그들은 우연히 발생한 공간의 틈을 특수 능력자의 힘으로 계속 유지시키며 군사들을 천신계에서 천마계 쪽으로 이동시키고 있는 듯했다. 사실 그것이 가장 효율적으로 대군(大軍)을 다른 차원으로 이동시키는 방법이었다.

"천신족이 쳐들어오려고 하는데 천마계 쪽에서는 전혀 대응을 안 하는 건가?"

난 수가 점점 불어나는 천신족 군사들을 보면서 루리아에게 혼잣말 비슷한 질문을 던졌다. 그러자 루리아는 고개를 설레설레 저었다.

"그건 아니에요. 이미 천신족이 쳐들어온다는 보고를 받았을걸요? 단지 군대를 정비하는 데 시간이 걸린다는 게 문제지만요."

흘…… 그건 결국 누가 더 빨리 군대를 정비해서 쳐들어가느냐 방어하느냐가 문제겠군. 아무래도 기습 비슷하게 넘어온 천신족이 더 유리하지 않을까? 뭐, 천마계가 이전부터 천신족의 침입에 대비하고 있었다면 별 문제가 없겠지만, 내가 보기에는 그런 대비가 전혀 없었던 것 같던데…… 아, 그러고 보니 이곳은 천마장이 가득한 천마계구나! 아무래도 원정 경기를 하는 천신족이 불리하겠지? 그래서 천마계에서 대비를 안 했던 건가? 쳐들어오면 천마장의 이점을 살려서 가볍게 이길 수 있다는 자신이 있어서?

"거기 누구냐?!"

내가 그런 생각을 하고 있을 때 천신족 군사들 사이에서 우렁찬 호통 소리가 터져 나왔다. 허공 위에 계속 떠 있는 우리들을 마침내 그들이 발견했던 것이다. 하지만 난 피하려고 하지 않고 그저 얌전히 그들의 진로 앞에 사뿐히 내려섰다. 이대로 녀석들을 보내면 누가 이기든 지든 10년 후 녀석들이 부활할 때까지 기다려야 했기 때문에 여기서 진로를 막을 생각이었다.

"아! 겔레오스님!"

그때 한 천신족 군사가 겔레오스를 알아보고 반가운 듯이 소리쳤다. 그리고 그와 동시에 휘황찬란한 갑옷을 입은 한 천신족이 우리들 앞으로 걸어왔다. 그 천신족은 다름 아닌 겔레오스의 아버지 빙천신 샤메이로였다.

"겔레오스, 어째서 이곳에 있는 거냐?"

빙천신 샤메이로는 냉기가 풀풀 날리는 얼굴로 겔레오스를 질책했다. 천마장이 만연해 있는 천마계에 겔레오스가 들어와 멋대로 활보하고 있으니 당연한 것이었다. 그런 샤메이로의 질책에 겔레오스는 고개를 숙여 용서를 구하고 자기 할 말을 했다.

"아버지 허락 없이 멋대로 한 점 사과드립니다. 하지만 아버지가 계속 천마계 토벌을 주장하셨고, 이분들이 천마계에 가고자 했기 때문에 저도 따라오게 된 것입니다."

"그러다가 전쟁에 휘말리면 어쩌려고 그러냐?"

"심려를 끼쳐드려 대단히 죄송합니다."

샤메이로와 겔레오스는 진짜 부자인지 의심스러울 정도로 격식을 차려 얘기를 하고 있었다. 그 모습에 루리아는 어처구니가 없다는 표정으로 중얼거렸다.

"저게 가족이야? 아버지는 왕이고 아들은 종인가? 저렇게 딱딱하게 굴면 가족애 같은 게 생기겠어?"

흠…… 역시 루리아도 천신족들의 생활 방식을 잘 이해하지 못하는군. 그거야 어쨌든 지금 중요한 건 전쟁이 일어나지 않도록 해야 하니까 그냥 멋대로 생각하게 내버려 두자.

"샤메이로 씨, 정말 전쟁을 일으키실 생각입니까?"

난 한발 앞으로 나가 샤메이로에게 말을 걸었다. 그와 나와의 거리는 3미터도 채 되지 않았다. 그리고 샤메이로의 뒤에 있는 천신족 군사들과는 5미터 가량 떨어져 있는 상태였다. 가깝다면 가깝고 멀다면 멀다고 할 수 있는 거리였으나, 그 정도면 나에게는 피하거나 공격할 수 있는 충분한 거리였다.

"전쟁은 불가피한 것이오."

샤메이로는 저번에 말했던 대로 딱 잘라 대답했다. 그러자 루리아가 갑자기 앞으로 나서며 샤메이로에게 부탁 비슷한 말을 했다.

"전쟁을 일으키든 말든 상관없어요. 단지 윗대가리들만 싸그리 죽여달라구요. 그 녀석들 재산을 전부 가져가도 괜찮아요. 일반 천마족만 건드리지 않는다면 누구 하나 들고 일어나지 않을 테니까요."

흐으…… 역시 루리아는 지극히 개인적인 녀석이군. 윗대가리들만 싸그리 죽여달라……. 한마디로 천신족을 이용해서 현 정권을 무너뜨리고 새로운 정치 세력을 만들겠다라는 거로군. 하긴, 그래야 천마족이 물갈이되겠지. 그래 봤자 고위 관리들만 바뀔 뿐 현재의 법이나 생활 같은 건 전혀 안 달라지겠지만. 그나저나 샤메이로가 과연 천마족의 고위 관리들만 죽이려고 할까?

"그럴 수는 없다. 너희들의 존재 자체가 문제이기 때문이다."

내 생각대로 샤메이로는 그런 차가운 말을 내뱉었다. 그 말을 듣고 가만히 있을 루리아가 아니었다.

"뭐여요? 그럼 모두 죽인다는 거예요?!"

"그렇다."

"그런 말도 안 되는 일이 가능하다고 생각해요? 게다가 이곳은 천마계라 모두 죽인다고 해도 10년 후에는 모두 부활하게 된다구요! 그럼 그때 가서 또 전쟁을 일으킬 생각이에요?!"

"천마계의 부활 시스템을 없애 버릴 것이다."

"그게 될 것 같아요?!"

"반드시 그렇게 되게 만들 것이다."

샤메이로와 루리아는 각각 차갑고 격렬한 어조로 말을 주고받았다. 그 둘의 말 중에서 가장 흥미로운 것은 천마계의 부활 시스템을 없애겠다는 샤메이로의 장담이었다. 아무래도 그는 전쟁을 일으킴과 동시에 가장 강력한 능력을 가진 소수의 능력자들이 천마계를 붕괴시키도록 유도할 생각인 것 같았다. 그 방법이 무엇인지는 알 수 없었으나 충분히 가능성있을 것 같다는 생각이 들었다.

"이봐요! 언제까지 구경만 할 거예요?! 중용자면 중용자답게 이 녀석들 좀 막아봐요!!"

더 이상 샤메이로의 마음을 돌릴 수 없다고 느낀 루리아가 날 쳐다보며 그렇게 소리쳤다. 그리고 그 말은 천 명이 가볍게 넘어가는 천신족의 군사들 귀에 똑똑히 전달되었다.

"주, 중용자?!"

천신족 군사들 사이에서 커다란 동요가 일어났다. 그리고 그 동요를 제어할 장군들 역시 동요하고 있었다. 심지어는 냉정하기 그지없던 샤메이로조차 동요하고 있었다. 하지만 샤메이로는 서열 4위의 천신족답게 금방 진정을 하고 겔레오스에게 진위 여부를 확인했다.

"겔레오스, 저 말이 사실이냐?"

"…그렇습니다."

"언제부터 알고 있었느냐?"

"천마계에 온 뒤로 알게 되었습니다."

"어째서 알려주지 않은 거냐?"

"그러고 싶지 않았습니다."

"어째서냐?"

"그건… 저도 잘 모르겠습니다."

지극히 딱딱한 어투로 대답을 주고받은 샤메이로와 겔레오스는 잠시 입을 다물었다. 그러는 사이 크게 동요되었던 천신족 군사들이 점차 안정을 되찾아가고 있었다. 그리고 샤메이로가 다시 입을 열었을 때에는 동요가 완전히 가라앉아 아까 전과 같은 안정 상태가 되었다.

"네 잘못은 나중에 다시 따지기로 하마."

"……."

겔레오스에게 그렇게 말한 샤메이로는 이번엔 날 쳐다보면서 입을 열었다.

"그대는 우리들을 없앨 작정이오?"

흘…… 당연한 질문을 하는군.

"그게 중용자의 일이니까요. 단지 여러분들이 전쟁을 일으킨다면 중용자에게 죽을 이유가 없는 일반 천신족의 병사들까지 죽게 되겠죠."

"중용자, 그대는 이 많은 군사들을 상대로 싸워 이길 수 있다고 생각하오?"

"이깁니다. 전 중용자니까요."

"……."

자신감이 철철 흘러넘치는 내 말에 샤메이로는 차가운 표정을 더욱 딱딱하게 굳혔다. 그리고 내 자신감 넘치는 말로 인해 알게 모르게 천신족 군사들의 사기는 떨어졌다. 중용자 자체가 두려운데 그 중용자란 녀석이 다 죽일 수 있다고 호언장담을 하고 있으니 더욱 겁을 집어먹은 것이다.

두두두두—

그때 천신족 군사들을 앞에 두고 있는 우리들의 뒤쪽에서 말발굽 소리가 시끄럽게 들려왔다. 비록 절도있게 들려오는 말발굽 소리는 아니었으나 그 수는 꽤 되는 것 같았다. 그리고 잠시 후, 한 무리의 군사들이 말을 타고 우리들 뒤쪽에서 모습을 드러냈다. 그 수는 어림 잡아도 100여 명 정도였다.

"푸하하! 겨우 천 명인가? 천마계를 없애러 온 머릿수치고는 너무 적군!"

일행 중에서 가장 앞에서 달려왔던 자가 도열해 있는 천신족 군사들을 보고 호쾌하게 소리쳤다. 천신족 총대장인 샤메이로와는 달리 그는 몸에 그 어떤 갑옷도 걸치지 않고 있었다. 심지어는 그가 총대장이라는 표식 같은 것도 전혀 없었다. 하지만 누가 보더라도 그가 천마족의 총대장이라는 것을 쉽게 알 수 있었다. 그만큼 그 자가 내뿜는 기운은 범상치가 않았던 것이다.

"겨우 100명 가지고 우리를 상대하려 드는가?"

자신들의 군대에 비해 10분의 1도 안 되는 군대가 왔으니 샤메이로로서는 어처구니없어 했다. 하지만 천마족 총대장은 두려움은커녕 힘이 펄펄 넘치는 목소리로 말했다.

"우리는 선봉대일 뿐이다! 이제 곧 지원군이 왕창 도착한다. 그때까지 우리는 조금이라도 많은 적을 없애는 역할을 하는 것이다!"

"…결국 군사 정비가 아직 안 끝났다는 소리군."

샤메이로는 천마족 총대장의 말에서 그런 결론을 유도해 냈다. 그의 결론이 사실이었는지 천마족 총대장은 약간 똥 씹은 표정을 했다. 하지만 이내 얼굴색을 바꾸어 천신족의 기세를 꺾기 위한 외침을 터뜨렸다.

"아직 정비가 되지 않았다고 해도 곧 있으면 수천이 넘는 지원군이 도착한다! 겨우 1,000명 가지고 이길 수 있다고 생각하는 건가?!"

"시간 끌기는 소용없다."

샤메이로는 이번에도 천마족 총대장의 말을 끊었다. 그리고 나서 그의 차가운 이미지하고 어울리지 않는 큰 목소리를 토해냈다.

"작전을 수행한다! 모두 자신의 맡은 바를 수행하라—!"

와—!

샤메이로의 외침이 끝나기가 무섭게 1,000명의 군사 중에서 200명 가량이 천마족 군사들에게 돌진해 들어갔다. 이대로 두면 피 튀기는 전쟁이 시작될 것은 불을 보듯 뻔했다. 그래서 난 마나 회로를 풀 가동시켜 천신족과 천마족이 도열해 있는 장소를 가상의 마나 회로로 뒤덮었다. 그 순간은 매우 짧았다. 아까 마나 회로를 만들면서 날아왔기 때문에 어느새 가상의 마나 회로 만들기에 익숙해진 것이다. 어쨌든 일대를 마나 회로로 뒤덮은 나는 마법을 사용하여 큰 소리로 외쳤다.

"모두 멈춰—!"

쩌렁쩌렁—

내 독소리는 공기의 진동을 받아 증폭되면서 엄청난 에너지를 가진 음파가 되었고, 그 음파의 영향에 천신족과 천마족 군사들 모두 동작을 멈추었다. 그렇게 모두의 움직임을 잠시 멈추게 한 다음에 난 약간 큰 목소리로 말을 이었다.

"여기서 공격을 하는 자는 중용자인 내가 모두 죽이겠다."

"……!"

내 존재는 완전히 무시하고 있었던 천마족 총대장과 그 일당들은 내 말에 놀란 표정을 지었다. 만약 내가 말로만 그런 소리를 했다면 그들은 코웃음을 쳤겠지만, 천마장을 몰아내고 이 일대를 마나 회로로 뒤덮은 자가 나라는 것을 직감적으로 느끼고 있었기 때문에 내 말을 사실로 받아들이고 있었던 것이다.

"모두 떨어져라."

난 앞으로 달려나온 천신족 군사들에게 싸늘한 말투로 명령을 내렸다. 그러자 그들은 귀신에라도 홀린 듯이 뒷걸음쳤다. 심지어는 장군 급 천신족도 뒤로 물러났다. 그만큼 그들이 중용자에 대해서 가지고 있는 공포심은 크다고 할 수 있었다.

"너희들은 무엇 때문에 싸우고 있나?"

천신족 군사들이 뒤로 물러난 다음 난 여전히 싸늘하고 싸가지를 전혀 찾을 수 없는 말투로 천신족과 천마족 총대장에게 질문을 던졌다. 둘 중에서 내 물음에 가장 먼저 대답한 사람은 천신족 총대장인 샤메이로였다.

"그들은 존재 가치가 없다."

"…우린 저들이 공격을 가해오니까 싸우는 거다!"

샤메이로가 대답하고 나서 약간의 시간이 지난 후에 천마족 총대장이 황급히 입을 열었다. 그것을 보더라도 샤메이로가 천마족 총대장보다 정신력뿐만 아니라 실력에서도 훨씬 우위에 있다고 할 수 있었다. 중용자의 압박감을 쉽게 벗어나서 평소와 다름없는 어조로 대답을 한 샤메이로가 천마족 총대장보다 강하다는 것은 누구나 느낄 수 있었다.

"샤메이로, 넌 천신족과 천마족의 근본적인 차이가 무엇인지 알고 있나?"

천마족 총대장과 얘기할 거리는 없어서 난 샤메이로 쪽을 쳐다보며 물었다. 그러자 항상 그렇듯이 샤메이로는 지극히 단순한 대답만 했다.

"천신족은 윤리적이고 천마족은 비윤리적이다."

"왜 천신족은 윤리적이고 천마족은 비윤리적인지 그 이유를 생각해 봤나?"

"……."

이어진 내 질문에 샤메이로는 선뜻 대답하지 못했다. 그는 지금까지 표면적으로 드러난 천마족의 행위만을 문제 삼고 있었고, 그 행위가 왜 발생하는지에 대해서는 전혀 생각해 보지 않은 것이었다. 사실 그건 천마족 쪽도 마찬가지일 테지만 지금은 샤메이로를 설득하는 것이 중요했기 때문에 천마족은 그냥 무시하기로 했다.

"천신족과 천마족이 근본적으로 다른 이유는 바로 환경 때문이다."

난 우선 결론부터 말했다. 그리고 나서 좀 더 자세한 설명을 하려고 했다. 하지만 갑자기 샤메이로가 중간 커트를 해서 내 말을 끊어 버렸다.

"천신족은 윤리적인 생각을 하는 존재들이 모여 사는 환경이고, 천마족은 비윤리적인 생각을 하는 존재들이 모여 사는 환경이란 소리인가? 그것은 이미 형성되어 있는 사회적인 환경일 뿐 근본적인 차이가 아니다."

"……."

흘…… 이 위대하고 훌륭하신 중용자님이 말씀하시는데 버릇없이 끼어들어? 이 녀석을 그냥……!

"헛소리 그만 해. 내가 하고자 하는 말은 그게 아니다."

"……?"

자신의 생각이 틀렸다는 말에 샤메이로는 조금 불쾌한 표정을 지었다. 어쨌든 난 약간 불쾌한 표정을 짓고 있는 샤메이로의 얼굴을 날카롭게 쳐다보며 하고자 하는 말을 했다.

"천신족과 천마족이 다른 근본적인 환경… 그건 바로 부활 시스템의 차이 때문이다."

"……?"

내 말을 듣고 모두들 고개를 갸웃했다. 전혀 생각지도 못한 것을 내가 들고 나왔기 때문이었다. 이곳에 있는 존재들 중에서 그 누구도 내가 그 다음에 어떤 말을 할 것인가를 예상하지 못하고 있었다. 그래서 난 그들의 의아해하는 표정을 살짝 둘러보면서 그 다음 말을 이었다.

"천신족은 두 명 이상의 능력자가 모여 죽은 자를 살려낸다. 그리고 천마족은 시간의 틈을 통해 10년 후 죽은 자가 부활한다. 바로 그 차이가 지금의 천신족과 천마족을 있게 한 원인인 것이다."

"……."

아직 난 본론으로 들어가지 않았기 때문에 모두들 답답하다는 표정을 했다. 심지어는 빨리 대답하지 않으면 당장 공격해 버리겠다는 표정의 천마족들도 있었다. 그런 그들의 무언의 압력에 난 바로 본론으로 들어가야 했다.

"천신족은 두 명 이상의 능력자가 모여야 한다. 그것은 죽은 자기 가족이나 친구를 살리려면 전혀 안면없는 능력자들에게 도움을 요청해야 하거나 자신이 그 능력자에 포함될 경우에는 다른 한 명의 능력자를 포섭해야 한다는 뜻이다. 근데 아무런 조건 없이 능력자를 포섭하는 것은 어렵다. 부활시킬 때 많은 힘을 소모하기 때문에 자기와 전혀 상관없는 자를 살리려는 바보 같은 짓을 할 리가 없기 때문이다. 그래서 천신족들은 '윤리'라는 것을 만들어내었다. '윤리'라는 이름 하에 능력자들이 죽은 자를 부활시키는 것을 당연한 것으로 생각하게 했던 것이다. 부활 시에 능력자들이 판단하는 것은 죽은 자가 윤리적인 삶을 살았는가 하는 것으로만 귀착되고, 죽은 자가 그 경우에 해당하면 능력자들은 윤리적인 입장에서 죽은 자를 살려내야 할 의무를 지게 된다. 그로 인해 천신족의 부활 시스템이 무리없이 돌아가는 것이다."

　흐으…… 나 혼자 설명하자니 입이 무지하게 아프구만. 하지만 어
쩌랴, 지금 이 생각을 하는 존재는 나 하나뿐이니 나 혼자 입 아프게
설명하는 수밖에.

　"그에 반해 천마족은 시간의 틈이란 것이 존재한다. 그것은 굳이
다른 이의 도움을 받지 않아도 10년 후에 자동으로 부활하므로 남의
눈치를 볼 필요가 없다는 것을 뜻한다. 그것이 천마족을 지극히 개인
적으로 만든 것이다. 그리고 죽은 경우에는 무려 10년 동안 아무런
활동도 하지 못하고 시간의 틈에서 썩어야 하기 때문에 멀쩡히 살아
있는 동안에 충분히 즐기려는 생각을 가지게 되었고, 그것이 천마족
을 지극히 쾌락 지향적으로 만들어놓았다. 천신족이나 천마족이 인간
들에 비해 지극히 극단적인 생활을 하는 것은 바로 부활 시스템의
존재 때문이며 다른 이의 도움을 받아야 하는 천신족은 윤리적인 생
활을, 죽으면 알아서 부활되는 천마족은 개인적이고 쾌락적인 생활을
하게 된 것이다."

　난 길게 이어진 설명을 그쯤에서 끝냈다. 내 생각을 좀 더 구체적
으로 정리할 시간이 없었기 때문에 더 설명하다가는 내가 한 말을
나 스스로 모순되게 만들어 버릴지도 몰랐던 것이다. 그때 내 편이어
야 할 아트로포스가 나에게 질문을 던져 버렸다.

　"그렇다면 인간은 어째서 천신족과 천마족의 중간쯤에 해당하는
생활을 하는 거죠? 한번 죽으면 끝인데 왜 천마족처럼 쾌락 지향적
인 삶을 추구하지 않는 거예요?"

　"……."

　아트로포스가 갑자기 그런 질문을 던질 줄 몰랐기 때문에 난 순간
적으로 당황했다. 하지만 그 문제는 처음 천신족과 천마족의 차이를

따져 볼 때 생각해 봤었던 것이라 대답이 나가는 속도는 그다지 느리지 않았다.

"인간은 한번 죽으면 끝이야. 다시는 살아 돌아올 수 없어. 그런 인간이 쾌락적인 생활을 하다 보면 누군가에게 피해를 입힐 가능성이 크고 그러다 보면 남에게 죽게 되겠지. 아까도 말했지만 죽으면 그걸로 끝이야. 그래서 천신족처럼 윤리라는 도구를 이용해서 자신들의 생명을 지키려고 한 거지. 최대한 즐기면서 최대한 오래 살 수 있는 방법을 추구하다 보니 인간들은 윤리라는 것을 필요할 때 이용해 먹는 생활을 하게 된 거야. 천신족은 부활하기 위해서 다른 능력자를 포섭해야 하는데, 인간들이 사용하는 일반적인 윤리 정도로는 그것이 어렵기 때문에 윤리의 정도를 아주 강하게 만든 거지."

호으…… 말해 놓고 보니까 어딘가 엉성한 것 같기도 한 느낌이 드는군. 뭐, 어쨌든 아트로포스는 어느 정도 내 말에 수긍하는 것 같으니 재빨리 화제나 돌려야겠다. 녀석들이 내 말을 가지고 계속 물고 늘어지면 결국 허점이 발견될 테니까 말이야.

"그런 환경의 차이를 고려하지 않고 자기들의 입장에서 남을 평가하는 것은 옳지 않은 것이다. 더구나 그 문제로 전쟁을 일으킨다는 것은 더욱 옳지 않은 일이다. 샤메이로, 넌 지금 너의 행동이 지나치다고 생각하지 않나?"

"한 점의 지나침도 없다."

"……!"

놀랍게도 샤메이로는 한 치의 흔들림도 없는 표정으로 내 말을 받아쳤다. 사실 난 내 말로 인해 샤메이로가 갈등 정도는 할 것이라 생각했었기 때문에 그의 냉담한 반응은 충격이라고 할 수 있었다. 그래서 난 다시 샤메이로에게 급히 질문을 던져야 했다.

"넌 천신족과 천마족의 차이를 이해하려 하지 않겠다는 뜻이냐?"

"아니, 그건 이미 이해했다. 단, 천마족들의 생활 방식은 용납할 수 없다."

흠…… 천마족의 생활 방식을 용납할 수 없다는 게 어떻게 문화 차이를 이해했다는 거야? 샤메이로의 아이큐 수준은 도대체……?

"그래서 난 천마족의 부활 시스템을 파괴하려는 것이다!"

"……!"

샤메이로의 입에서는 루리아와 말다툼했을 때에 언급했었던 '부활 시스템의 파괴'란 말이 터져 나왔다. 하지만 그 말의 무게는 그때와는 달랐다. 뭔가 확실한 계획을 세워놓고 내뱉은 말이란 인상을 강하게 남겼기 때문이다.

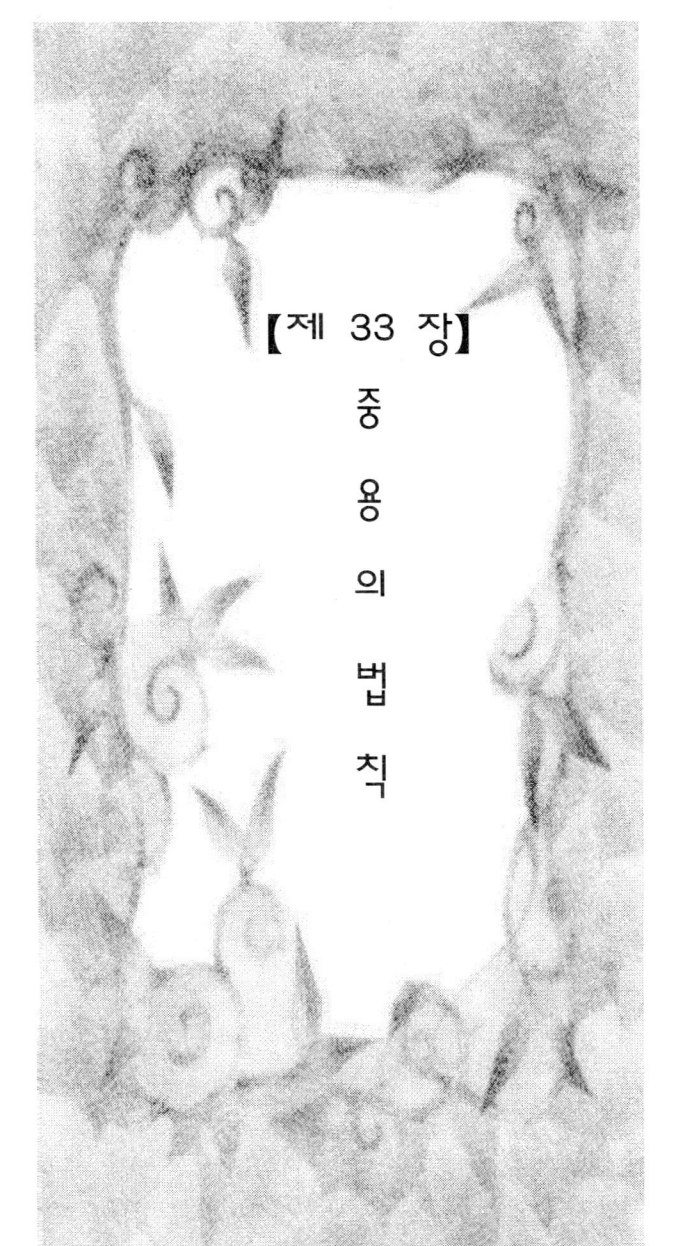

【제 33 장】

중 용 의 법 칙

“무슨 수로 천마족의 부활 시스템을 파괴한다는 거냐?”

헛소리를 할 샤메이로가 아니었으나 아무리 생각해도 나로서는 그 방법을 알 수 없었기 때문에 샤메이로를 다그쳐 보았다. 사실 그것은 극비라고 할 수도 있는 것이라 샤메이로에게서 그 방법을 듣지 못할 가능성이 훨씬 컸다. 그런데 샤메이로는 예상외로 그 방법을 쉽게 알려주었다.

“죽은 천마족이 시간의 틈으로 사라질 때 시간의 틈의 흔적을 잡아 능력자가 그 안으로 들어간다. 그리고 시간의 틈과 함께 자폭한다. 그것이 바로 천마족 부활 시스템의 파괴 방법이다.”

“……!”

오~ 그런 방법이 있었군! 근데 그게 잘 통하려나? 하긴, 보통 인간이라면 완벽한 개죽음이겠지만 천신족의 능력자라면 얘기가 달라지겠지.

"아버지!"

그때 아직도 천신족에 붙지 않고 내 옆에 있던 겔레오스가 샤메이로를 소리쳐 불렀다. 그 외침에 샤메이로가 자신 쪽으로 고개를 돌리자 겔레오스는 떨리는 목소리로 그에게 질문을 던졌다.

"설마… 천마족의 부활 시스템을 파괴할 능력자가 아버지인 겁니까?"

"그렇다."

"어째서입니까?!"

"그 방법을 생각해 낸 게 바로 나이기 때문이다."

샤메이로의 어조에서는 그 어떤 두려움이나 떨림을 찾아볼 수 없었다. 위험한 방법을 생각해 낸 자가 그 방법을 실행해야 한다는 사고방식이었다. 사실 나도 그런 생각을 하는 인간이라 샤메이로의 행동을 당연하다고 느꼈지만, 문제는 샤메이로가 그 방법을 실현하게 놔두면 무수한 천마족이 죽어버릴 가능성이 있었기 때문에 가만히 놔둘 순 없었다. 부활 시스템이 파괴된 천마족이 천신족에 의해 멸망할 것은 불을 보듯 뻔했던 것이다.

"그런 짓을 하면 천마계에 발을 들여놓은 너희들도 부활을 할 수 없단 말이다! 그걸 알고나 하는 말이냐?!"

샤메이로가 감히 그런 계획을 세우고 있다는 것을 몰랐던 천마족 총대장이 황당한 듯이 화를 버럭 냈다. 그렇지만 언제나처럼 샤메이로의 대답은 차가웠다.

"우리들의 목숨으로 천마족이 정화된다면 그걸로 족하다."

"으…… 미친놈들……!"

천마족 총대장은 질린다는 표정을 지었다. 그러나 샤메이로는 천마족 군사들의 표정에는 무관심을 보이며 자기들 천신족 군사들에게 굵은 목소리로 명령을 내렸다.

"진(陳)을 펼쳐라!"

와—!

샤메이로의 명령을 받은 천신족 군사들 중 3분의 2 이상이 어떤 일정한 배열로 이동하기 시작했다. 그렇게 이동이 끝난 천신족 군사들의 배치 모습은 완전한 마법진의 형태를 띠고 있었다. 둥근 원 안에 복잡한 문양이 그려져 있는 차원 이동 마법진의 모습을 군사들이 형성하고 있었던 것이다.

흐음…… 아무래도 저 차원 이동 마법진은 천마계의 시간의 틈으로 가기 위해 만든 것 같은데…… 아까 샤메이로 녀석이 말했던 대로 천다족 하나가 죽을 때 그 틈을 노려 차원 이동 마법진으로 시간의 틈 속에 들어가려는 속셈인가?

"더 이상 허튼짓을 하면 가만있지 않는다!"

천마족 총대장은 샤메이로가 무엇을 하려고 하는지 확실하게는 알고 있지 않은 표정이었으나, 알 수 없는 불길함을 느꼈는지 샤메이로에게 엄포를 놓았다. 그리고 나 역시 가만있을 수 없어서 샤메이로에게 경고를 먹였다.

"샤메이로! 어서 마법진을 풀어라! 그렇지 않았다간 모두 나에게 죽을 것이다!"

"……."

위대하신 중용자님의 경고를 먹었는데도 샤메이로는 눈썹 하나 까딱하지 않았다. 그저 자기가 이곳에 오려고 했을 때부터 준비한 계획을 실행할 뿐이었다.

"중용자에게 겁먹지 말고 작전을 수행하라!"

와—

샤메이로의 강한 외침에 천신족 군사들은 홀린 듯이 앞으로 진격했다. 물론 천마족 군사들 쪽으로 진격해 간 숫자는 아까와 마찬가지로 200여 명 정도였다. 그러나 이번에는 본격적인 싸움을 위한 물밑 작업이 먼저였다.

우우웅—

천신족 군사들의 뒤쪽에서부터 내가 건설해 놓은 마나 회로가 밀려나기 시작했다. 그 속도는 워낙 엄청나서 내 마나 회로가 완전히 없어지는 데 걸린 시간은 고작 2초 정도였다. 내 마나 회로를 몰아낸 것은 다름 아닌 천신장이었다. 바로 천신족의 고위 능력자가 자신들의 능력으로 내 마나 회로를 제거해 버렸던 것이다.

헐…… 천마계에서 천신장 없이 싸우면 불리하니까 천신족 고위 능력자가 일대를 천신장으로 둘러싼 다음에 전쟁을 하겠다 이거로군. 어쨌거나 중용자가 한낱 천신족 고위 능력자에게 마나 회로를 제거당하다니 꼴사납구만.

휘이이잉—

"……!"

"뭐야?!"

막 천신족 군사와 천마족 군사가 격돌을 벌이려고 했을 때 그 지점에서부터 강한 회오리바람이 일어났고, 그 회오리바람 때문에 양쪽의 군사들은 각자 뒤로 물러나게 되었다. 물론 그 회오리바람을 일으킨 존재는 바람의 정령 실프였다. 마나 회로가 제거되어 버려서 내가 직접 마법을 쓰는 것보다는 정령들의 도움을 받는 게 훨씬 빠르기 때문이었다.

우우웅—

천신족 군사들과 천마족 군사들이 회오리바람에 의해 잠시 대치

상태가 되었을 때, 난 즉시 마나 회로를 개방하여 일대를 다시 마나
장으로 뒤덮어 버렸다. 이번에는 천신족 고위 능력자들에게 밀리지
않기 위해 정신을 바짝 차리고 있었기 때문에 샤메이로 급의 고위
능력자가 아니고서는 내 마나 회로를 제거하기 어려웠다.

"싸우면 모두 죽인다고 분명 경고했다!"

난 회오리바람의 바로 위로 워프해서 양쪽의 군사 진영을 바라보
며 그렇게 외쳤다. 천신장과 천마장이 없는 마나장 속에서는 천신족
이든 천마족이든 평범한 공격밖에 하지 못하기 때문에 모두들 넋 놓
고 날 올려다보기만 했다.

"중용자······!"

내가 싸움을 방해하고 나서자 샤메이로의 입에서 마침내 분노에
찬 목소리가 흘러나왔다. 자신이 생각해 낸 천마계 말살의 최선 방책
을 나 때문에 실천하지 못하고 있기 때문에 냉정한 샤메이로가 분노
하고 있는 것이었다.

"귀찮은 네놈부터 없애주마!!"

샤메이로는 천신족의 입장에서 볼 때 강도가 세다고 할 수 있는
욕설을 퍼부으며 군사들이 형성한 마법진을 빠져나와 내 쪽으로 날
아왔다. 본래 마나 회로가 깔려 있으면 천신족인 샤메이로로서는 비
행 같은 능력을 사용할 수 없지만 자신이 스스로 천신장을 형성하면
서 날아오고 있었기 때문에 본래의 능력을 사용할 수 있었다.

"연빙소수(燃氷素手)!"

땅 의에서 순식간에 회오리바람 위에 떠 있는 나에게 날아온 샤메
이로는 자신의 손으로 날 치려고 했다. 그런 샤메이로의 손에서는 하
얀 연기가 피어 오르고 있었다. 그것은 차가운 냉기가 주변 공기의
열을 받아 순식간에 증발하면서 내는 것이었다. 즉, 그만큼 샤메이로

의 손은 극도로 냉각된 상태였고, 천신족 서열 4위라는 그의 지위를 고려해 볼 때 그 손에 맞게 되면 맞은 부위는 즉각 얼어버릴 것이라는 예측을 쉽게 할 수 있었다.

치지지직—

샤메이로의 손이 내 몸에 닿기 직전 사라만다는 내 가슴 앞에다 불꽃의 장벽을 만들었고, 샤메이로의 손과 불꽃 장벽이 맞부딪치자 뭐라고 설명할 수 없는 기묘한 소리가 발생했다. 그러나 샤메이로가 불의 정령인 사라만다보다는 월등한 힘을 가지고 있었기 때문에 사라만다에게 다 맡겨놓을 수는 없었다. 그래서 난 즉시 그 자리를 피해 샤메이로의 머리 위에서 공격을 퍼부었다.

콰콰쾅—!

몇 개의, 정확히는 다섯 개의 소형 파이어 볼을 샤메이로 머리 위에 떨어뜨렸으나 샤메이로는 그것을 모두 손으로 쳐내듯이 터뜨려버렸다. 하지만 충격은 있었는지 바로 공격을 가하지는 못했다. 그래서 이번에도 내가 먼저 공격에 나섰다.

위잉—

"크윽!"

회전 톱날이 돌아가는 소리와 함께 샤메이로의 오른쪽 팔이 깨끗하게 잘려 나갔다. 마법으로 바람을 회전 톱날처럼 만들어 날렸기 때문이었다. 본래는 샤메이로의 몸통을 자를 생각이었으나 샤메이로의 민첩성으로 인해 목표가 빗겨 나간 것이다.

"아버지!!"

샤메이로의 오른쪽 팔이 털썩 하고 땅 위에 떨어지자 겔레오스의 입에서 비명이 터져 나왔다. 하지만 정작 팔을 잘린 샤메이로는 통증 하나 호소하지 않고 곧바로 공격에 들어갔다. 가만히 있는 것보다는

216

조금이라도 몸이 멀쩡할 때 나에게 부상을 입히자는 속셈이라 할 수 있었다.

"세빙침(細氷針)!"

떨어져 나간 팔의 고통을 잊으려는 듯 샤메이로는 기술 이름을 크게 외치며 날 공격했다. 그가 공격한 방법은 아주 가는 얼음 침을 여러 개 날리는 것이었다. 일반인이 그 가는 얼음 침을 발견하기는 쉽지 않겠지만 실버럭서스가 가지고 있던 신경 반응 속도의 향상과 아트로포스의 아버지 텔의 훈련으로 인한 반사적인 몸놀림으로 인해 그 얼음 침을 피하는 건 나에게 전혀 어렵지 않았다. 오히려 얼음 침을 날리고 지쳐 버린 샤메이로를 끝장낼 기회만 생겼다.

"죽어라."

난 나지막한 목소리와 함께 샤메이로의 몸 주위에 강한 전류를 흘렸다. 전격 마법 중 최강인 라이트닝 쇼크Lightning Shock 디스트럭션Destruction을 샤메이로의 몸 주위에 걸어버렸던 것이다.

"……!"

샤메이로는 비명 하나 지르지 못했다. 디스트럭션의 전류가 그의 몸속 세포를 전부 사멸시켰기 때문이었다. 세포가 죽으니 몸속 장기는 형체를 유지하지 못한 채 파열되고, 땅에 떨어진 샤메이로의 시체는 완전히 흐물흐물해진 채 그의 혈액만이 땅 위를 슬금슬금 기어가고 있을 뿐이었다.

"아, 아버지ㅡ!"

겔레오스는 완전히 곤죽이 되어버린 샤메이로의 시체를 보며 절규를 터뜨렸다. 아무리 샤메이로가 천신족 서열 4위의 고위 능력자라고는 해도 천신장을 펼치면서 공격해야 하기 때문에 자신의 온 힘을 쏟아 부을 수 없는 데다 중용자인 내가 마법뿐만 아니라 정령들의 힘까지 이용해 먹기 때문에 샤메이로 혼자서는 절대로 날 이길 수 없었다. 그것이 바로 지금 모두의 눈앞에 펼쳐진 결과였다.

"중… 용… 자……!"

자신의 아버지가 죽었기 때문에 날 바라보는 겔레오스의 눈은 분노에 차 있었고, 그걸 증명이라도 하듯이 그의 입에서는 강한 분노를 함축한 목소리가 흘러나왔다. 아트로포스는 내가 샤메이로를 죽이자 루리아와 함께 그 자리를 피했다. 잘못하면 싸움에 휘말릴 수도 있기 때문에 그런 것이다.

"……?!"

그때 어떤 알 수 없는 감각이 느껴졌다. 그것은 천신족과 천마족 군사들 사이에서 느껴지고 있었다. 샤메이로를 죽이자마자 나타난 그 감각은 나에게 중용의 법칙에 의해 죽어야만 하는 자를 지정해 주는 듯이 일부의 천신족·천마족에게만 느껴지는 상태였다.

후후…… 이 감각이 바로 중용의 법칙에 의해 죽을 녀석들을 골라 주는 건가? 이거 아주 편리하군. 영계에서 멋대로 죽을 자를 지정해 주고 난 그 감각에 따라 녀석들을 없앤다……. 정말 어처구니없을 정도로 편리해!

"감히 아버지를—!"

내가 뜻밖의 감각에 화를 버럭버럭 내고 있을 때 겔레오스가 나에게 달려들었다. 아직 자신의 힘을 완전히 끄집어낼 수 있는 실력은 아니었지만 겔레오스의 얼음 화살 공격은 꽤나 위력적이었다. 난 그런 겔레오스를 쳐다보며 허탈감을 느껴야 했다. 내 머리 속의 감각이 겔레오스를 죽이라고 명령하고 있었기 때문이다.

꽉— 파꽉—

겔레오스가 만들어 날렸던 얼음 화살은 모두 실프의 바람에 의해 제거되었다. 그리고 난 겔레오스를 향해 불화살 하나를 날렸다. 분노에 의해 무작정 날 공격했던 겔레오스로서는 내 반격을 피할 여력이 없었다. 따라서 불화살은 겔레오스의 심장을 정확히 관통했고, 겔레오스는 입만 벌린 채 그대로 땅바닥에 몸을 눕혀야 했다.

구우우!

겔레오스가 죽자 겔레오스의 애완 동물인 튜이가 신음을 내지르며 땅바닥에 떨어져 내렸다. 겔레오스의 힘으로 작은 몸을 유지하고 있다가 겔레오스가 죽자 몸에 이상이 생겨 절명해 버린 것이었다.

"여, 역시 중용자……!"

"으드……!"

두 명의 천신족을 가볍게 죽인 날 보고 모두들 겁에 질려 버렸다. 난 시선을 내려 죽은 샤메이로와 겔레오스의 시체를 바라보았다. 하지만 금방 고개를 들어 시선을 다른 천신족과 천마족들로 돌렸다. 그리고 나서 말 같지도 않은 말을 했다.

"이중에서 죽을 자는 소수다. 죽을 자는 내가 결정하며 다른 자는 덤비지만 않는다면 죽이지 않는다."

"웃기지 마라! 샤메이로님의 원수를 갚아주겠다!"

내 말이 끝나기가 무섭게 천신족의 고위 능력자처럼 보이는 녀석이 반박하며 나섰고, 그것을 시작으로 천신족 군사들 모두가 나에 대한 적개심을 강하게 드러냈다. 그들은 결국 나와 싸우다가 죽을 것을 결심한 것이다. 그러한 천신족 군사들의 반응에 천마족 군사들 역시 영향을 받아 나와 싸울 것을 결심했다.

"우리의 적은 중용자다!"

"싸우자!"

중용자라는 전대미문의 적 앞에 천신족과 천마족은 손을 잡았다.

살기 위해서는 그 어떤 윤리 의식도 필요없다는 것을 그들은 명백히 증명하고 있었다. 그리고 난 서로의 자존심까지 버리고 손을 잡은 그 두 종족을 없애야만 하는 입장이었다.

우아아—!

언제 짜고 한 것도 아닌데 천신족과 천마족 군사들은 일제히 나에게로 달려들었다. 일대가 마나 회로로 뒤덮인 이상 그들은 오직 손에 든 무기와 체력만으로 나와 싸워야 했다. 그리고 그 결과는 누구나 예상할 수 있듯 참혹하기 그지없었다.

……

사지가 멋대로 잘려 나간 시체들. 그리고 몸에 구멍이 숭숭 뚫린 시체들. 겉은 멀쩡하지만 속은 극도로 망가져 버린 시체들. 마치 시체 박물관을 방불케 하듯 다양한 시체들이 땅 위에 드러누워 있었다. 그리고 그 시체 작품을 만든 인간은 바로 중용자인 나였다.

"아……!"

항상 싸움과 죽음을 보면서 자라온 루리아조차 이와 같은 참상에 고개를 돌렸다. 게다가 죽은 시체가 시간의 틈 속으로 없어지질 않으니 역겨운 피 냄새의 입자가 하늘을 유유히 떠다녔고, 루리아와 아트로포스는 그 입자가 후각 세포를 자극하지 않도록 손으로 코를 막아야만 했다.

후후…… 결국 모두 죽여 버리고 말았군. 이중에서 중용의 법칙에 의해 제거될 녀석은 적은데, 일일이 녀석들만 찾아서 죽이기 귀찮다는 이유로 모두 죽여놓고 이제 와서 후회하는 난 도대체 뭐 하는 놈이지?

"……!"

그 순간, 난 또다시 머리 속에 떠오른 기묘한 감각에 몸서리를 쳐야만 했다. 그 중용자의 감각이 가리키는 대상이 바로 루리아였기 때문이었다. 이제는 루리아마저 죽여야 하는 상황이 되어버린 것이다.

"루리아… 어째서 강한 능력을 가지고 있는 거야?"

"네……?"

내 물음이 뜻밖인 듯 루리아는 못 알아듣겠다는 표정을 지었다. 그런 루리아의 의심없는 표정을 보면서 난 괴로움을 느꼈다. 하지만 그러면서도 내 머리 속의 감각에 따라 내 마나 회로는 가동되고 있었다.

"아……!"

루리아의 입에서 채 터지지 못한 비명이 흘러나왔다. 전격 마법인 디스트럭션에 의해 두뇌가 파괴되어 버렸기 때문이다. 비록 짧은 며칠 동안이었지만 천신계에서 나와 아트로포스를 많이 도와주었던 겔레오스와 아무것도 모르는 루리아를 난 너무나 간단히 죽이고 말았다. 그것도 한 치의 망설임도 없이, 감각이 그들을 지목하자마자 바로 실행했다. 그런 내 모습에 난 쓴웃음을 머금을 수밖에 없었다.

후후…… 중용자의 감각이 나보고 살상을 하라고 명령하고 있다고는 하지만, 결국 그 명령을 실행하는 건 나의 의지……. 중용의 법칙에 의히 죽어야만 하는 자들… 그리고 그들을 죽여야 하는 중용자…….

"어째서 루리아 씨까지 죽인 거예요?!"

이유를 모르는 아트로포스가 나에게 강한 항의를 했다. 마침 나도 누군가에게 말하고 싶었기 때문에 그녀에게 지금의 내 상태를 설명했다.

"어떤 감각이 나에게 죽어야 하는 자를 죽이라고 명령하고 있어……. 그 감각이 루리아를 지목해서 난 그녀를 죽인 것뿐이야…….

모두… 중용의 법칙에 의한 것들……."

"하지만……!"

어차피 이런 식의 전개가 될 것임을 어느 정도 예상하고 있었던 아트로포스였으나, 막상 루리아가 중용의 법칙이라는 이름 하에 죽임을 당하자 그녀는 혼란스러워하는 표정을 지었다. 그리고 아트로포스뿐만 아니라 나 역시 혼란스러웠다. 루리아를 죽이자마자 중용자의 감각이 수많은 존재를 지명하고 있었기 때문이다.

다그닥 다그닥—

천마족의 선봉대가 말을 타고 달려왔던 그 방향에서 이번엔 묵직한 말들의 발굽 소리가 들려왔다. 드디어 천마족의 원정군이 전투 준비를 완료하고 도착한 것이다. 그 수는 족히 3,000명에 달했고, 그중에서 중용자의 감각이 지목하는 상대는 500여 명 남짓이었다.

"로스"

난 조용한 어조로 아트로포스를 불렀고, 아트로포스는 그런 나를 복잡한 표정으로 바라보았다. 그녀의 시선이 나에게 머물고 있음을 확인한 나는 약간 허탈감이 묻어나는 어조로 그녀에게 물었다.

"이제부터 또 싸움이야. 언제나처럼 날…… 도와줄 거야?"

다그닥 다그닥—

말발굽 소리는 점차 가까워지고 있었다. 전방에 시체들이 즐비한 것도 발견한 모양이었다. 그런 천마족의 대부대를 쳐다보면서 아트로포스는 약하지만 분명하게 고개를 끄덕였다.

"네, 전 영인관이니까요."

다그닥 닥—

마침내 나중에 온 천마족 군대가 시체들이 즐비한 장소에서 멈춰섰다. 그리고 그 시산혈해의 한가운데에 서 있는 나와 아트로포스를 보고 흔- 장군이 소리를 질렀다.

"너희들은 누구냐?!"

흘…… 시체가 줄줄이 늘어져 있어서 다가오지는 못하고 멀리 떨어져서 묻고 있군. 어쨌거나 난 중용의 법칙을 실행해야 하니까 녀석들에게 경고는 해줘야겠지.

"난 중용자 이그드라실이다. 너희들의 목숨을 가지러 왔다."

기분이 꿀꿀했기 때문에 내 입에서 직접 나오는 목소리는 지극히 낮았다. 하지만 대신 마법으로 내 목소리를 증폭시켰기 때문에 천마족 군사들이 들은 소리는 큰 편이었다.

"중용자?!"

웅성웅성―

중용자라는 말에 천마족 군대가 술렁이기 시작했다. 처음에는 내가 중용자라는 말을 믿지 않는 눈치였지만 내 주위에 널려 있는 시체들 쪽으로 시선을 돌린 다음부터는 내 말을 완전히 믿어버린 듯했다. 천마족과 천신족 군사들의 시체가 모두 있었기 때문에 그 둘을 없앨 존재는 중용자밖에 없다라고 생각하는 것이다.

"쿠하하! 중용자가 벌써 오다니 정말 뜻밖이군!"

중용자가 눈앞에 나타났는데도 천마족 본대의 총대장은 유쾌한 웃음을 터뜨렸다. 분명 내가 천마족과 천신족 군사들을 제거하느라 힘을 많이 소진한 상태라고 생각한 것이었다. 사실 그런 면이 없지 않아 있긴 했지만 아트로포스의 도움을 받는다면 천마족 본대를 괴멸시키는 것은 어려운 일도 아니었다.

"중용자가 힘을 되찾을 시간을 주지 말고 지금 당장 죽여라!"

천마즉 본대 총대장은 앞장서서 말을 몰며 군사들을 독려했고, 군사들은 일제히 함성을 지르며 내 쪽으로 몰려들었다. 3,000명이 넘는 군사가 일제히 몰려드니 그 기세는 가히 폭풍을 방불케 했다. 사실, 저 정도의 군사가 달려들면 먼지가 일어나 시야를 차단하는 것이 당연했으나 아까 죽은 시체들에서 나온 피 때문인지 먼지는 거의 없다시피 했다.

"간다, 로스!"

난 아트로포스에게 공격할 의사를 밝히고 나서 바로 마법을 구사했다. 우선 땅의 정령인 노움과 함께 천마족 군사들이 달려드는 앞쪽의 땅을 붕괴시킴으로써 대열을 흐트러뜨렸고, 우왕좌왕하는 천마족 군사들을 향해 무차별적으로 파이어 애로우를 날렸다. 아트로포스가 내 정신적 피로를 풀어준 결과 파이어 애로우는 한 번에 30개 해서 5번, 총 150개가 쏘아져 나갔는데 그것에 맞고 죽은 천마족 군사들의 수는 100명 안팎이었다. 그리고 그렇게 죽은 천마족 군사들 중에서 진짜 죽어야 할 능력자는 10명도 채 되지 않았다.

"포스 프레셔Force Pressure 오버Over!"

난 귀청 떨어져라 고함을 지르며 천마족 군사들을 포함한 광범위한 지역에 역압 마법을 걸었다. 여태까지 그렇게 광범위한 지역에 대한 역압 마법을 사용해 본 적이 없었기 때문에 소리라도 질러 정신적 피로를 적게 받으려는 생각에서 큰 소리를 지른 것이었다. 다행히 아트로포스의 도움이 커서 천마족 군사들의 머리 위를 모두 공기 압력으로 누를 수 있었다.

"끄악!"

"으악!"

역압 마법에 의해 활동에 제약을 받은 천마족 군사들이 비명을 지르며 차례로 쓰러져 갔다. 내 몸속에서 놀고 있던 실프와 사라만다, 노움은 물론이고, 아트로포스의 몸속에 배치시켰던 운디네와 잭 오

랜턴까지 가세해서 천마족 군사들을 죽이고 있었기 때문이다.

"천마장을 형성하라!"

천마족 군사들이 덧없이 쓰러지자 천마족 본대 총대장이 각 장군들에게 그런 명령을 내렸고, 명령을 받은 장군들은 즉각 천마장을 방출하기 시작했다. 그 때문에 내가 만들어놓았던 마나 회로가 밀려나 사라지고 천마장이 다시 일대를 뒤덮어 버렸다. 따라서 자연히 내가 천마족 군사들 머리 위에 걸어놓았던 역압 마법도 사라져 버리고 말았다.

"일제히 공격!"

천마족 본대 총대장의 명령에 따라 각 장군들은 자신의 능력을 최대한 끌어내어 날 공격하기 시작했다. 다른 천마족 병사들은 그저 뒤로 물러나 사태를 관전할 뿐이었다. 중용자를 제거하기 위해서는 육탄전이 아닌 능력전으로 나가야 한다는 것을 방금 전에 뼈저리게 느꼈기 때문이었다.

콰콰쾅—

난 마나 회로를 개방하여 아트로포스를 포함한 내 주위에 마법의 방어벽을 쳤지만 천마족 능력자들의 합동 공격에 정신적으로도, 육체적으로도 큰 타격을 받게 되었다. 아무리 아트로포스가 여러 명 있다 하더라도 더 이상 싸우는 것은 무리였다. 그렇지만 현재의 나로서는 도망칠 방법도 없었다. 도망치려면 워프가 가장 효과적이었으나 마나 회로가 제거된 상황에서 워프는 사용할 수 없었던 것이다.

후후…… 이제 죽기 살기로 싸우는 수밖에 없나? 잘하면 여기서 죽을지도 모르겠군. 최초로 중용의 법칙에 실패해 버릴까? 그럼 아주 볼 만할 텐데.

우우웅—

천마족 장군들이 다시 나에게 합동 공격을 할 준비를 하기 시작했다. 그 순간은 생각보다 무척 짧았고 눈을 한 번 깜빡이자 다양한 능력이 혼합된 강력한 에너지 덩어리가 나에게 날아오고 있는 것을 볼 수 있었다. 하지만 난 아까 받은 충격 때문에 완벽한 방어벽을 칠 수가 없었다.

콰콰…….

이상하게도 내 방어벽이 박살나는 소리가 점차 약하게 들리더니, 이내 아무 소리도 들리지 않게 되었다. 그것은 내가 녀석들의 공격에 맞아 죽었음을 의미하는 것이었다. 그런데 내 몸은 너무나 멀쩡했다. 아니, 아직 몸에 통증이 남아 있었다. 그것은 내가 살아 있음을 의미하고 있는 것이었기 때문에 나로서는 의아할 수밖에 없었다.

"너, 바보야?!"

갑자기 웬 호통 소리가 내 귀를 강하게 때렸다. 그 소리에 황급히 정신을 차려 주위를 둘러보니 난 허름한 집의 거실 바닥에 그려진 마법진 위에 멋대로 드러누워 있었고, 그 옆에는 아트로포스가 쓰러져 있었다. 그리고 마법진 바깥쪽에는 오랜만에 보는 영마관 라케시스가 화난 표정으로 서 있었다. 그것을 보건대 난 아직 살아 있는 게 확실한 것 같았다. 그래서 난 라케시스에게 인사했다.

"안녕……."

"안녕이 아니잖아! 어떻게 하면 3,000명의 군사들하고 맞짱 붙을 생각을 할 수가 있는 거야?! 그런 무식한 중용자는 아마 네가 처음일 거다!!"

라케시스는 내 인사를 막 씹으면서 날 마구 혼냈다. 하지만 난 아직 정신이 얼떨떨한 상태였기 때문에 라케시스의 호통을 그냥 멍청히 받기만 해야 했다.

호으…… 도대체 뭐가 어떻게 된 거지? 난 방금 전까지 천마족 군사들과 싸우고 있었는데… 아, 이 마법진……. 라케시스가 날 마법진으로 구해준 건가? 에이, 설마 저 사악한 라케시스가 그런 이쁜 짓을 할 리가 없지.

"여긴 어디냐?"

어느 정도 머리를 굴릴 수 있게 되었기 때문에 난 거실 바닥에서 상체를 일으키며 라케시스에게 물음을 던졌다. 그러자 라케시스는 차가운 어조로 대답했다.

"내 집이야."

"어… 그래? 로스는 안 다친 거지?"

아트로포스가 아직 눈을 뜨지 않은 상태였기 때문에 조금 걱정이 되었다. 하지만 얼굴색은 좋아 보여서 그다지 걱정하지 않아도 될 거라는 생각도 들긴 했다. 그런 내 묘한 걱정을 덜어주려는 듯 라케시스의 대답이 금방 날아왔다.

"갑자기 공간을 이동해서 잠시 정신을 잃은 것뿐이야. 곧 있으면 정신을 차릴걸?"

"으음……!"

라케시스의 말이 끝나자마자 줄곧 누워 있던 아트로포스가 나직한 신음과 함께 눈을 떴다. 그리고는 멍한 표정으로 주변을 도리도리 둘러보더니 이내 화들짝 놀란 표정을 지었다.

"여기는 어디예요?!"

"내 집."

똑같은 질문을 받고 똑같은 대답을 하기는 아주 귀찮은 일이지만 라케시스는 묵묵히 그 귀찮은 일을 했다. 라케시스의 대답에 라케시스가 이곳에 있다는 것을 비로소 알아차린 아트로포스는 더욱 놀란 표정을 했다.

"라케시스님? 뭐가 어떻게 된 거예요?"

아트로포스가 던진 질문은 나도 하고 싶었던 질문이었기 때문에 난 라케시스가 대답하기만을 기다렸다. 얼굴 가득히 궁금하다는 표정을 떠올리며 말똥말똥한 눈으로 자신을 쳐다보고 있는 나와 아트로포스를 보면서 라케시스는 천천히 입을 열었다.

"내가 너희들을 구한 거야. 만약 그때 내가 구해주지 않았다면 아르카디아 최초로 중용의 법칙 실패라는 대기록이 세워졌을걸?"

흘…… 중용의 법칙 실패의 대기록을 세우지 못해서 엄청나게 미안하군. 그건 그렇고, 라케시스가 때맞춰 날 구해냈다는 소리는… 내 일거수일투족을 감시하고 있었다는 뜻?

"날 감시하고 있었나?"

"그렇다고 할 수 있지."

"언제부터?"

"네가 천마계에 들어왔을 때부터."

난 라케시스와의 짧은 문답을 통해서 그녀가 자신의 능력으로 이곳에서 날 쭉 지켜보고 있었다는 것을 알게 되었다. 그리고 그것은 천신계에 있는 클로토 역시 내가 천신계에 있을 때 날 지켜보고 있었다는 것을 뜻했다. 내가 마지막 성물을 얻고 돌아오자 라케시스와 클로토가 냉큼 돌아가 버렸던 것은 바로 이런 상황에 대비해서 날 지키기 위한 행동이었던 것이다.

"이드! 다음부터는 상대의 숫자를 봐가면서 하라구!"

이제 모든 상황 설명이 끝났다고 생각했는지 라케시스는 다시 날 질책하기 시작했다. 나 역시 내가 너무 무모하게 싸우고 있었음을 인정했기 때문에 그녀의 질책을 얌전히 받았다.

"에휴~ 하여튼 다음부터는 잘 좀 처신해."

내가 너무 얌전하게 있자 혼낼 기분도 들지 않는지 라케시스의 질책은 거기서 끝을 맺었다. 그래서 난 하고 싶은 질문을 그녀에게 던졌다.

"천신계와 천마계에서 중용자가 나타났다는 소식은 다 알려졌어?"

"당연하지. 그렇게 들쑤셔 났는데 모르겠어?"

"그럼, 이제 어떻게 해야 되는 거야?"

"어떻게 하긴 뭘 어떻게 해? 암살 방식으로 나가야지."

호오~ 암살이라……. 중용자가 이제 전문 킬러로 나서야 한다는 거냐? 아주 그냥 날 살상용 기계로 만들어라!

"괴롭더라도 참아."

내 표정이 어두운 것을 보고 라케시스가 한마디했다. 지금까지의 중용자 모두 그런 괴로움을 겪으면서 중용의 법칙을 완성했기 때문에 그 정도에 포기하지 말라는 뜻이었다. 나 역시 그런 것은 알고 있었으나 쿤제는 중용의 법칙을 완성한 다음이었다.

"라케시스, 중용의 법칙을 달성하고 나서…… 난 어떻게 되는 거야?"

"음…… 아마 잠깐 동안 영계로 갔다가 바로 네 세계에 돌아가게 될 거야. 확실하게 말할 수는 없지만 그렇게 된다고 들었어. 그리고 이런 얘기는 안 하려고 했지만, 영계에 가게 되면 여기서 있었던 일은 모두 기억에서 사라지게 될 거야."

후후…… 기억을 못하게 된다라……. 꿈을 꾸게 되는 것보다는 훨씬 나을지도 모르겠군. 하지만 만약 몸이 성하지 않은 상태에서 자기 세계로 돌아가게 되면 자신이 왜 다쳤는지 모르게 되는 것 아닌가? 아, 영계에서 기억 조작을 할 테니까 그럴 일은 없겠군.

"이드, 어쨌든 지금은 중용의 법칙을 실현하는 일에 집중하라구. 그렇지 않다간 네 세계에 돌아가기는커녕 여기서 뼈를 묻게 될지도 모르니까."

라케시스는 내가 마음을 약하게 먹을까 봐 그런 말로써 내 마음을 붙잡아 매려고 했다. 하지만 난 결코 마음을 약하게 먹지 않았다. 단지 내가 생각하고 있는 것은 네프나 할멈과 스파트가 나에게 부탁했던 바로 '그것'일 뿐이었다.

흐흐…… 중용의 법칙을 달성하고 내가 영계로 가는 순간, 그 순간에 영계를 무너뜨리면 되겠군. 천마계에서 천신족과 천마족 군사들과 싸울 때는 영계로 갈 수 있는 방법도 모른 채 중용의 법칙만 실현해서 뭐 하냐는 생각 때문에 제대로 싸우지 못했지만, 지금 그 방법이 정해진 이상… 반드시 중용의 법칙을 실현한다!

저벅저벅—

주변이 깜깜한 저녁이었는데도 저택의 경계는 매우 삼엄했다. 중용자가 천신족과 천마족의 군사들을 쓸어버렸다는 소식이 퍼지고 나서부터 천신계에서는 적어도 세 명 이상의 능력자가 한 저택에 같이 머물면서 중용자의 기습에 대비하고 있었다. 특히 중용자가 암살 방법으로 나오고 있기 때문에 저택의 경비는 더욱 삼엄해졌다.

"이번엔 조금 위험할지도 모르겠네요."

저택 주변에 쫙 깔린 천신족 병사들을 보며 아트로포스가 조금 걱정스러운 듯한 어조로 입을 열었다. 나와 아트로포스는 저택 앞쪽에 있는 나지막한 언덕에 몸을 숨기고 저택의 동향을 살피는 중이었다.

"우선 저택의 지붕 위쪽으로 날아가서 그 다음을 생각해 보자구."

"네."

아트로포스는 내 의견에 아무런 의의를 제기하지 않았고, 난 즉시 비행 마법을 통해 목표 지점인 저택의 지붕 위까지 유유히 날아갔다. 고도를 상당히 높여서 비행했기 때문에 아무리 예리한 감각을 지닌 천신족 능력자라 하더라도 내 몸 주위의 마나장을 느끼는 것은 불가능했다. 그래서 약간 시간이 걸리기는 했지만 저택 지붕 위까지 가는 데에는 아무런 문제도 없었다.

탁—

저택 밖에서 들려오는 곤충 소리에 비해 너무나 작은 소음을 내며 우리는 저택의 지붕 위에 사뿐히 착지했다. 건물 지붕은 전형적인 삼각 형태였고, 여기저기에 창문이 땅과 직각으로 나 있었다. 그래서 창문 쪽에도 작은 지붕이 만들어져 있었고, 나와 아트로포스는 바로 그 창문 지붕에 앉아 몸을 숙인 채 다음 계획을 구상했다.

"굴뚝으로 들어가면 어떨까요?"

"굴뚝은 거실 쪽하고 연결되어 있어서 저택 안에 있던 녀석들에게 발견될 확률이 많아. 그리고 천신족 능력자들쯤 되면 굴뚝으로 중용자가 들어올지도 모른다는 생각에 방어를 철저히 하고 있을걸?"

"그럼 어떻게 할 거예요?"

"글쎄, 어떻게 하는 게 좋을까?"

완전히 방어만 하고 있는 녀석들을 두들긴다는 건 결코 쉬운 일이 아니었기 때문에 나라고 무슨 뾰족한 수가 생기지는 않았다. 그러다가 뭔가 한 가지 생각이 떠올라서 아트로포스에게 지시를 내렸다.

"로스, 그 목걸이로 클로토 좀 불러봐. 할 얘기가 있어."

"……?"

내가 갑자기 클로토를 찾자 아트로포스는 의아한 표정을 지었지만 내 말대로 가지고 있던 통신용 목걸이를 통해 클로토와 연락을 취했다. 그리고 잠시 후 클로토와 연결이 되자 목걸이를 나에게 건네주었다. 아트로포스에게서 목걸이를 건네받자마자 클로토의 목소리가 머리 속으로 직접 들려왔다.

〈무슨 일이죠, 이드님?〉

한 가지 부탁하고 싶은 게 있어서. 클로토는 중용자에게 강제력을 행할 수 있으니까 날 작게 만드는 것도 가능하지?

〈그렇긴 하지만 왜 그런 걸 물어보시는 거죠?〉

그거야 당연히 날 작게 만들어달라는 요청을 하려는 거 아니겠어? 가능하면 눈에 잘 띄지 않는 초파리 수준의 곤충으로 만들어줘. 반드시 날 수 있는 종류여야 해. 그리고 시간이 지나면 저절로 내 원래 몸으로 돌아올 수 있도록 해줬으면 하는데.

〈별로 어렵지는 않아요. 그런데 몸을 작게 만들어서 저택 안에 침입한 뒤 몸이 원래대로 회복된 다음에 공격할 건가요?〉

정확히 맞췄어. 어쨌든 내가 신호를 내리면 내 몸을 작게 만들어줘. 그리고 원래대로 돌아오는 시간은 30분쯤 후로 해주고. 아트로포스에게도 부탁할 게 있으니까 잠깐만 기다려.

〈알았어요. 목걸이를 통해서 강제력을 전송할 거니까, 이드님의 몸이 작아진 다음에 목걸이가 지붕 아래로 떨어져서 병사들에게 들키는 일이 없도록 주의하세요.〉

클로토에게 주의 사항을 듣고 나서 난 목걸이를 아트로포스 가까이 가져간 뒤에 아트로포스에게 내 계획에 대해 알려주었다.

"난 클로토의 힘으로 몸을 작게 한 다음에 저택에 잠입해서 공격을 할 거야. 로스가 할 일은 내가 일을 다 끝마치고 나올 때 천마계로 바로 워프할 수 있는 차원 이동 마법진을 그려주는 거고. 마법진은 운디네의 물방울로 이 지붕에다가 안 보이게 그려놓은 다음에 내가 오면 바로 워프! 이해했지?"

끄덕.

아트로포스는 조용히 고개를 끄덕였다. 그래서 난 운디네에게 아트로포스의 말을 잘 따르도록 지시한 뒤에 운디네를 아트로포스에게 양도했다. 또한 내 몸이 작아지고 나면 나로서는 목걸이를 들고 있을 수가 없기 때문에 목걸이가 아래로 떨어지지 않게 아트로포스가 잘 받아야 한다는 것도 일러주었다. 그렇게 하고 나서 난 클로토에게 신호를 했다.

우웅—

목걸이를 따라 클로토의 강제력이 내 몸으로 파고들었고, 이내 내 몸은 순식간에 줄어들었다. 그 순간 목걸이는 중력 방향으로 이끌렸지만 아트로포스가 목걸이를 잡아내어 목걸이가 땅 아래로 떨어져 병사들에게 우리의 존재를 들키게 되는 불상사는 일어나지 않았다.

윙윙윙—

흐으…… 아무리 내가 생각해 낸 방법이라고 해도 초파리로 변하니까 기븐이 무지 드럽군. 그런데 설마 초파리로 변하면 파리로서의 본능이 나타나는 건 아니겠지? 예를 들어 지나가던 새가 갈겨놓은 새똥을 토면 눈이 확 돌아가면서 무작정 달려든다든지 하는……!

"어이가 없군. 파리로 변한 중용자의 몸속에 처박혀 있어야 하다니."

"그러게 말이야. 지저분해서 미치겠다."

내 몸이 초파리로 변하자마자 내 몸속에 있던 사라만다와 노움이 불만을 토했다. 하지만 난 그 둘을 무시하고 바로 굴뚝을 통해 저택 안으로 잠입했다. 굴뚝에서 불을 때고 있었기 때문에 뜨거워 죽을 뻔했지만, 어쨌든 무사히 저택의 거실로 들어가는 데에는 성공할 수 있었다.

철컹—

거실 안에는 내가 예상했던 대로 여러 명의 무장 병사들이 굴뚝 주위를 활보하면서 경계를 늦추지 않고 있었다. 하지만 눈에 잘 보이지도 않는 초파리 하나가 굴뚝을 통해 거실로 들어온 것에 신경 쓰는 병사들은 단 한 명도 없었다. 심지어는 거실 안에서 서로 얘기를 나누고 있던 고위 능력자들조차 내 존재를 전혀 눈치 채지 못했다.

흐음…… 거실 안에 있는 능력자가 3명……. 나머지는 각자의 방에 있겠군. 우선 위치를 알아내서 가장 빨리 녀석들을 암살할 수 있는 루트를 찾아야지. 파리로 변했으니 열심히 싸돌아다녀 볼까?

윙윙윙—

난 열심히 날개를 움직이며 저택 안을 활보했다. 아무리 문이 닫혀 있어도 방과 문 사이에는 약간의 틈이 있었기 때문에 방으로 무단 침입하는 것은 아주 쉬웠다. 그런 식으로 저택 안의 고위 능력자 수를 파악한 결과 모두 13명이라는 것을 알게 되었다.

에…… 우선 방 복도에 잠복해 있다가 내 몸이 원래대로 돌아오면 마법으로 방을 때려 부순 다음에 거실로 가서 남은 능력자를 제거하고 재빨리 창문을 통해 빠져나가야겠군. 방에서 쉬고 있는 능력자 중에는 가족과 함께 잠든 녀석들도 있지만, 어쩔 수 없이 그 가족도 방과 함께 날려주는 수밖에.

"사악하군."

"자기가 살려고 남을 그렇게 쉽게 죽이냐?"

내 계획을 엿들은 사라만다와 노움이 날 비난했다. 그렇지만 일일이 능력자들만 골라 죽이다가는 도리어 내가 역습을 당할 우려가 있기 때문에 그럴 수는 없었다. 내가 살기 위해서 난 그런 사악한 짓을 해야 했던 것이다.

"그건 자기 합리화일 뿐이다."

흐으…… 사라만다…… 내가 자기 합리화를 하든 말든 내버려 둬. 난 초대한 빨리 중용의 법칙을 끝내서 영계로 가야 한다고. 그리고 영계를 없애야 해. 그렇지 않으면 내가 중용의 법칙을 실행하는 의미가 없어져.

"네놈이 영계를 없앨 수 있을까?"

글쎄… 그건 해봐야 알지. 만약 내가 영계 제거에 실패한다면 나라는 존재가 대신 제거당하겠지. 내 목숨이 걸린 일이니까 난 최선을 다할 뿐이다.

……

30분의 시간은 금방 흘러갔다. 내가 복도에 세워놓은 장식용 석상에 달라붙어서 기회를 엿보고 있다는 것을 그 어떤 자도 눈치 채지 못했다. 그리고 내 몸이 원래대로 돌아오는 순간엔 복도를 지나가는 녀석도 없었기 때문에 난 제법 여유있게 내 계획을 실행할 수 있었다.

콰콰쾅—!

엄청난 폭발이 각 방에서 터져 나왔다. 내가 고밀도의 파이어 볼을 각 방에 던졌기 때문이었다. 하지만 아무리 자고 있다고는 해도 겨우 파이어 볼 하나 가지고 능력자를 죽일 수 있을 리는 없어서 즉시 정령들의 힘과 섞어서 두 번째 공격을 가했다. 그래서인지 이번 폭발은 저택 천장의 일부가 무너져 내릴 정도로 강력했다.

"무슨 일이냐?!"

갑작스런 연속 폭발에 거실 쪽으로부터 여러 명의 병사를 대동한 능력자 하나가 급히 달려왔다. 그 순간을 노려 난 날카로운 얼음 화살을 능력자에게 날렸고, 급히 달려오느라 흥분 상태에 있는 능력자는 폭발로 인한 안개 때문에 내 얼음 화살을 보지 못하고 그대로 가슴을 꿰뚫리게 되었다.

흘…… 안개가 능력자의 시야를 가려주는 효과는 전혀 생각지도 못했는데 운이 좋군. 난 중용자의 감각이 가리키는 대로 무작정 얼음 화살을 날렸기 때문에 시야가 가려져도 상관없고 말이야. 음…… 방에 있던 능력자들의 느낌이 없는 걸로 봐서는 내 기습 공격에 모두 죽은 모양인데?

"중용자다! 중용자가 침입했다!"

이런 일을 저지를 자는 중용자밖에 없다는 생각에서인지 모두들 그렇게 외치며 뛰어다녔다. 일단 중용자가 침입했다는 정보가 입수되자 혼란스러웠던 저택 안은 금방 가라앉았고, 각 복도 끝에 병사들이 신속하게 배치되었다. 아직 내가 처리해야 할 능력자가 거실 쪽에 두 명 남아 있었기 때문에 난 이대로 내뺄 수도 없었다.

크…… 생각보다 녀석들의 혼란이 너무 쉽게 가라앉아 버렸어. 비록 개개인의 능력은 보잘것없지만 역시 훈련을 잘 받은 탓에 대처가 꽤 빠르구만. 이제 어쩔 수 없이 정면 돌파를 해서 남은 두 능력자를 죽인 다음에 무사히 여길 빠져나가는 수밖에 없다!

"윈드 코트Wind Court 블래스트 블레이드Blast Blade!"

난 흐트러지려는 정신을 한곳에 모으며 바람 마법 중에서 가장 강한 따블을 구사했다. 눈에 보이지 않는 날카로운 바람의 칼날은 내 앞을 가로막은 병사들을 무참히 베어 쓰러뜨렸다. 비록 병사들의 수가 많다 하더라도 초월의 꽃 열매의 초중력을 사용하고 있는 내 이동 속도를 따라잡을 수 없으니, 솔직히 말해서 병사들은 있으나마나 한 존재들이었다.

"천뢰폭(天雷瀑)!"

병사들은 있으나마나한 존재였으나 병사들의 호위를 받고 있는 능력자들은 결코 만만한 존재가 아니었다. 한 능력자가 내가 가는 길목에 마치 하늘에서 무수한 벼락이 떨어지는 것처럼 번개 공격을 가해 왔던 것이다.

파파팍—

무시무시한 벼락 공격이었으나 내 정령들이 합심하여 내 피부 바로 위에다 방어막을 쳐놓은 덕택에 인간 전기 통구이가 되는 불상사는 면하게 되었다.

피잉—

한 능력자의 공격을 정령들이 막아냄과 동시에 난 불화살을 그 능력자에게 쏘았다. 정령이라는 제2의 나 자신을 가지고 있는 나와는 달리 그 능력자는 자기 혼자만 힘을 쓸 수 있었기 때문에 내가 공격을 받으면서 반격을 하리라고는 꿈에도 생각하지 못한 듯했다. 그래서 그 결과는 불화살이 능력자의 가슴을 관통하는 것으로 나타났다.

"풍검(風劍)!"

이 저택에 마지막으로 남아 있는 능력자는 바람으로 칼을 만들어 날 베려고 했다. 바람의 칼은 모양을 마음대로 변형시키는 게 가능해서 근접전이든 원거리 공격이든 다 가능한 병기였다. 그렇지만 그 능력자 자체의 실력은 그리 강하지 않아서 풍검이 내 몸에 닿기도 전에 전격 마법인 디스트럭션Destruction에 의해 두뇌를 파괴당해 버렸다.

콰쾅—!

간단하게 두 명의 능력자를 해치운 나는 즉시 방향을 틀어 지붕을 뚫고 밖으로 나갔다. 지붕 위에는 내가 지시했던 대로 아트로포스가 마법진 위에 서서 내가 오기만을 기다리고 있었다.

"무사하셨군요!"

내가 땀방울조차 흘리지 않고 멀쩡한 몸으로 저택을 탈출하자 아트로포스의 얼굴에는 기쁨이 번졌다. 그러한 아트로포스의 표정을 보고 있으니 능력자들을 죽여서 꿀꿀해진 마음이 완전히 풀어져 버렸다. 그건 별로 좋은 일이라고는 할 수 없었지만 기분 풀린 건 풀린 거였다.

팟—

마법진 위에 서서 천마계로 가는 생각을 하자 나와 아트로포스는 순식간에 천신계에서 천마계로 차원 이동을 했다. 천신족 능력자라면 아직 남아 있는 마법진을 이용해서 쫓아올 수도 있겠지만, 능력자는 모두 죽고 일개 병사들만 남아 있으니 그걸 걱정할 필요는 전혀 없었다.

"휴우……."

무사히 천신족 능력자 살상을 마치고 나자 긴장이 풀리면서 저절로 한숨이 나왔다. 아트로포스는 많이 소모된 내 정신력을 자신의 힘으로 풀어주며 날 다독여 주었다.

"잘하셨어요. 이제 남은 건 천신족과 천마족의 최고위 능력자들뿐이에요."

흠…… 중용의 법칙이랍시고 천신족·천마족의 능력자들을 죽이는 건 잘하는 일이 아닌 것 같은데… 뭐, 어쨌든 아트로포스 말대로 남은 건 천신족과 천마족의 지배자들뿐이니, 그것만 잘 해결하면 중용의 법칙은 끝나는군.

"우선 어떤 최고위 능력자를 없앨 건가요?"

아트로포스는 없앤다는 말을 입에 쉽게 담으며 나에게 물음을 던졌다. 그리고 난 아트로포스보다 더 강한 의미의 말을 입에 담으며 대답했다.

"천마족 지배자부터 죽일 거야. 천신족 지배자는 전투 경험이 그렇게 많지 않을 게 뻔하니까 우선 전투에 능란한 천마족 녀석부터 없애 버려야지. 그래야 편하잖아."

"그렇겠군요."

아트로포스는 내 말에 동의했다. 그리고 지금은 많이 지쳤으니 나중에 하기로 하고 오늘은 편히 쉬자는 말을 덧붙였다. 확실히 오늘 밤은 한 번에 많은 마법을 사용했고, 이미 자야 할 시간이기 때문에 그녀의 뜻대로 여관을 잡아 편히 쉬었다. 물론 천마계의 화폐는 전혀 가지고 있지 않았지만 지나가던 천마족에게 시비 걸어서 돈을 내기로 한 정당한 결투를 만든 다음, 싸움에서 이겨서 돈을 갈취했기 때문에 돈 걱정은 전혀 할 필요가 없었다.

"음……."

나만큼이나 긴장을 했었는지 아트로포스는 여관 침대에 눕자마자 잠에 빠져들었다. 난 그런 아트로포스의 옆에 누워 잠시 동안 잠이 든 아트로포스의 얼굴을 바라보았다. 중용의 법칙을 처음 실행했을 때부터 지금까지 계속 아트로포스와 같은 방에서 잤었다. 여행 경비를 아끼자는 측면도 있었지만, 그것보다는 같이 자는 편이 훨씬 안전하기 때문이었다.

그렇지만 중용의 법칙 실행이라는 큰 과제를 안고 있어서인지 둘 다 그냥 얌전히 잠만 잤다. 중용의 법칙 외의 다른 생각을 하기에는 우리들의 정신 상태가 여유롭지 않았던 것이다.

후우…… 천마족 능력자들은 중용자가 나타났다는 소식을 들어도 맨날 혼자 퍼질러 놀기만 해서 해치우는 데에 아무런 문제가 없었지만 천마족 지배자는 조금 다르겠지. 뭐, 어쨌든 난 반드시 녀석을 해치울 거니까 그 걱정은 내일 하기로 하고 지금은 마음 편히 잠이나 자자!

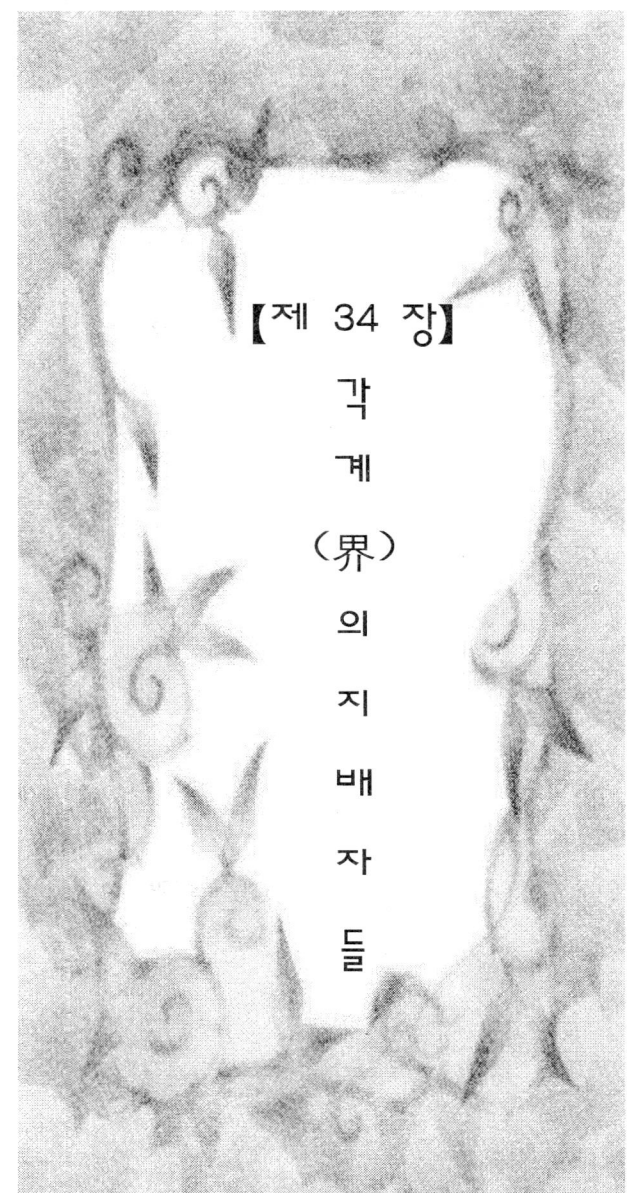

【제 34 장】

각
계
(界)
의
지
배
자
들

　나와 아트로포스가 천마계와 천신계에 발을 들여놓은 지도 꽤 지난 것 같았다. 그동안 중용의 법칙을 실행하느라 천마계와 천신계를 여러 번 왔다 갔다 해야 했지만 그다지 피로감은 생기지 않았다. 단지 중용의 법칙이라는 것으로 죽어야만 하는 능력자와 그의 가족들을 볼 때마다 내 기분은 밑바닥으로 가라앉았을 뿐이다.

　"저곳이 천마족의 최고위 능력자가 살고 있는 궁전인가요?"

　"맞을 거야. 중용자의 감각이 그렇다고 하고 있으니까."

　난 아트로포스의 물음에 답하면서 궁전을 차근히 살펴보았다. 한낮이라 그런지 황금으로 도금된 궁전은 휘황찬란한 색을 뿌리고 있었다. 그리고 수많은 병사들이 궁전 안팎을 거닐면서 물샐틈없는 경계를 하고 있었다.

　흠…… 역시 지배자의 위치에 있으니까 사는 곳이나 거느리는 병사들의 수가 보통이 아니군. 뭐, 그래 봤자 병사들은 내 상대가 아니니까 전혀 신경 쓸 필요 없지. 저번에 했던 것처럼 내 몸을 작게 만든 다음 몰래 궁전 안으로 들어가서 천마족 지배자만 죽이고 나오면 간단해!

"이드님, 라케시스님이 하실 얘기가 있대요"

그때 아트로포스가 나에게 목걸이를 내밀면서 그렇게 말했다. 그래서 난 목걸이를 받아 들고 라케시스와 통화했다.

아아, 마이크 시험 중, 마이크 시험 중. 하나 둘 셋, 하나 둘 셋.

⟨너, 지금 뭐 하는 거야? 이상한 짓거리 하지 마!⟩

흠…… 내가 이상한 짓거리를 하든 말든 신경 쓰지 마라. 난 원래 그런 녀석이니까. 그나저나 무슨 일로 전화했나?

⟨전화? 뭐, 어쨌든… 너, 설마 천마족 수장(首長)의 궁전에 내 힘을 이용해서 들어가려고 하는 건 아니겠지?⟩

얼레? 방금 막 그렇게 하려고 생각하고 있었는데… 무슨 좋은 생각이라도 떠오른 거야?

⟨좋은 생각은 너 스스로 하고, 그것보다 난 이번에 도움을 줄 수가 없어. 수장의 궁전에는 일종의 결계가 쳐져 있어서 우선 그걸 뚫지 못하는 한 절대 궁전 안에 침입할 수 없으니까. 결계의 강도나 범위에 대해서는 너 스스로 조사해. 그럼 이만!⟩

……

자기 할 말을 다한 라케시스는 일방적으로 통신을 끊어버렸다. 그렇지만 그녀가 나에게 하고자 했던 말은 내 머리 속에 모두 입력된 상태였기 때문에 나로서는 별 불만은 없었다. 단지 전화와 통신 예절을 모르는 라케시스에게 따끔한 충고를 하지 못한 것이 아쉬웠을 뿐이었다.

"라케시스님이 뭐라고 하셨어요?"

내가 목걸이를 돌려주자 자연스럽게 아트로포스의 질문이 날아왔다. 그래서 난 라케시스가 나에게 했던 말을 요약해서 들려주었다.

"저 궁전에는 결계가 쳐져 있어서 우리끼리 알아서 하래."

"결계요?"

"어. 천마족 지배자의 궁전인만큼 강한 결계가 쳐져 있을 것 같은데…… 설마 저 넓은 궁전 전체에 몽땅 결계를 치는 무식한 짓은 안 했겠지? 음…… 설마 안 했겠지."

난 완전히 자문자답 형식으로 헛소리를 한 뒤에 실프를 불러 모종의 지시를 내렸다.

"실프, 우선 저 궁전에 바람을 불게 해봐. 대신 정령력으로 바람을 궁전까지 밀지 말고 궁전에 바람이 도착할 때쯤에는 정령력을 거두어들여서 바람이 관성에 의해 자연스럽게 궁전까지 불도록 해야 해."

"네."

내 지시를 받은 실프는 내 몸속으로부터 나온 뒤 아트로포스에게도 들리게끔 대답을 하고는 공중으로 사라졌다. 그리고 잠시 후에 다시 우리들 눈앞에 모습을 드러내었다. 나에게 결과를 보고하기 위해서였다.

"바람은 그대로 궁전 안을 통과했어요. 결계 같은 건 전혀 느껴지지 않았구요."

흐음…… 그렇군. 그 말만 들어보면 결계가 없다고 생각할 수도 있지간, 바람 같은 무생물은 그냥 결계를 통과할 수 있을지도 모르니까 조심에 조심을 기해야지.

"노움! 땅속에 있는 개미 한 마리 잡아서 저 궁전 가까이 몰아봐. 생물이 결계를 통과할 수 있을지 없을지 봐야 하니까."

무생물 실험 대신 생물 실험을 하기로 한 나는 노움에게 그런 지

시를 내렸다. 그러나 노움은 실프와는 달리 쉽게 내 말을 들으려 하
지 않았다.

"왜 그런 걸 나한테 시켜?"

흐으…… 소환주님이 하라면 하는 거지 뭐가 불만이야? 그리고 개
미는 땅속에 사니까 땅의 정령이 개미를 잡아야 하는 건 당연하잖아!

"쳇! 알았다!"

내 마지막 말이 결정타였는지 노움은 툴툴거리며 땅속으로 기어
들어가 개미를 한 마리 끄집어내고는 그 개미를 몰면서 궁전으로 향
했다. 그리고 잠시 후 개미를 이용한 실험을 마친 노움이 나에게 그
결과를 보고했다.

"궁전에 거의 다 와서 개미가 그 이상 나가지 못했다. 그런데 옆으
로 살짝 방향을 틀어서 모니까 들어가더라. 결계가 어떤 식으로 쳐져
있는지는 전혀 모르겠어."

흘…… 개미가 앞으로 가지 못한 건 분명 결계가 쳐져 있기 때문
이겠지……. 그런데 방향을 조금 바꾸자 개미가 안으로 들어갔다는
건…… 결계가 완전한 막으로 되어 있는 게 아니라는 소리인가? 뭐,
어쩔 수 없군. 수많은 실험으로 확인해 보는 수밖에!

"실프, 운디네, 사라만다, 노움, 잭 오 랜턴! 너희들은 지금부터
……!"

난 다섯 정령들에게 생물을 이용한 실험을 하라고 지시를 내렸다.
그것은 결계의 범위와 모양을 알아보기 위해 생물을 직접 궁전 안으
로 투입시키는 방법이었다. 아까 노움이 했던 것처럼 개미를 이용하
여 생물이 결계를 통과할 수 있는 위치와 범위를 알아내고, 허공에
쳐져 있는 결계는 날아다니는 새를 이용하여 알아내고자 했다. 정령
들이 하는 일은 바로 그런 식으로 어느 위치에서 생물이 통과했다

통과하지 못했다를 알려주는 것이었고, 나와 아트로포스가 하는 일은 그들의 보그를 받아 그것을 토대로 결계의 범위와 모양을 구상해 내는 것이었다.

…….

실험 시간은 생각보다 길었다. 벌써 해가 서산 너머로 넘어가고 있었던 것이다. 하지만 모든 실험이 다 끝났을 때에 나와 아트로포스는 마침내 결계의 범위와 모양을 구상해 냈다. 결계는 궁전의 바깥까지 포함하여 반구형(半球形)으로 둘러쳐져 있었는데, 그 진짜 모습은 그물이었다. 즉, 반구형의 그물이 궁전에 결계로써 둘러쳐져 있었던 것이다.

에…… 그물 구멍의 크기는 사람이 낮은 포복하면 들어갈 수 있을 정도. 그물 결계가 아닌 완전한 반구 결계를 치면 참새나 곤충 같은 작은 생명체가 궁전 안의 정원에서 살지 못하기 때문에 일부러 결계를 그물 모양으로 만든 건가? 예상 밖으로 천마족 지배자는 자연을 사랑하는 환경론자일지도…….

"이제 어떻게 할 거예요?"

모든 실험이 끝나고 결계의 범위와 모양을 파악하고 나자 아트로포스가 나에게 침투 방법을 물어왔다. 생각 같아서는 라케시스의 힘으로 몸을 작게 만든 다음 천마족 지배자를 죽인 후 탈출하고 싶었지만 나중이 임무를 완수하고 탈출할 때 결계를 뚫어야 하기 때문에 조금 무리였다. 그래서 난 약간 다른 방법을 생각해 내었다.

"음…… 아무래도 내가 저 안에 스스로 침투해서 나중에 천마족 지배자를 죽인 후에 라케시스의 힘으로 몸을 작게 만들어서 결계를 탈출하는 게 좋을 것 같아."

"그런데 어떻게 저 안으로 들키지 않고 들어갈 거죠?"

"뭐… 어떻게든 되겠지."

난 그렇게 얼버무린 다음에 아트로포스에게 통신용(?) 목걸이를 달라고 했다. 내 요구에 아트로포스는 미심쩍은 표정을 지었으나 순순히 목걸이를 건네주었다. 아트로포스에게서 목걸이를 받은 나는 그녀에게 저번과 같은 주문을 했다.

"아, 그리고 이쯤에서 차원 이동 마법진을 준비해 줘. 일을 끝내자마자 바로 날라야 하니까."

"…알았어요."

"그럼 빨리 끝내고 올게."

난 그 말만을 남긴 채 어둠이 내려앉은 궁전 쪽으로 접근했다. 아트로포스의 호위를 맡고 있는 운디네를 제외한 네 정령들이 날 도와주었기 때문에 궁전 경비병들의 눈에 띄지 않고 무사히 결계에까지 도달할 수 있었다. 그리고 나서 난 정령들이 조사해 놨던 결계의 틈으로 몸을 들이밀었다. 그것은 완전히 그물에 걸린 고기가 그물을 빠져나가려고 하는 격이었다. 물론 그 그물 구멍의 크기가 고기의 몸집보다 크기 때문에 그것이 가능했다.

바스락—

땅에 뿌리를 박은 잡초 위를 낮은 포복 자세로 열심히 기었다. 자신들의 몸으로 결계 틈의 위치와 크기를 정확히 알려주고 있는 정령들 덕택에 난 무사히 결계를 통과할 수 있었다. 어쨌든 아주 쉽게 결계 안으로 침투한 나는 통신 목걸이로 라케시스에게 나중에 일 완수하면 내 몸을 작게 만들라는 지시를 내린 후 초월의 꽃 열매의 초중력을 이용하여 빠른 속도로 궁전의 성벽을 넘어 궁전 건물의 지붕에 사뿐히 내려앉았다.

"이제부터 너희들은 천마족의 지배자라고 생각되는 자가 어디에 있는지 찾아서 알려줘."

난 네 정령들에게 명령을 했고 실프와 잭 오 랜턴은 즉시 행동을 개시했다. 사라만다와 노움은 언제나처럼 투덜거린 다음에 내 명령대로 건물 안에 들어가 천마족 지배자를 찾아다녔다. 난 그들이 돌아올 때까지 건물 지붕 위에서 편하게 시간만 보냈다.

"조사 끝났어요."

시간이 어느 정도 흐르자 네 정령들이 거의 동시에 돌아와 나에게 결과를 보고했다. 난 네 정령들이 전부 다른 천마족을 찾아서 보고할 것이라 생각했다. 하지만 정령들의 애기를 종합하자 천마족 지배자로 지목된 존재는 단 한 명뿐이었다.

흠…… 네 정령들이 그 녀석을 천마족 지배자로 지명했으니까 설마 틀리지는 않겠지. 어쨌든 그 녀석을 찾아서 정체를 물은 다음에 없앨 것인가 말 것인가를 정하자.

휘잉—

난 정령들이 지목한 건물 쪽으로 날아가 그 천마족 지배자가 머물고 있는 방의 창문을 빠른 속도로 뚫고 지나갔다. 당연히 창문은 와장창 부수어졌지만 창문 깨지는 소리는 전혀 나지 않았다. 실프가 창문 주위에 일시적인 진공을 만들어 소리를 차단했기 때문이었다. 그러나 깨진 창 조각이 방 안으로 떨어질 때 나는 소리까지는 제어할 수 없었다. 그리고 나 역시 그것을 예상하고 창문을 깬 것이라 방 안에 있던 자가 날 발견하든 말든 신경 쓰지 않았다.

"중용자인가?"

내가 방 안으로 무단 침입을 하자마자 내 귓속으로 차분한 어조의 물음이 들려왔다. 고개를 들어 주위를 둘러보니 정령들이 보고했던 대로 카리스마가 팍팍 느껴지는 중년 천마족 남자가 침대에 여유있

249

게 앉아 있는 것을 볼 수 있었다. 처음 본 순간 그 중년 천마족 남자가 천마족 지배자일 것이라는 느낌이 팍팍 들 정도였다.

"당신이 천마족 지배자인가?"

척 보면 딱이었지만 예의상 난 그에게 질문을 던졌다. 그러자 천마족 중년 남자가 차분한 표정으로 내 잘못을 지적했다.

"내가 먼저 물었네."

"……."

흘…… 어차피 예절이라고는 찾아볼 수도 없는 천마족이면서 그런 걸 왜 따져? 그냥 내 질문에 대답만 하면 그만이지!

"난 중용자 이그드라실이다. 넌 천마족 지배자인가?"

약간 기분이 나빠졌기 때문에 내 어투도 조금 거칠어졌다. 그러자 천마족 중년 남자는 또다시 트집을 잡기 시작했다.

"그게 자기보다 나이가 많은 존재에게 쓸 수 있는 어투인가?"

"……."

흐으…… 이건 뭐 천신계에 온 듯한 느낌이 드는구만. 천마족 지배자라고 해서 엄청나게 방탕한 생활을 하고 있을 거라 생각했는데, 그게 점점 빗나가고 있는 듯한……!

"난 천마족 수장 광천마왕(光天魔王) '페르오'라네. 벌써 천마계의 고위 간부들을 모두 죽인 그대의 솜씨에 우선은 경의를 표하지."

천마족 지배자 페르오의 어조는 말의 내용과는 다르게 결코 좋지 않았다. 그런데도 그는 경비병들을 불러 날 제거하려고도 하지 않았다. 뭔가 나하고 얘기를 하고자 하는 그의 모습에 난 질문을 던졌다.

"오늘 내가 올 걸 알고 있었나?"

"말투에 싸가지가 없는 건 안 바뀌는군. 뭐, 그대와 난 어차피 적이니까 그런 것에 신경 쓸 필요는 없겠지."

흠…… 도대체 저 천마족은 왜 계속 내 질문을 씹는 거야?

"방금 난 내 방문을 네가 알고 있었냐고 물었다."

"아, 그렇군. 그런데 그런 질문은 어리석지 않나? 내가 어떻게 그대의 방문 시기를 알 수 있겠나? 그저 언젠간 오겠지라고 생각하고 있었을 뿐이지."

페르오는 여전히 침대 위에 걸터앉은 자세로 대답했다. 내 기습 공격에는 전혀 대비하지 않는 것 같은 모습이었다. 그래서 난 그것에 관해 질문을 했다.

"나하고 무슨 할 말이 있나? 중용자와 싸울 준비는 전혀 안 된 것 같은데?"

"그렇지는 않네. 단지 중용자와 목숨을 걸고 정정당당히 겨뤄보고 싶었을 뿐이지. 그리고 그대의 모습을 보면 가만히 있는 상대를 기습해서 죽일 정도로 냉혹한 것 같지는 않으니까 말이야."

헐…… 그러셔? 그럼 지금 당장 기습적으로 공격을 해서 당신 숨통을 끊어드릴까? 말만 해. 머리를 단번에 잘라줄 수도 있고 가슴에 구멍을 뚫어줄 수도 있으니까 말이야.

"그런데‥ 넌 혼자 지내나? 아니면 중용자의 침입에 대비해서 특별히 혼자 있는 건가?"

왠지 천마족 지배자인 페르오에 대해 알고 싶었기 때문에 난 싸움은 뒷전으로 하고 질문을 해댔다. 페르오 역시 만나자마자 싸우는 건 별로인 듯 내 질문에 꼬박꼬박 대답을 했다.

"난 원래 혼자 사네."

"결혼도 안 했나?"

"그렇다네. 여자와 같이 있는 건 전사로서의 감을 떨어뜨리기 때문이지. 나중이는 모르겠지만 현재까지는 여자와 같이 있고픈 생각은 없네."

"설마… 여자와 같이 자본 적이 없다는 건 아니겠지?"

"난 동정이네. 따라서 여자와 같이 자본 적이 없지. 아마 계속 동정인 채로 살다가 수명을 다할 거라고 생각하네."

"천마족 수장의 위치에 있으면서… 왜 쾌락을 추구하지 않지?"

"난 나 자신을 수련함으로써 쾌락을 추구하네. 다른 자들은 다른 방법으로 자신의 쾌락을 추구할 뿐이고. 천신족들의 말대로 하자면 난 정신적인 쾌락주의자… 아니, 그것보다는 명예나 강한 힘을 추구하는 자라고 할 수 있을 거네."

천마족 지배자 페르오의 대답은 내 예상을 완전히 빗나가는 것이었다. 아니, 오히려 바로 그 점 때문에 페르오가 천마족의 수장으로서 군림하고 있는 것인지도 몰랐다. 물질적이거나 육체적인 쾌락만을 추구하는 자는 자신의 실력을 닦을 만한 시간을 가질 수 없기 때문이다.

"이제 슬슬 시작하지. 계속 있다가는 그대의 침입 사실이 경비병들에게 알려지게 되고, 그러면 정당한 결투를 할 수 없게 되니까 말이야."

페르오는 그렇게 말하며 침대에서 일어나 내 앞쪽에 섰다. 그것은 명백히 나와 일 대 일로 싸우겠다는 뜻이었다. 그래서 난 그에게 마지막 질문을 던졌다.

"넌 중용자와 싸워서 이기리라 생각하나?"

"후후, 지면 죽게 되겠지. 그래서 난 최선을 다할 거네. 중용자를 이기면 난 최강의 존재가 되는 거고, 중용자에게 지면 지금까지의 천마족 수장처럼 조용히 사라지겠지."

흠…… 정말 나하고 싸우고 싶었던 건가? 어쩌면 페르오가 제일 무서운 녀석일지도 모르겠군. 지금까지 천마족의 강자들을 쓰러뜨리면서 현재의 자리에 오른 것이라면… 내가 당할지도……

"와라, 중용자!"

우우웅—

천마족 지배자 페르오의 몸에서 강한 천마장이 방출되기 시작했다. 그리고 그 천마장은 외부의 천마장과 공명을 일으켜 강력한 에너지를 형성했다. 그 에너지가 너무 강했기 때문에 난 이곳을 마나 회로로 덮지 않고 대신 내 주위의 천마장만을 몰아내어 내 몸 전체에 마나장을 걸었다. 원거리 공격은 천마계이기 때문에 여러 가지 제약이 많아서 접근전을 펼칠 생각이었던 것이다.

슈욱—

난 초중력의 힘을 사용해서 빠른 속도로 페르오에게 날아갔다. 하지만 결코 녀석이 공격하기 좋으라고 무식하게 일직선으로 날지는 않았다. 이리저리 방향을 틀어 접근 루트를 전혀 예상할 수 없게 만들고자 했기 때문이었다. 그렇지만 페르오는 내가 몸을 움직이자마자 접근전임을 알아채고는 자신의 몸 주변에 고에너지를 뭉쳐 두었다. 그래서 난 섣불리 그에게 접근할 수 없었다.

흠…… 나보다는 싸움을 많이 한 페르오가 접근전에는 유리할 텐데……. 어쨌든 파괴적인 원거리 마법 공격을 할 수 없는 상황에서는 접근전밖에 나에게 승산이 없어! 죽기 살기로 덤빈다!

"죽엇!"

난 여섯 번째 성물인 얇은 장갑의 능력을 앞세워서 페르오에게 주먹을 날렸다 물론 성물의 힘만으로는 페르오에게 타격 주는 건 어렵다고 생각했기 때문에 내 주먹 주위에 강한 바람의 회전 톱날을 만들었다. 마나 회로가 충만한 회로계에서는 근접전용의 마법이 없기 때문에 지금부터 내가 쓰는 마법은 순전히 내가 생각해 내야 하는 것이었다.

콰콰쾅—

강한 힘을 내는 여섯 번째 성물의 능력과 마법으로 만든 회전 톱날, 그리고 실프의 바람 공격이 한꺼번에 페르오에게 전해졌지만 페르오가 만들어놓은 고에너지를 뚫진 못했다. 그래도 내 공격이 전혀 무의미한 것은 아니었다. 내 공격을 받은 페르오의 가슴 쪽 고에너지 방어벽이 무너졌기 때문이다.

"마광포(魔光砲)!"

방어벽의 일부가 무너지자 페르오는 즉시 반격에 나섰다. 그가 사용한 것은 뭉쳐 놓은 고에너지를 응축시켜 발사하는 것이었다. 게다가 그 속도가 눈에 보이지 않을 정도로 빨랐기 때문에 페르오 가까이 있었던 나는 그 빛 덩어리를 단 하나도 피하지 못하고 모조리 맞아야 했다.

콰콰콰쾅—

폭발음이 거의 동시에 들려서 구분하기는 어려웠지만 대충 열 개 정도의 마광포를 맞은 것 같았다. 다행히 처음부터 내 몸에 마나장을 걸쳐 놓고 공격받은 순간 정령들도 방어를 해줬기 때문에 단 한 번의 반격에 골로 가는 비극은 일어나지 않았다. 그렇지만 생각보다 내가 받은 충격은 컸다.

"마광시(魔光矢)!"

마광포의 충격으로 내가 정신을 못 차리고 있을 때 페르오가 제2의 공격을 가해왔다. 빛 덩어리로 화살을 만들어 날리는 것이었는데, 아까와 마찬가지로 빛처럼 빠른 속도라 육안으로 그 빛화살을 확인한다는 건 불가능했다.

"크윽!"

　몸 여기저기서 통증이 느껴져서 난 비명 비슷한 신음을 내질렀다. 통증이 오는 부위는 왼쪽 어깨 부근과 오른쪽 옆구리, 그리고 오른쪽 정강이 쪽이었다. 페르오가 쏜 빛의 화살이 강력한 파워를 가지고 있었기 때문에 통증이 느껴지는 부위는 완전히 화살에 관통당했다는 것을 보지 않고도 알 수 있었다.

　하하…… 의식이 멀어져 간다……. 이번에는 라케시스가 날 구해주지 않는군. 하긴, 페르오의 공격이 워낙 빨랐기 때문에 날 구해줄 시간도 없었겠지……. 어쨌든 난 이렇게 여기서 죽는 건가? 고통 때문에 몸이 거의 마비된 상태니 반격 같은 건…….

　"……!"

　그때 순간적으로 내 머리 속에서 아트로포스의 영상이 떠올랐다. 내가 무사히 돌아오기를 기다리는 아트로포스의 모습이 떠올랐던 것이다. 그리고 이어서 라케시스와 클로토의 모습, 이곳에서 만났던 사람들, 심지어는 지금까지 만났던 인간들의 모습이 주마등처럼 내 머리 속을 스쳐 지나갔다. 상당히 짧은 시간에 그런 많은 인간들의 모습이 떠오른다는 게 정말 이상했지만 그 머리 속 영상들로 인해 난 하나의 이미지를 떠올릴 수 있었다. 그것은 바로 '끈'이었다.

　우웅—

　머리 속에서 떠오른 끈의 이미지는 그대로 외부 세계에 적용되었다. 난 분명히 눈을 뜨고 있었지만 아까까지의 고통 때문에 눈으로 들어온 시각 정보는 내 두뇌에서 전혀 처리하지 않고 있었다. 그런데 끈의 이미지를 떠올린 후에는 다양한 각도에서 페르오의 모습과 건물의 모습, 심지어는 나 자신의 모습조차 볼 수 있었다. 마치 제삼자의 입장과도 같은 것이었다.

　쩌저적—

내가 서 있는 위치를 제외한 나머지 공간이 내가 이미지화한 끈에 의해 유리에 금이 가듯 갈라졌다. 실제로 공간이 갈라진 것은 아니었으나 내 머리에서는 순간적으로 그렇게 인식을 했다. 어쨌든 그 순간이 지나고 나서 갈라졌던 공간은 아무 일 없이 원래대로 되었고, 나 역시 몇 분 전에 깨고 들어왔던 창문 앞쪽에 아무 일 없다는 듯이 서 있었다.

"이것이… 중용자의 힘인가……?"

페르오는 어디 하나 다친 곳 없는 몸으로 나에게 질문을 던졌다. 그렇지만 그의 어조는 죽음을 목전에 둔 것처럼 힘이 없었다. 반면 난 왼쪽 어깨와 오른쪽 옆구리, 그리고 오른쪽 정강이 쪽에 피를 묻히고 있었지만 아까 전에 입었던 상처는 말끔하게 나아 있었다. 아직도 유지되고 있는 끈의 이미지가 내 상처를 낫게 하고 페르오의 몸 내부를 칼로 긋듯이 파괴했기 때문이었다.

"어째서 지금까지의 모든 천마족과… 천신족이 중용자 앞에 무릎을 꿇었는가를 알겠군……. 이 정도의 힘을 가진 중용자를 이긴다는 건… 불가능해……."

털썩—

천마족 지배자인 페르오는 그 말을 끝으로 차가운 방바닥에 몸을 뉘였다. 외관상으로 보기에는 그 어떤 부상도 없는 듯했으나 그의 부릅떠진 눈은 그가 죽었음을 확실하게 말해 주고 있었다. 이미 페르오는 죽었으나 그가 했던 질문에 대한 대답을 하지 못했기 때문에 난 천천히 입을 열었다.

"이건 중용자의 힘이 아니야… 끈을 지배하는 자의 힘이지."

쿵쿵쿵—

그때 누군가 페르오의 방에 침입했음을 뒤늦게 알아챈 경비병들이 열심히 이리로 뛰어오는 소리를 듣게 되었다. 그래서 난 즉시 창문 쪽으로 몸을 던졌다. 어차피 성물의 초중력을 사용하면 가볍게 허공을 날 수 있지만, 지금의 나는 아직 남아 있는 끈의 이미지를 이용해서 비행하고 있었다. 비행 속도가 빨랐기 때문에 결계의 바로 앞까지 가는 건 순간이었다. 그리고 또한 결계가 완전히 부서져 사라지는 것도 순간이었다. 끈으로 결계를 사방으로 잡아당겨 그물을 끊어버리듯 제거했던 것이다.

"아! 이드님!"

내가 하늘을 유유히 날아오자 아트로포스가 반가운 미소를 지었다. 그녀는 내 지시대로 발 밑에 차원 이동 마법진을 그려놓은 상태였다. 하지만 난 그 마법진을 이용하지 않고 그냥 아트로포스의 허리를 안아 그대로 천마계에서 천신계로 워프했다. 끈으로 시공간을 휘게 만들어 아주 짧은 시간에 차원 이동 마법과 같은 일을 했던 것이다.

"윽……!"

성공적으로 천신계에 도착한 나는 끈의 이미지를 놓쳐 버렸다. 그래서 끈의 이미지를 떠올린 후 느끼지 못했던 피로를 한꺼번에 받게 되었다. 그 피로는 생각보다 강해서 난 제자리에 서 있지 못하고 땅에 무릎을 꿇어야만 했다.

"괜찮아요?!"

갑자기 내가 무릎을 꿇자 아트로포스가 당황하며 소리쳤다. 게다가 내 옷에 피까지 묻어 있는 것을 보고 더욱 놀랐다. 하지만 난 피로 때문에 제대로 입 열기도 힘들어서 그녀에게 피로를 풀어달라는 몸짓을 했고 아트로포스는 서둘러 영인관으로서의 능력을 사용했다. 그러자 엄청난 중압감으로 날 짓눌렀던 피로가 가시며 어느 정도 정신을 차릴 수 있게 되었다.

"후우……."

"이제 괜찮아요?"

내 표정이 한결 나아진 것을 보면서도 아트로포스는 내 말을 듣고 싶은 듯이 그렇게 물어왔다. 나 역시 그녀에게 걱정 끼치는 짓은 하고 싶지 않아서 바로 대답했다.

"괜찮아. 그리고 피는 내 피가 아니니까 걱정 말고"

흠…… 지금 내 옷에 묻은 피는 내 피인데 내 피를 내 피라고 하지 못하는 이 안타까운 상황… 아버지를 아버지라 부르지 못하는 홍길동도 나와 같은 심정인가? 그거하고 이 상황은 다르나? 흐음…… 어쨌든 내 불쌍한 피들…….

"천마족 수장은 어떻게 됐어요?"

그 질문을 하는 아트로포스의 얼굴에는 천마족 수장이 죽었기를 바라는 마음이 떠올라 있었다. 그래서 난 천마족 지배자 페르오의 현재 위치를 간단하게 알려주었다.

"저승에서 놀고 있어."

"휴~ 다행이네요, 무사히 성공해서."

내 대답에 아트로포스는 미소를 지었다. 나한테 죽은 페르오는 전혀 불쌍하지도 않다는 표정이었다. 그리고 나 역시 페르오는 무시하고 내가 살아 있다는 것에만 기뻐했다. 아직 천신족 지배자의 처리가 남아 있긴 했지만 지금 이 순간만큼은 살아 있다는 것에 기뻐하기로 했다.

찌르르르—

저녁 7시가 되니까 어김없이 귀뚜라미가 노래를 불렀다. 천신계와 천마계를 뻔질나게 다니면서 느낀 것은 자연 자체가 너무나 다르다는 것이었다. 천신계는 천신족뿐만 아니라 천신계에 사는 동물과 식

258

물들조차 정확히 짜여진 삶을 살고 있었고, 천마계는 그와 반대로 완전 뒤죽박죽인 삶의 방식을 채택하고 있었다. 그러나 완전히 다른 두 세계가 그럭저럭 잘 돌아가고 있다는 사실은 놀랍기 그지없었다.

"아! 저기가 바로 천신족 수장이 살고 있는 궁전이군요."

아트로포스는 깔끔한 흰 색의 궁전을 보고 약간 놀란 어조로 입을 열었다. 친절한 천신족 평민들에게 열심히 안내를 받아 천신족 수장이 살고 있는 궁전까지 쉽게 올 수 있었다. 그리고 여러 가지 정보를 캐본 결과 천신족 궁전에는 결계가 없다는 것을 알아내었다. 그것은 정령들을 이용하면 천신족 지배자의 방 위치를 쉽게 알 수 있다는 것을 뜻했다.

"참, 로스. 물어보고 싶은 게 있는데."

천신족 지배자 제거가 별로 어렵게 느껴지지 않았기 때문에 난 작전 같은 건 구상하지도 않고 대신 아트로포스에 대한 것을 묻고자 했다.

"라케시스가 전에 말하길, 내가 중용의 법칙을 모두 완수한 다음에는 난 영계로 갈 거라 했는데, 로스는 어떻게 되는 거야?"

"아……!"

내가 질문을 하자 아트로포스는 그 문제에 대해 전혀 생각해 본적이 없었는지 놀람의 탄성을 터뜨렸다. 지금까지 중용의 법칙을 성공적으로 수행해야 한다는 강박 관념이 나중 일을 생각하지 못하게 만들었던 것이다.

"전… 아마 회로계로 돌아가게 될 거예요……. 그리고… 영인관이 아닌 평범한 사람으로서 살아가게 되겠죠……."

별로 나쁜 조건이라 할 수 없는데도 불구하고 아트로포스의 말투에는 힘이 없었다. 비록 확신할 수는 없었지만 그녀가 우울해하는 이유는 더 이상 나와 만나지 못하게 되기 때문일 것이다. 설령 아니더라도 난 그렇게 믿기로 했다.

"저기…… 이드님……."

그때 아트로포스가 모깃소리만한 목소리로 날 불렀다. 내가 말없이 쳐다보자 아트로포스는 나에게 무슨 말인가를 하려고 했다.

"이드님은… 이드님은…… 저를… 어떻게…… 아, 아니에요. 신경 쓰지 마세요."

계속 더듬거리다가 결국엔 고개를 흔든 아트로포스의 말을 완전히 이해한다는 것은 쉬운 일이 아니었다. 그렇지만 아트로포스에게서 풍겨 나오는 알 수 없는 분위기는 그녀가 무엇을 말하고자 했는지 어렴풋이 나타내 주고 있었다. 그런데도 난 일부러 말머리를 돌려 버렸다.

"우선 쳐들어가기 전에 실력 점검을 해야겠어."

우웅—

난 마나 회로를 개방하지 않고 머리 속으로 끈의 이미지를 떠올렸다. 처음엔 쉽게 떠오르지 않았지만 천마족 지배자인 페르오를 처리할 때의 경험을 살려 금방 끈의 이미지를 형성할 수 있었다. 그렇게 끈의 이미지를 형성한 나는 즉시 끈을 이용해 내 옆에 있는 나무를 건드렸다.

…….

나무는 조용히 사라졌다. 그 어떤 흔적도 없이, 마치 처음부터 그 자리에 없었던 것처럼 정말 조용히 사라졌다. 그렇게 간단하게 나무를 제거한 나는 다시 끈을 진동시켰다. 그리고 나무가 사라진 위치에 끈의 진동을 증폭시켰다.

"아……!"

나무가 사라질 때는 별로 놀라지 않던 아트로포스가 이번에는 놀란 탄성을 내질렀다. 나무가 아까 모습 그대로 다시 나타났기 때문이었다. 그것은 나무의 모습만을 재생해 놓은 것이 아니라 완벽하게 살아 있는 나무를 창조해 낸 것이었다.

후우…… 이것으로 끈은 어느 정도 다룰 수 있게 됐군. 페르오하고 싸울 때의 경험을 바탕으로 며칠 간 열심히 연습한 결과라고 할 수 있겠지. 하여간 끈이란 건 정말 대단한 능력을 가지고 있어. 소멸뿐만 아니라 창조까지 가능하게 하다니…….

"내 피로 좀 풀어줘."

"아, 네!"

끈 사용 연습을 하고 나니 머리가 어질어질해져서 난 아트로포스에게 부탁을 했고, 아트로포스는 계속 나무만 쳐다보다가 내 부탁에 황급히 대답하며 내 머리를 맑게 해주었다. 머리도 맑아지고 끈 사용에 자신감도 붙은 이상 난 이대로 천신족 지배자의 제거를 행동에 옮기기로 했다.

"그럼, 난 천신족 지배자 없애러 갈게."

"저기……!"

내 말에 아트로포스가 이번에도 무슨 말인가를 하려고 했다. 그렇지만 는 그런 그녀의 말을 중간에서 가로챘다.

"운디네는 로스와 같이 있을 테니까 걱정 말고, 나중에 다시 만날 수 있을지는 모르겠지만 어쨌든 지금까지 고마웠어."

난 그 말을 끝으로 재빨리 천신족 지배자가 살고 있는 궁전 쪽으로 뛰어갔다. 어차피 중용의 법칙을 성공하든 실패하든 아트로포스와는 더 이상 만나지 못하게 되기 때문에 이것으로 모두 됐다라고 나 스스로를 위안했다. 그러나 난 얼마 뛰어가지 못하고 걸음을 멈추었다. 비록 앞날은 알 수 없지만 이대로 가는 것은 싫었기 때문이다. 그래서 고개를 돌려 아트로포스를 바라보았다. 그리고 나서 불확실한 미래를 담은 말을 큰 소리로 내질렀다.

"반드시 성공하고 돌아올게!"

휘잉—

그 말을 내뱉자마자 난 바로 천신족 지배자의 궁전으로 초중력을 사용하여 날아갔다. 아트로포스가 지금 내 말을 듣고 어떤 표정을 짓고 있는지는 보고 싶지 않았다. 확실하게 약속할 수 없는 말을 해놓고 가는 것이 오히려 마음에 걸릴 뿐이었다. 그렇지만 난 내 말을 철회하고 싶은 생각은 추호도 없었다. 그저 내 생각대로 말한 것이기 때문이다. 그런데 그런 내 생각을 가볍게 무시하는 녀석들이 있었다.

"아트로포스가 우는데?"

"우는 건지 웃는 건지 구분이 안 가는군."

크으…… 노움… 사라만다……. 난 아트로포스의 얼굴 표정을 보고 싶지 않다고 했는데, 왜 나한테 그런 걸 말하는 거야? 너희들 나한테 한번 죽어보고 싶냐?!

"벌써 다 왔어요! 조심하세요!"

내가 노움과 사라만다에게 속으로 호통을 치고 있을 때 실프가 경고를 해주었다. 실프의 말대로 어느새 난 궁전의 담벼락 위를 유유히 지나가고 있었다. 그리고 하늘을 날고 있는 날 발견한 궁전 경비병들이 살기를 뿜으며 날 향해 공격 태세를 갖추고 있었다. 그런 전투 상황은 나에게 더 이상의 다른 생각을 할 수 없게 만들었다.

퍼퍼펑!

약간 능력있는 경비병들이 자신의 능력을 사용해 나에게 원거리 공격을 가해왔다. 하지만 그 정도의 공격은 내 정령들이 가볍게 막아낼 수 있었기 때문에 난 그들의 공격을 싸그리 무시했다. 대신 빠르게 궁전의 정원을 거쳐 본건물에 침입해 들어갔다. 본래는 정령들을 이용하 천신족 지배자만 찾아낼 생각이었으나 이미 들킨 이상 무작정 쳐들어가는 무식한 방법을 사용했다.

"……!"

궁전의 본건물 안으로 들어가자 중용자의 감각이 어떤 방을 가리켰다. 그것은 그 방에 천신족 지배자가 있는 것을 뜻하기 때문에 난 주저없이 그 방으로 날아들었다. 무식한 돌진으로 방문이 박살나면서 문의 파편이 튀었을 때, 파편 사이로 무엇인가 날카로운 물체가 날아드는 것을 느꼈다. 그렇지만 난 그것을 별로 어렵지 않게 피해냈다.

팍—

날카로운 물체가 문 반대 편의 복도 벽에 맞는 소리를 들으며 난 방 안에 있는 자를 육안으로 확인했다. 그자는 파란색의 머리를 하고 있는 50대 정도의 중년 남자였는데, 그의 몸 주변에는 파란색인지 투명한 색인지 헷갈리게 하는 물이 그를 둘러싸듯 흐르고 있었다. 그래서 난 그자의 정체와 공식 명칭을 바로 알아차렸다.

"네가 천신족 수장 수천신왕(水天神王)이냐?"

"…그렇다. 내가 바로 수천신왕 '뉴드메크'다."

내가 자신보다 나이도 어리고 더욱이 서로 적이기 때문인지 천신족 지배자인 뉴드메크의 어조는 싸늘하기 그지없었다. 그리고 나 역시 뉴드메크에게 말을 놓고 있었기 때문에 상관하지 않았다.

"중용자가 침입했다!"

"수천신왕님의 방으로 들어갔다!"

방 밖에서는 경비병들이 그렇게 떠들어대며 이리로 열심히 몰려오고 있었다. 그래서 난 끈의 이미지를 떠올렸다. 내 머리 속에서 떠오른 끈의 이미지는 곧 외부에 영향을 주었고, 나와 뉴드메크가 마주 보고 서 있는 방을 완전히 밀폐된 공간으로 만들어 버렸다.

두께가 30cm 정도 되는 콘크리트로 방을 완전히 둘러쌌던 것이다. 콘크리트 자체는 이 세계에 없으나 콘크리트라는 것이 결국 자연 재료를 이용해서 인간이 만든 것이므로 끈을 통해서 콘크리트를 만들어내는 것은 별로 어려운 일이 아니었다. 심지어는 콘크리트가 무엇으로 이루어져 있는지 알지 못한 상태에서도 끈을 이용하면 콘크리트를 만들 수 있었다. 바로 지금의 경우가 그랬다.

……

두께 30cm의 콘크리트 때문인지 외부의 소음이 전혀 들리지 않았다. 그저 콘크리트가 울리는 소리만이 들려왔다. 아마도 경비병들이 콘크리트를 부수기 위해 별짓을 다하는 모양이다. 어쨌든 그나마 조용한 상태에서 뉴드메크와 이야기할 수 있게 된 나는 여전히 끈의 이미지를 놓지 않으며 그에게 질문을 던졌다.

"넌 결혼했나?"

"…그렇다."

"천신계에서는 힘이 강하다고 최고 자리에 앉는 것은 아니겠지?"

"물론이다."

"그럼 넌 어떻게 지금의 자리에 앉게 되었나?"

"……."

세 번째로 던진 질문에 뉴드메크는 대답을 하지 않고 입을 다물었다. 별로 대답하고 싶은 질문이 아닌 듯했다. 그래서 내가 그의 대답을 예상해서 물어보았다.

"네 아버지가 전대(前代)의 천신계 수장이었나?"

"……!"

"아버지의 뒤를 이은 건가? 물론 수장의 자격이 있는지 없는지 너의 성품을 가지고 다른 고위 천신족들이 찬반 투표를 했겠지."

"……!"

"결국 천신계에서는 서열이 그자의 능력을 나타내는 것이 아니라는 소리군. 하긴, 서열을 힘으로 정한다는 것 자체가 천신계에서는 비윤리적인 일일 테니까 말이야."

"……!"

뉴드메크는 내 말에 하나하나 놀란 반응을 보였다. 그것은 내 말이 전부 들어맞았다는 것을 뜻했다. 그렇기 때문에 내 기분은 좋아졌다. 그렇지만 그렇다고 뉴드메크를 살려둘 수는 없었다.

"그럼 간다."

난 간단한 말을 내뱉은 뒤, 마치 공격할 것처럼 폼을 잡았다. 하지만 몸을 이동하지는 않았다. 천신장이 가득한 방 안에서는 원거리 마법 공격을 사용할 수 없었기 때문이다. 그리고 솔직히 난 천신족 지배자인 수천신왕 뉴드메크의 실력을 확인해 보고 싶었다.

"산우만천(酸雨滿天)!"

중용자라는 막강한 적을 만난 뉴드메크는 처음부터 가장 강한 기술로 승부를 걸어왔다. 그것은 기술 이름에서도 알 수 있듯 강한 산성비를 나한테 뿌려대는 것이었다. 그 물방울에 맞은 콘크리트 벽이 급히 부식되는 것이 명백한 증거였다.

흐음…… 끈을 이용해서 방어벽을 치니까 저 산성비가 나한테 전혀 닿지를 않는군. 마법으로 방어벽을 치면 어느 정도 타격을 받는데 그것도 없고…… 그런데 확실히 뉴드메크의 실력은 천마족 수장이었던 광천가왕 페르오보다 떨어지는군. 뭐, 당연한 결과이긴 하지만. 자, 이제 그만 놀고 끝내볼까?

우웅—

265

난 끈을 진동시켰다. 그러자 큰 에너지를 갖게 된 끈이 뉴드메크에게 그 에너지를 고스란히 전달했다. 자신의 몸으로 굉장한 크기의 에너지가 흘러들고 있다는 것을 알아챈 뉴드메크가 그 자리를 피하려고 했으나 에너지 전달 속도가 너무나 빠른 시간 안에 이루어졌기 때문에 그러기엔 너무 늦었다.

"허억—!"

뉴드메크는 순간적으로 크게 헛바람을 삼켰다. 살기 위한 발버둥이라면 발버둥이었으나, 그는 금방 이 세상에서 사라졌다. 엄청난 에너지가 전달됨에 따라 몸의 세포를 구성하고 있던 전자들이 들뜨게 되고, 그로 인해 결국 원자 간의 결합이 줄줄이 끊어지면서 뉴드메크의 몸이 그대로 없어져 버렸던 것이다. 물론 그의 몸을 구성하고 있던 원소라든지 완전 분해가 되지 않은 세포들은 방 안에 고루 퍼져 있었지만, 그것을 가지고 '뉴드메크는 살아 있다'라고 볼 수는 없었다.

흠…… 끈을 이용하니까 싸움이 너무 싱겁게 끝나는군. 하긴, 페르오와 싸울 때에도 끈의 힘을 이용해서 단번에 끝장을 봤으니 당연한 결과라고 할 수 있겠지. 그런데 이렇게 중용의 법칙을 완전히 완수했는데 왜 영계에서는 아무런 반응도 없는 거지? 설마 영계에서 내 작전을 알아차리고 계획을 변경한 건 아니겠지?!

우우웅—

내가 그런 생각을 하자마자 마치 기다렸다는 듯이 어떤 기이한 힘이 내 몸을 잡아당기기 시작했다. 그 기이한 힘에는 나에게 해가 되는 위협이 전혀 느껴지지 않았다. 그래서 난 그 힘에 몸을 완전히 내맡겼다. 그 기이한 힘이 날 영계로 데려다 줄 것임을 확신하고 있었기 때문이다.

우우웅—

기이한 힘이 내는 울림 소리는 한동안 지속되었다. 그러다가 어느 순간 그 기이한 힘이 내 머리 속으로 침투하려고 했다. 그것은 라케시스가 말했던 것처럼 내 기억을 지우려는 영계의 행위였다. 그래서 난 즉시 끈의 이미지를 떠올려 그 기이한 힘을 밀쳐 내었다. 기이한 힘의 위력은 상당했으나 결국 둘 사이의 씨름은 끈의 승리로 돌아갔다.

"으……!"

내 기억을 지우려는 기이한 힘을 밀쳐 내고 나서 난 상당한 어지러움을 느꼈다. 특히 내가 물속에 잠겨 있다는 느낌이 들었기 때문에 속도 메슥거렸다. 하지만 내 시야에는 그 무엇도 보이지 않았고 내 몸에는 그 어떤 감각도 느껴지지 않았다. 그런데도 난 내가 살아 있다는 것을 분명히 느끼고 있었다.

흘…… 지금 난 어떻게 되어 있는 거지? 무슨 물속에 잠긴 느낌이 들긴 하지만, 몸의 감각이 전혀 가동을 안 하는데 어떻게 그런 느낌을 느끼는 거야? 정말 이상하구만. 게다가 내가 살아 있다는 강렬한 느낌이 들고 있으니…… 도대체 뭐가 뭔지 알 수가 없는걸?

《중용자여…….》

얼라리? 내 귀는 분명 아무 소리도 못 듣고 있는 상태인데 웬 음성 변조한 것 같은 목소리가 들려오는 거지?

《그대는 지금 영계라는 곳에 들어와 있는 것이다…….》

에엥? 영계? 그렇다는 것은…… 지금 나한테 말을 걸고 있는 녀석은 영계의 주인이라는 건가?

《그렇다…….》

흘…… 여기가 영계라는 건 좋은데 그 음성 변조한 것 같은 목소리는 바꿀 수 없어? 듣기가 상당히 거북하구만. 그리고 웬만하면 마지막 말은 좀 분명히 끊어서 하라고. 그렇게 말꼬리를 길게 늘어뜨리면 듣는 게 짜증난단 말이야.

《그대는 무단으로 이곳에 들어왔다…….》

흐으…… 내 말은 전혀 안 듣고 있군. 아, 뭐 좋아. 어차피 나도 영계에 좋은 감정을 가지고 들어온 건 아니니까. 그런데 내가 무단으로 들어왔는데 뭐 불만있어?

《왜 내 힘에 거역했나…….》

흠…… 그거? 내 기억을 지우려고 하는데 그럼 가만히 있냐? 넌 누가 네 기억을 조작하면 기분 좋겠어?

《기분 나빠할 필요 없다…… 그대는 그대의 세계로 돌아가는 것일 뿐이다…….》

그건 그렇긴 한데, 문제는 날 돌려보낼 때 내 기억을 왜 쓸데없이 건드리려는 거냐고. 그냥 지금 그대로 날 보내면 되잖아?

《그대는 이곳에서의 기억을 가지고 돌아가면 어떨 것이라 생각하는가…….》

음, 그거야 처음엔 괴롭겠지. 내가 전에 겪었던 것처럼 꿈을 꾼 게 되어버리니까.

《그 괴로움을 또 겪고 싶은가…….》

물론 아니지. 누가 일부러 괴로움을 겪고 싶어하겠어?

《그것을 알면서도 어째서 기억을 가지고 돌아가려 하는가…….》

흠…… 그 답은 하나밖에 없지.

《그 답이란 것은 무엇인가…….》

뭐냐고? 간단하게 말해서… 난 인간이라는 것!

《…….》

이봐, 뭐라고 대답 좀 해. 계속 입 다물고 있으면 화낸다?

《…인간이기 때문에 그렇다는 것은 무슨 뜻인가…….》

흠…… 그거야 간단하지. 인간은 누군가 자기 기억을 건드리는 걸 무지 싫어하거든. 자기 스스로 그 기억을 없앤다면 또 모르지만.

《괴로운 걸 알면서도 그러는 것인가…….》

글쎄. 괴롭든 괴롭지 않든 남에 의해 만들어진 삶을 살고 싶지 않은 게 인간의 심리라서 말이야. 게다가 괴로움이 없으면 진정한 기쁨도 느낄 수 없으니까 괴로움은 어느 정도 필요하지. 그렇다고 괴로움의 빈도가 더 많으면 그것도 골치 아프지만.

《어째서 괴로움이 없으면 기쁨을 느낄 수 없나…….》

흠…… 그 질문에는 대답하기 싫지만 어쩔 수 없군. 인간은 기준이 없으면 인식을 못하는 멍청한 동물이라서 그래. 항상 기쁜 일만 보고 자란 사람은 그 기쁜 일이 기쁘다는 인식을 하지 못해. 하지만 괴로움을 맛보게 되면 지금까지 겪었던 기쁜 일들이 얼마나 기쁜 것이었던가를 알게 되지. 괴로움이라는 기준이 있어야 기쁨을 인식하게 되고 반대로 기쁨이라는 기준이 있어야 괴로움을 인식하게 되는 거야.

《이해할 수가 없군…….》

뭐, 굳이 머리 아프게 이해할 필요는 없어. 어쨌든 괴로움을 겪어도 내가 겪으니까 쓸데없이 내 기억을 함부로 지울 생각은 말라고.

《영인관 아트로포스와 다시는 만나지 못하게 돼도 좋은가…….》

"……!"

《괴롭지 않은가…….》

…물론 괴로워. 하지만 이거 하나는 짚고 넘어가자고. 그 괴로움을 애초에 제공한 건 누구지? 라케시스와 클로토는 너의 지시를 따라 날 이곳에 데려왔어. 한마디로 바로 너 때문에 난 이곳에 와서 중용의 법칙을 실행하고, 결국엔 아트로포스와 헤어져서 내 세계로 돌아가게 되는 거라고. 알겠어?

《그래서 그대는 날 없애려는 것인가…….》

맞았어. 중용의 법칙이라는 이상한 것 때문에 많은 사람들이 고통을 받았다고. 왜 넌 중용의 법칙이라는 것으로 이 세계를 통치하려고 한 거냐? 천신계와 천마계가 싸워서 회로계가 망하든 말든 무슨 상관이 있냐고! 멸망과 홍성이라는 그런 시행착오를 겪으면서 스스로 자리를 잡아 나가도록 해야 하는 거 아니야?

《그대는 천신계와 천마계 사이의 전쟁으로 인해 폐허가 된 아르카디아가 낫다고 생각하는가, 아니면 천신족과 천마족의 고위 능력자들만이 중용자에게 죽는 것이 낫다고 생각하는가…….》

물론 전쟁으로 폐허가 된 아르카디아지! 한번 전쟁으로 폐허가 되어야 천신계와 천마계가 싸움을 자제할 거 아니냐고! 본격적인 전쟁을 해본 적이 없기 때문에 천신족들이 천마족들을 죽여 버리겠다고 설치는 거 아니야!

《주기적인 세계는 안정적이다… 자연은 주기적인 성향을 가지고 살아 있다……. 그 주기성을 천신족과 천마족, 그리고 인간들에게 적용하는 것이 뭐가 나쁜가…….》

자연이 주기성을 가지고 있다는 건 인정해. 하지만 자연에도 불규칙성이 많아. 수많은 종들이 자연에서 생기지만 그중의 많은 수가 멸종해 버리지. 그리고 살아남은 종들도 불규칙한 자연에 적응하면서 진화하고. 그런데 넌 진화하려는 이 세계를 중용의 법칙이라는 것으로 억누르고 있어. 이 세계가 스스로 진화해 나가는 걸 그냥 지켜보면 되잖아?

《이해할 수 없다…… 주기성을 잃어버리면 이 세계는 불안정하게 된다…… 그리고 그 끝은 파멸뿐이다…….》

파멸이든 말든 무슨 상관이야? 어차피 생명은 태어났다가 죽는 거라고. 파멸은 필연적인 거야! 아무리 완벽한 주기성을 가지고 있어도 파멸은 오게 되어 있어! 날 중용자로 택했다는 것 자체가 네가 만들어낸 주기성의 파멸을 뜻하는 것이니까!

《난 파멸하지 않는다…… 이 세계도 파멸하지 않는다…… 파멸하는 건 중용자 그대 하나뿐이다……!》

우우우웅—

처음으로 영계의 지배자 목소리가 아닌 다른 소리가 느껴졌다. 그것은 화가 난 영계의 지배자가 날 없애기 위해 가동시킨 힘의 울림이었다. 그래서 나도 즉시 끈의 이미지를 떠올려 그 힘에 대항했다. 영계 지배자의 힘과 내 끈의 힘은 격돌을 시작하자마자 굉장한 진동을 발생시켰다. 그리고 그 진동은 한동안 계속되었다.

우웅— 우웅—

크으…… 역시 이 세계를 지배하고 있는 영계답군. 끈을 이용하면 간단하게 없애 버릴 수 있을 거라 생각했는데… 잘못하면 내가 먼저 쓰러질지도…….

《중용자여…….》

흠…… 왜 불러? 날 불러놓고 정신을 빼놓은 다음에 힘을 가중시킬 생각이냐? 내가 그런 뻔히 보이는 수법에 당할 것 같아? 앗! 그러고 보니 이미 녀석이 부른 거에 대답해 버렸잖아?

《그대는 강한 힘을 가지고 있다……. 그 힘이 있으면 그대의 세계를 그대 마음대로 만들 수가 있다……. 서로 득이 되지 않는 싸움은 피하고 서로의 세계를 지배하는 것이 어떤가…….》

흠…… 확실히 사물을 없애고 창조할 수 있는 끈의 능력이라면 내 세계를 내 마음대로 휘두르는 게 가능하겠지. 하지만 난 그러고 싶은 생각이 추호도 없어.

《어째서인가⋯ 그대는 아무런 능력도 없이 그대의 세계 속에서 살아갈 생각인가⋯⋯.》

그것도 싫긴 하지만 내 마음대로 모든 걸 할 수 있는 세계 같은 건 아무런 의미가 없잖아. 모든 걸 내 마음대로 하게 되면 도대체 난 무엇을 통해 성취감이나 기쁨을 느껴? 내가 할 수 없는 게 있어야 할 수 있는 것을 기쁨으로 여길 거 아니냐고!

《이해할 수 없다⋯⋯.》

인간도 아닌 네 녀석이 이해할 필요는 없어! 어쨌든 너 같은 지배자는 하루빨리 사라지는 게 이 세계를 위해서도 좋은 거야! 알겠냐?!

《난 사라지지 않는다⋯⋯ 절대로⋯⋯!》

우우우웅—

잠시 소강 상태였던 나와 영계 지배자와의 힘 겨루기가 다시 시작되었다. 그리고 서로 필사적으로 능력을 사용했다. 서로 말로 해서 통하지 않을 경우 할 수 있는 건 결국 힘밖에 없기 때문이었다.

쿠쿠쿠—

무너지기 시작했다. 절대 이 세계의 지배권을 포기하지 않으려는 영계가 내 끈의 힘에 의해 무너지고 있었던 것이다. 비록 내 눈으로는 그 어떤 현상도 볼 수 없었지만 내 머리는 분명히 영계의 붕괴를 느끼고 있었다.

번쩍—

어느 순간 빛이 번쩍였다. 그 빛은 영계의 마지막을 알리는 신호였고 내가 이 세계에서의 여행을 더 이상 할 필요가 없음을 알리는 것이었다. 빛이 사라진 후 남은 건 아무것도 느껴지지 않는 무(無)의 공간이었고, 난 그 무의 공간 안에서⋯⋯ 서서히 정신을 잃어갔다⋯⋯.

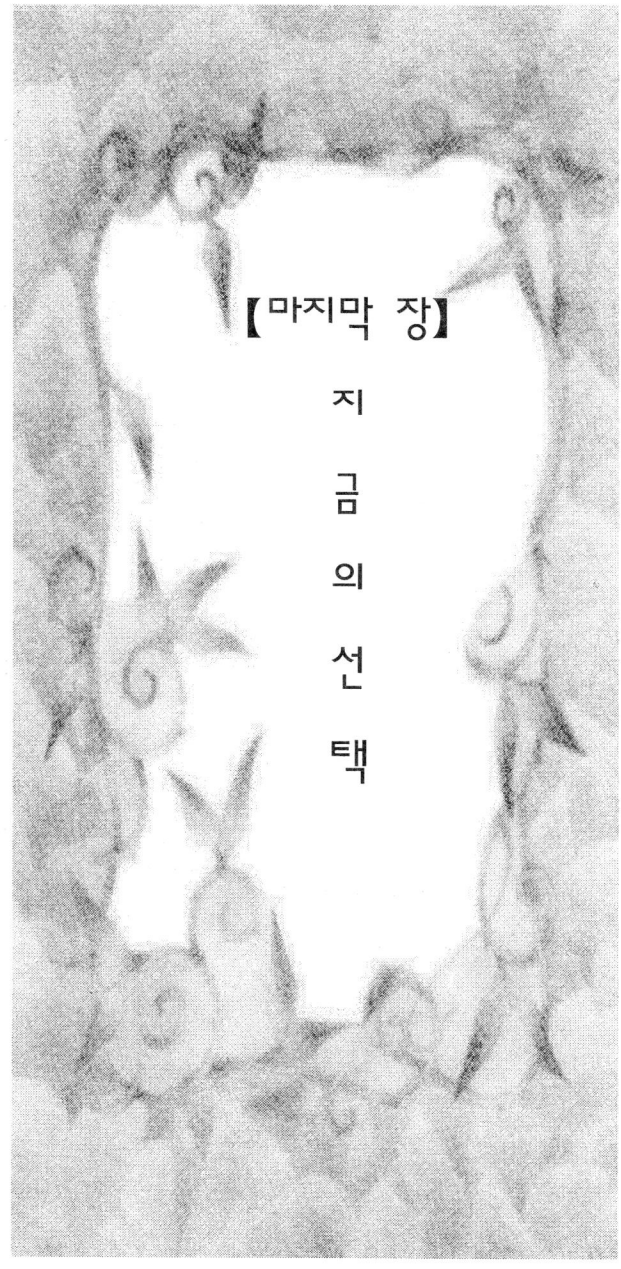

【마지막 장】

지

금

의

선

택

삐비빅— 삐비비빅—

"⋯⋯!"

시끄러운 소리 때문에 난 눈을 번쩍 떴다. 그런 내 눈에 가장 먼저 들어온 건 어두컴컴한 천장이었다. 그리고 시끄러운 소리의 정체는 알람 시계였다. 오늘부터 개강인데다 1교시부터 강의가 있기 때문에 일찍 일어나려고 알람 시계를 아침 6시에 맞춰놓았던 것이다.

"하~ 음⋯⋯."

부스럭—

난 일어나기 싫은 몸을 억지로 일으키며 하품을 크게 했다. 그러다가 문득 굉장히 이상한 생각이 떠올랐다. 내가 여러 세계를 돌면서 여러 가지 경험을 했다는 생각이었다. 그리고 그 생각은 아주 선명해졌다.

뭐지? 난 분명히 영계의 지배자하고 피 터지게 싸우고 있었는데⋯

왜 갑자기 여기 누워 있는 거야? 여기는 분명히 내 집이야. 도대체 언제 돌아온 거지? 그리고 왜 난 아까 개강 어쩌구 알람 시계 어쩌구 하는 생각을 했던 거지? 왜 그런 생각이 자연스럽게 들었던 거야?

화악―

그때 갑자기 거실 쪽에서 불이 환하게 들어왔다. 평소에 난 방문을 잘 닫지 않고 생활하기 때문에 거실에 불이 들어오자 내 방도 많이 밝아지게 되었다. 그래서 난 자리에서 일어나 거실로 나갔다. 거실에는 이제 막 일어난 어머니가 아침 준비를 시작하고 있었다.

달그락 달그락―

어머니가 그릇을 준비하는 소리를 들으며 난 거의 반사적으로 화장실로 갔다. 그리고 일상적인 아침맞이를 했다. 너무나 자연스러운 행동이었기 때문에 난 오히려 의아했다.

뭐냐? 머리 속으로는 분명 이상하다고 느끼면서도 몸은 왜 자동으로 움직이지? 설마 내 몸이 누군가에 의해 지배받고 있다는 건 아니겠지?!

철퍽―

난 세면대에 받아놓은 물을 손으로 내려쳤다. 그러자 당연하게도 물이 튀어 거울이고 내 옷에 그 흔적을 남겼다. 그것을 보면 내 몸이 결코 누군가에게 강제적으로 지배받고 있다고는 생각할 수 없었다.

철퍽철퍽―

분명히… 난 영계를 무너뜨리고 이상한 무의 공간에 있었는데…… 그러다가 내 세계로 건너와 버린 건가? 아니, 그건 그렇다 치더라도… 내가 아르카디아로 넘어가기 전에는 분명 여름이었는데…… 왜 지금 날씨는 이렇게 쌀쌀하지?

[오늘 날씨는 시베리아 기단의 영향으로 아침에는 춥겠으며 낮 기

온은 어제보다 1, 2도씩 높을 것으로 전망됩니다.]

화장실에서 씻고 나오자마자 아침 뉴스에서 그런 소리가 흘러나왔다. 그것은 지금의 계절이 결코 여름이 아님을 알려주고 있었다. 그래서 난 달력을 쳐다보았다. 거실에 걸려 있는 달력은 3월달이었다.

3월? 지금이 3월인가? 내가 아르카디아로 건너갔을 때는 분명 6월 말이었는데… 어째서 지금은 3월인 거야? 설마 내가 없는 동안 시간이 흘러갔다는 소리야?

탁탁—

난 다시 내 방으로 들어가서 책상으로 걸어갔다. 그리고 그 위에 놓여 있는 종이 쪽지를 집어 들었다. 그 종이 쪽지는 내가 수강 신청한 과목들을 시간표로 만들어 어제 프린트해 놓은 것이었다. 그 시간표에는 확실히 1교시부터 강의가 있었다.

잠깐! 난 분명 어제 이걸 프린트했고…… 오늘 날짜는 3월 5일 월요일…… 그리고 연도는 2001년…… 얼라? 그럼 난 지내지도 않았던 2000년 2학기는 어떻게 된 거지? 1학년 2학기를 보내지도 않았으면 이렇게 2학년이 되어 수강 신청을 할 수 있을 리가 없잖아?

"……!"

그런 의문이 들자 갑자기 2000년 2학기 때 보냈던 시간들이 줄줄이 머리 속을 스쳐 지나갔다. 난 분명 2학기를 1학기 때와 마찬가지로 별 의미 없이 보냈었다. 그리고 성적은 1학기 때와 별 차이 없이 보통이었다. 그동안 여자 친구를 사귀지도 않았고, 아르바이트를 하지도 않았으며, 그저 집에 와서 잠이나 퍼질러 자는 생활을 했었다. 아무리 생각해 봐도 난 그 시간들을 분명히 지냈던 것이다.

도대체 어떻게 된 거지? 누가 내 기억을 조작한 건가? 그러면…… 설마 망한 줄 알았던 영계에서 내 기억을 조작한 거야? 얼레? 하지만 영계라면 왜 아르카디아에서의 내 기억을 남겨준 거지? 녀석은 분명 내 기억을 지우려고 했는데… 이렇게 내 기억이 남아 있다는 건 분명 이상하잖아?

탁—

그때 거실에서 아침 준비를 하던 어머니가 밥그릇을 밥상 위에 올려놓았다. 그것은 아침 준비가 끝났으니 밥 떠서 먹으라는 뜻이었다. 그래서 난 반사적으로 거실로 나가 밥통에서 밥을 떠서 아침 식사를 했다. 그렇게 밥을 먹으면서 난 문득 정령들에 대한 생각이 떠올랐다. 정령들이 만약 내 몸속에 있다면 내가 분명히 아르카디아에 있었다는 것을 의미한다.

실프! 사라만다! 노움! 운디네! 잭 오 랜턴! 아무나 내 부름에 대답해! 있는데도 대답을 하지 않으면 어떤 보복이 가해질지 장담할 수 없어!

쩝쩝—

"……."

집 안에서는 오직 내가 밥 먹는 소리만이 들릴 뿐 그 외의 조짐은 보이지 않았다. 아무리 마음속으로 정령들을 불러봐도 대답은 없었다. 그리고 정령들의 기운 같은 것도 전혀 느낄 수 없었다. 느껴지는 건 오늘 아침이 꽤 맛있다는 것뿐이었다.

[오늘 교통 정보는…….]

아버지는 거실에 누워 뉴스를 보고 있었다. 일반적으로 우리 집은 내가 제일 먼저 밥을 먹고, 그 다음 어머니와 아버지가 먹기 때문에 아버지는 TV를 보고 있는 것이었다. 대학생이 되어도 1교시에 강의가 있으면 아침을 6시 30분에 먹어야 하기 때문에 그렇게 되었다.

탁— 탁—

난 힘없는 발걸음으로 내 방에 들어갔다. 교장 할배가 있던 이상한 세계 빼고는 항상 내 곁에 있었던 정령들이 없다고 생각하니 나도 모르게 힘이 빠졌던 것이다. 마나 회로나 마법 같은 건 항상 그렇듯이 느낄래야 느낄 수도 없었다.

하아~ 설마 난 지금까지 꿈을 꾸었던 건가? 하지만 그건 아무리 생각해도 있을 수가 없어. 만약 내가 꿈을 꾸고 있었던 거라면 그 몇 년의 시간이 겨우 몇 시간의 꿈이라는 거잖아? 그런 건 수학적으로 말이 안 된다고! 내가 멍청하게 그딴 꿈이나 꾸고 있을 리가 없단 말이야!

"다녀오겠습니다……."

난 힘없이 말한 다음에 집을 나섰다. 그리고 천천히 엘리베이터를 타고 1층으로 내려갔다. 그리고 나서 언제나처럼 버스를 기다리다가 버스에 올라타고 대학교까지 갔다.

부우웅—

버스 좌석에 앉아 수많은 생각을 했다. 그렇지만 지금 내 상태가 어떻게 되어 있는 건지는 알 수 없었다. 다만 확실한 건 내가 이곳에서 언제나처럼 살아가고 있다는 점이었다.

끼익—

대학교 앞에서 내린 나는 유유히 학교 안으로 들어갔다. 그동안 학교는 전혀 변한 것이 없었다. 내가 과연 아르카디아라는 세계에서 지냈던 것인지 이곳에서 방학을 보냈던 것인지는 모르지만, 어쨌든 학교를 보니 반가웠다.

덜컹—

아침이라 사람이 없었기 때문에 난 학교 엘리베이터를 타고 4층으로 올라갔다. 평소에는 그냥 계단으로 걸어 올라가지만 사람이 없을 때는 전기 낭비 차원에서 엘리베이터를 자주 이용하고 있었다.

땡동— 덜컹—

약간 요란한 소리와 함께 엘리베이터 문이 열렸고 난 과 방 앞에 있는 사물함 쪽으로 걸어갔다. 아무도 없는 강의실과 썰렁한 복도를 잠시 쳐다보다가 내 사물함에 채워놓은 열쇠를 잡았다. 그리고 열쇠의 번호를 눌렀다. 다행히 잠겨 있었던 열쇠는 열렸다. 난 열쇠 번호를 지금까지 기억하고 있는 내 자신에 놀랐다.

"……."

사물함에는 내 책들밖에 없었다. 나와 같이 사물함을 쓰던 녀석은 군대 간다고 책을 다 가져갔기 때문이다. 고등학교 때 쓰던 사물함과 별 차이가 없는 네모난 빈 공간에 내 책들만 외로이 남아 있는 모습은 왠지 지금의 나와 같은 처지 같았다.

쿵! 철컥—

난 사물함 문을 닫고 열쇠를 채운 뒤 1교시 강의가 있는 강의실로 향했다. 그것으로 작년 1학기, 2학기와 변함없는 생활 패턴이 시작되었다.

…….

5교시의 전공 탐색 수업에서 난 친구 몇 명을 만났다. 2학년 2학기에 결정되는 전공 과목에서 나와 같은 전공을 희망하는 친구들이었다. 하지만 서로 마음을 터놓는 사이는 아니었다.

"방학 동안 잘 지냈냐?"

'상진'이라는 녀석이 날 보고 웃으며 말을 걸었다. 난 그저 고개만 끄덕였다. 어차피 내가 거의 입을 열지 않는 스타일이라는 걸 아는 상진은 먼저 화제를 꺼냈다.

"우리 반에서 현대물리 듣는 사람은 너하고 나하고 또 '재호'하고 해서 3경뿐이야. 모두 일반물리에서 피 봐서 안 듣는데."

흘…… 일반물리에서 피본 건 나도 마찬가지인데 뭘. 재호는 A⁺이고, 상진이는 A고, 나는 C⁺……. 물리 공부하기가 귀찮아서 대충 봤었지. 물리 공부는 하기 싫지만 물리는 좋단 말이야. 역시 난 이상하다고 할 수밖에 없는 인간…….

"아, 그런데 이번 주 금요일에 이학 1반 MT가 있는데 안 올 거야?"

화제는 어느새 MT 쪽으로 가 있었다. 하지만 작년에도 그랬듯이 난 MT 같은 데에 나갈 생각이 없었다. 남들과 어울려 논다는 것도 별로였고, 분위기 때문에 마시고 싶지 않은 술을 마셔야 한다는 것도 싫었으며 밖으로 나간다는 것 자체도 귀찮았다. 그래서 내 대답은 작년과 같았다.

"난 안 가."

"그라? 웬만하면 나와라. 작년에도 안 나왔잖아? 올해에는 신입생들도 들어오니까 선배로서 얼굴이라도 보여줘야지."

"그래도 안 가. 집에서 뒹굴 거야."

"하여튼 생각 바뀌면 언제라도 나와."

상진은 방학 동안 제대로 만나지 못했던 같은 반 아이들과 선배들, 그리고 이번에 들어온 신입생들을 본다는 것 때문에 MT에 잔뜩 기대를 걸고 있는 듯했다. 그런 상진의 모습에 MT가 재미있을 거라는 생각이 들었으나 MT에 나가지 않을 거라는 내 생각에는 변함이 없었다.

……

개학하고 나서 첫 시간이라 그런지 대부분의 강의는 간단한 소개만 하고 끝났다. 그래서 일찍 집에 돌아오게 되었다. 집에 돌아가면 언제나처럼 인터넷을 하던가 게임이나 하려고 생각했다. 그러나 집에 돌아왔을 때 '내가 다른 세계에 갔던 것은 꿈일지도 모른다'라는 생각이 산산이 부서지게 되었다.

"도대체 언제 나간 거야? 여태까지 기다렸잖아!"

내가 잠긴 문을 열고 집 안으로 들어가려고 할 때, 갑자기 옆집의 문이 열리며 날카로운 목소리가 터져 나왔다. 그 목소리의 주인공은 옆집에 살고 있던 여대생이었다. 어머니가 그 집 아줌마와 친하기 때문에 가끔 보는 사람이었던 것이다. 그런데 그 여대생이 나한테 갑자기 반말을 써서 황당했다.

"예? 저요?"

"그래, 너!"

옆집 여대생은 날 똑바로 쳐다보며 소리쳤다. 그런 여대생의 태도에 화가 나서 나도 여대생을 똑바로 쳐다보았다. 사실 지금까지 가끔 보기는 했지만 얼굴을 자세히 본 적은 한 번도 없었기 때문에 그 여대생의 얼굴이 어떻게 생겼는지는 거의 모르는 상태였다.

"……!"

그 여대생의 얼굴을 본 순간 난 하나의 영상이 떠올랐다. 그것은 아르카디아에서 세 명의 영관 중에서 유일하게 나에게 말을 놓았던 라케시스의 모습이었다. 그 라케시스의 얼굴이 머리 색만 바뀐 채 여대생의 얼굴에 그대로 달라붙어 있었던 것이다.

"설마 내 얼굴 기억 못한다는 건 아니겠지, 이드?"

"……!"

여대생이 마지막에 한 그 한마디가 결정타였다. 이드라고 부른 것으로 더 이상의 말이 필요없었다. 그 여대생은 분명 라케시스인 것이다.

"안녕하세요, 이드님."

그때 라케시스의 뒤에서 한 여자가 모습을 나타내었다. 그 예의 바른 모습과 부드러운 억양을 통해 난 그녀가 영신관 클로토임을 확신할 수 있었다. 하지만 갑자기 두 여자가 내 앞에 모습을 나타낸 것이기 때문에 난 뭐가 뭔지 알 수 없었다.

"너희들…… 어떻게……?"

"클로토는 원래 나하고 친구라서 놀러 온 거야. 오늘 아침에 아르카디아에서의 일이 떠올라서 이렇게 널 찾은 거고. 도대체 어떻게 된 거야?"

라케시스는 오히려 나에게 되물어왔다. 그녀뿐만 아니라 클로토도 내가 뭔가를 알고 있을 것이라는 생각을 하고 있었다. 그래서 나는 간단하게 결론을 말했다.

"뭐가 어떻게 된 건지 나도 몰라."

"뭐? 중용자인 네가 모르면 도대체 누가 안다는 거야?!"

내 대답에 라케시스가 버럭 화를 냈다. 그러자 클로토는 그런 라케시스를 진정시키며 우선 내 집에 들어가 얘기를 나누자고 제안했다. 어차피 아버지나 어머니는 늦게 돌아오기 때문에 나로서는 별 상관 없었다.

털퍽— 털퍽—

나와 라케시스는 거실 바닥에 털퍼덕하고 주저앉았고 클로토는 조용히 자리를 잡았다. 그렇게 이야기할 준비를 끝낸 우리는 먼저 현재의 생활에 대해서 말했다.

"난 권강한. 대학교 2학년."

"난 대학교 4학년이고, 이곳 이름은 '임소영'. 뭐, 방금 봐서 알겠지만 권강한 옆집에 살고 있어."

"전 소영 선배의 동아리 후배예요. 이름은 '강진희'구요."

간단한 서로의 생활 소개를 끝내고 나서는 언제 아르카디아의 일을 깨닫게 되었는지에 대해 얘기했다. 예상대로 세 명 모두 오늘 아침이 되어서야 그 일을 떠올렸다고 한다. 문제는 우리들 모두 아르카디아에서의 기억과 이곳의 기억을 동시에 가지고 있다는 것이었다. 그래서 난 라케시스와 클로토를 바라보며 물었다.

"너희들, 혹시 정체성에 혼란이 오진 않아? 진짜 자기 자신이 누구인가 하는 혼란 말이야."

"글쎄? 생각해 보니까 그럴 수도 있겠다. 그런데 난 전혀 안 그래."

"저도 혼란스럽지 않아요. 그냥 그 둘 다 나라는 생각이 들어서요."

라케시스와 클로토는 기억의 혼재 같은 건 전혀 느끼지 못하는 모양이었다. 그런데 그것은 나도 마찬가지였다. 지금 난 그녀들과 마찬가지로 보내지도 않았던 2000년 하반기의 기억을 가지고 있었기 때문이다. 그리고 나 역시 라케시스와 클로토처럼 그 어떤 기억의 혼란도 없었다. 그저 그 기억을 내가 지냈다는 것으로서 받아들이고 있었던 것이다.

"빨리 바른대로 불어. 너, 도대체 중용의 법칙을 완성한 다음에 무슨 짓을 한 거야?"

라케시스는 날 잡아먹을 듯한 눈초리로 나에게 질문을 날렸다. 영계에서 있었던 일을 정리하다 보면 해답의 실마리가 나올지도 몰랐기 때문에 난 거의 혼잣말하듯 입을 열었다.

"먼저 천신족 지배자를 죽이고…… 그 다음에 영계의 힘에 이끌려 영계로 갔다가…… 영계 지배자가 내 기억을 지우려 하기에 서로 싸웠고…… 서로 쓸데없는 얘기를 하다가 모든 힘을 쏟아 부어서 내가 이겼는데…… 이상한 공간에 들어갔다가…… 정신을 차려보니 여기에 있었다……."

"영계를 없앴단 말이야?!"

"당연하지. 내가 졌으면 너희들이 이곳에 있을 리가 없잖아."

"말도 안 돼… 영계를 없애 버리다니……!"

영계의 멸망 소식을 들은 라케시스가 엄청나게 놀란 표정을 지었다. 그것은 클로토 역시 마찬가지였다. 영계가 없어졌다는 것은 아르카디아가 멋대로 흘러간다는 뜻이었기 때문에 그들로서는 걱정하지 않을 수 없는 것이다.

"그런데… 로스는 보지 못했어?"

아트로포스가 어떻게 됐는지 궁금해서 난 라케시스와 클로토에게 물어보았다. 하지만 그녀들도 아트로포스에 대한 것은 전혀 알지 못했다. 그래도 이곳에 같은 기억을 지닌 사람 둘이 있어서 나로서는 어느 정도 위안이 되었다. 만약 이들이 나타나지 않았다면 지금쯤 난 모든 걸 꿈을 꿨다는 것으로 해버리고 여태까지와 똑같은 삶을 살았을 것이기 때문이었다.

철컥—

난 문을 잠그고 엘리베이터 쪽으로 걸어갔다. 오늘은 2교시부터 강의가 있어서 여유있게 출발하는 것이었다. 어제 만났던 라케시스와 클로토는 나와 다른 대학에 다니고 나보다 모두 나이가 많지만, 아르카디아에서의 기억 때문에 클로토는 나에게 존대를 하고 난 둘 다에게 말을 놓고 있었다.

……

"야! 권강한!"

내가 학교에 도착해서 사물함에서 책을 꺼내고 있을 때 누군가 날 불렀다. 그래서 고개를 들어 날 부른 사람이 누구인가를 확인해 보았다. 하지만 처음 봤을 땐 그 사람이 누구인지 알 수 없었다. 처음 보는 얼굴의 남자 녀석 둘이 날 쳐다보고 있었기 때문이다.

"뭐야? 설마 잊은 건 아니겠지? 류드나르!"

"……!"

두 명의 남자 녀석 중에서 스포츠 머리를 하고 있는 녀석이 '류드나르'라는 이름을 입에 담았다. 그래서 나는 놀라고 말았다. 게다가 옆에 있는 얼굴 곱상하게 생긴 녀석은 더 놀라 자빠질 말을 늘어놓았다.

"시간이 꽤 지났으니까 기억 못하는 건 당연하겠지만, 설마 오죠룬 마법 학교를 잊어먹은 건 아니겠지? 거기서 모두 같은 학년이었잖아. 그리고 난 재수없게도 이상한 녀석한테 걸려서 죽었었고."

"……!"

설마…… 저 스포츠 머리는… 성인 만화가가 되겠다는 원대한 꿈을 가졌던 레리오스…… 그리고 그 옆의 얼굴 곱상한 녀석은… 남의 마음을 읽어내는 능력을 가졌지만 이상한 녀석한테 걸려서 죽어버린 테리야크… 란 말이야?!

"너희들…… 진짜 레리오스하고 테리야크야?"

얼굴 생김새는 분명 레리오스와 테리야크였지만 난 재차 확인해 보았다. 그러자 두 남자 녀석은 당연하다는 듯한 표정을 지었다.

"내가 레리오스가 아니면 누구겠냐? 뭐, 여기서의 이름은 '홍우민' 이지만."

"내 이름은 '정찬호'. 죽었던 녀석이 살아나서 놀랐겠지만, 확실히 지금 난 살아 있으니까 귀신 보듯이 하지 마라."

하하…… 정말 레리오스하고 테리야크가 맞는 모양인데? 그럼 라케시스와 클로토뿐만 아니라 애네들도 기억의 혼재 없이 그곳에서의 기억을 가지고 살고 있단 말인가?

"근데 너, 핸드폰 번호 좀 알려줘. 시간 날 때 회포를 풀어야지."

레리오스는 나에게 핸드폰 번호를 알려달라고 했다. 그렇지만 나에게는 핸드폰이 없었다. 항상 혼자서만 다니기 때문에 굳이 핸드폰을 가지고 다닐 이유가 없었기 때문이다.

"난 핸드폰 없는데……."

"뭐? 대학생이나 돼서 핸드폰이 없다고?"

핸드폰이 없다는 내 말에 레리오스와 테리야크가 어처구니없다는 표정을 지었다. 그런데 그때 레리오스와 테리야크의 뒤에서 웬 남자 녀석 목소리가 들려왔다.

"핸드폰이 없으면 우리가 돈 모아서 사줄까?"

그 말을 한 사람은 머리를 노랗게 물들인 잘생긴 인간이었는데, 그 얼굴을 보는 순간 난 한 사람의 모습이 떠올랐다. 교장 할배가 있는 그 기분 나쁜 세계에서 항상 나에게 여러 가지를 알려주었던 네오니스였다. 그리고 그 세계에서 네오니스의 여자 친구라고 할 수 있었던 네스프린이 지금 네오니스 옆에 서 있었다.

"정말 오랜만이다! 사실 1학년 때 미적분학 들을 때 네 이름을 듣긴 했었는데 네가 너였을 줄은 생각도 못했어. 선배를 통해서 네 이름을 알았다니까."

네스포린은 반가운 얼굴을 했다. 그러다가 자기 옆에 서 있는 두 여자를 가리키더니 나에게 물었다.

"류드! 아니, 권강한! 애들이 누구인지 알겠어?"

"……?"

난 네스포린이 가리킨 두 여자를 자세히 쳐다보았다. 둘 다 아주 예뻤는데 한 명은 긴 머리를 자연스럽게 늘어뜨리고 있었고, 다른 한 명은 중간에서 긴 머리를 한번 묶고 있었다. 그런데 그 얼굴은 내가 기억하는 얼굴이었다. 긴 머리의 여자는 오죠룬에서 인기가 많았던 에레나리스였고, 머리 묶은 여자는 친오빠를 좋아했었던 로리아케시 였던 것이다.

"에레나…… 로리아……."

내가 이름을 기억하자 둘 다 기쁜 얼굴을 했다. 그리고 어딘지 모르게 둘의 얼굴은 약간 상기되어 있었다. 그때 네오니스가 쪽지에다 자신의 핸드폰 번호를 적어서 나에게 건네주었다. 다음 강의 시간이 점점 가까워오고 있었기 때문에 길게 얘기할 수 없었던 것이다.

"우리 모두 이학 2반이니까 심심하면 과 방으로 놀러 와. 그럼 나중에 또 만나자!"

네오니스는 그렇게 말하고 나서 일행과 함께 바로 옆 강의실로 들어갔다. 다음 강의를 모두 같이 듣는 모양이었다. 어쨌든 난 그들이 강의실로 들어간 것을 확인한 다음 2교시 강의를 들으러 갔다. 아침부터 아는 사람들을 만났기 때문인지 내 기분은 아주 좋았다.

…….

2교시 강의를 듣고 있을 때였다. 갑자기 뒤쪽에서 누군가 볼펜으로 내 어깨를 찔렀다. 그래서 고개를 돌려 그 인간을 확인해 보았다. 내 뒤에는 커플로 보이는 두 남녀가 사이좋게 앉아 있었는데, 그 얼굴은 내 머리 속에 분명히 남아 있는 것이었다.

"루피니…… 아세트……!"

그랬다. 그 두 남녀는 바로 유스타키오의 남동생인 루피니와 엘프인 아세트였다. 물론 지금의 아세트는 평범한 인간의 모습이었다. 그렇다고는 해도 잘생긴 얼굴과 아름다운 얼굴은 어디 가질 않아서 난 단번에 그들을 알아볼 수 있었다.

"어떻게……?"

"같은 강의를 듣고 있었구나? 오랜만이다."

루피니는 날 보고 반가운 표정을 지었다. 그리고 아세트 역시 미소를 짓고 있었다. 그 모습을 보니 둘은 영락없는 커플이었다. 어차피 나나 아세트나 많은 시간이 흘렀기 때문에 서로를 쳐다보아도 별 감정이 생기지 않았다. 단지 나로서는 루피니의 성격이 많이 부드러워진 것 같아서 그게 다행이었다.

"거기, 조용히 할 수 없습니까?"

강의를 진행하던 교수가 떠드는 우리에게 경고를 했다. 그래서 우리들은 더 이상 강의 시간에 대화를 진행할 수 없었다. 그래서 강의가 끝나고 나서 서로에 대한 얘기를 간단하게 나누었다.

"두 분 다 선배죠?"

"그래, 우리 모두 3학년이니까."

"그런데 유스타키오도 여기 다녀요?"

"형? 물론 여기 다녀. 형은 4학년인데 수학과야. 아, 그러고 보니 수학과는 이학 1반하고 과 방이 같지 않나?"

루피니의 말에 난 고개를 끄덕였다. 그리고 과 방에 가면 유스타키오를 만나게 될지도 모른다는 생각이 들었다. 그래서 난 루피니와 아세트를 대동한 채 과 방으로 향했다. 항상 혼자 다녀서 과 방에는 잘 드나들지 않았기 때문에 내가 아는 선배라고는 단 한 명도 없는 상태였다.

웅성웅성—

과 방에는 생각보다 많은 사람들이 모여 있었다. 그렇지만 그중에서 유난히 키가 큰 인물이 하나 있었다. 그 키가 큰 인물은 바로 유스타키오였다.

"형!"

루피니는 유스타키오를 발견하자 반갑게 소리쳤고, 유스타키오도 루피니를 발견하고는 어서 오라고 손짓을 했다. 그러다가 그 옆에 있는 날 발견했다.

"권강한! 너도 왔구나!"

흐…… 오늘 한꺼번에 많은 인간들을 만나서 유스타키오를 보고도 별로 놀랍지도 않군. 그런데 유스타키오가 어째서 내 이름을 알고 있지? 설마 네오니스 일행에게 내 이름을 알린 사람이 유스타키오인가?

"안녕하세요."

난 유스타키오에게 인사했다. 그런데 그때 유스타키오 주변에 몰려 있던 사람들이 일제히 내 쪽으로 고개를 돌렸다. 원래 난 유스타키오 주위에 몰려 있는 사람들에게는 신경 쓰려 하지 않았지만 모두 날 쳐다보았기 때문에 나 역시 그 인간들의 얼굴을 마주 볼 수밖에 없었다. 하지만 그 사람들의 얼굴을 마주 대한 순간 난 경악하고 말았다.

"너희들……!"

유스타키오 주위에 몰려 있던 사람들은 모두 내가 아는 얼굴들이었다. 네오니스 일행이 살고 있는 세계에서 봤던 사라만다와 운디네시스, 잭오랜턴, 실피르디아의 모습과 환타지 세계의 아린과 인티까지 있었다. 그리고 아르카디아의 영인관 아트로포스의 모습도 보였다.

"안녕하세요, 선배님!"

실피르디아가 날 보더니 대뜸 그렇게 말했다. 하지만 뜻밖의 사람들을 너무 한꺼번에 만나게 되어서 나로서는 정신이 없었다. 그런 날 보고 사라만다가 한심하다는 듯한 어조로 입을 열었다.

"머리가 저렇게 안 돌아가는 인간이 내 선배라니 어처구니가 없군. 저런 선배에게서 도대체 뭘 배우라는 건지……."

어쭈구리…… 내가 정신없어 하는 틈을 타서 날 욕하다니! 역시 사라만다의 띠꺼움은 하늘을 찌른다니까. 그런데 내 정령들은 어떻게 된 거지?

"내 정령들이 어떻게 됐는지 알아?"

난 실피르디아 등을 쳐다보며 물었다. 내 질문에 대답한 사람은 실피르디아였다.

"정령들의 기억은 저희들 머리 속에 다 들어 있어요. 그래 봤자 정령이었을 때의 능력은 전혀 사용할 수 없지만요."

그런가…… 그럼 정령들은 인간으로 변했다라고 할 수 있겠군.

픽—

"오랜만이다! 그동안 잘 지냈냐?"

내가 실피르디아 등을 보며 정령들을 떠올리고 있을 때 아린이 갑자기 내 등을 쳤다. 그것만 봐도 아린의 활달한 성격은 변하지 않았음을 알 수 있었다. 하지만 아린이 왜 과 방에 있는지 알지 못했기 때문에 난 그녀에게 물었다.

"네가 왜 여기 있냐?"

"나? 당연히 과 방이 여기니까 그렇지! 너하고 나하고 같은 반이란 거 몰랐냐?"

헉?! 내가 아린하고 같은 반이었다고? 하하…… 같은 반에 누가 있는지 전혀 신경을 안 쓰니 알 수가 있나…….

"그런데 인티는?"

난 인티를 바라보았다. 인티는 내 물음에 웃으며 대답했다.

"신입생이에요. 쟤들도 신입생이구요."

인티가 가리킨 사람은 실피르디아 일행이었다. 그래서 아까 실피르디아와 사라만다가 날 선배라고 불렀던 이유를 이제야 알 수 있었다.

"그럼 로스도?"

"네……."

아트로포스는 눈가에 작은 이슬을 단 채로 고개를 끄덕였다. 내가 반드시 돌아오겠다는 약속을 지켰다는 것에 기뻐하는 표정이었다.

"뭐야? 은정이하고 너하고 아는 사이였어?"

아트로포스와 내가 대화하는 것을 보고 아린이 놀라 물었다. 그녀의 말을 듣고서야 난 아트로포스가 이곳에서는 '은정'이라는 이름을 가지고 있다는 것을 알게 되었다. 그렇지만 과 방에는 다른 사람들이 별로 없었기 때문에 아직까지는 한국식 이름을 부르고 싶지는 않았다. 물론 솔직히 말하자면 한국 이름 외우는 게 귀찮았다.

"그런데 모두들…… 진짜 자기가 누구인지 혼란스럽지 않아? 두 세계의 기억을 동시에 가지고 있는 거잖아?"

난 모두를 바라보며 물었다. 만약 기억의 혼재가 나타난다면 난 또다시 여행을 해야 하는 상황이 될지도 모르기 때문이었다. 하지만 모두의 대답은 라케시스와 클로토가 했던 것과 같았다.

"상관없잖아? 그 둘 다 나 자신인데 뭘."

기억의 혼재가 얼마나 무서운지 직접 겪어 괴로워했었던 아린이 아무렇지도 않게 대답했다. 그런 아린의 대답에 부연 설명을 한 건 인티였다.

"왜인지 모르지만 지금은 기억의 혼재가 느껴지지 않아요. 전에는 굉장히 혼란스러웠는데도 말이에요. 혹시 오빠가 뭔가 일을 저지른 거 아니에요?"

"……?"

내가 일을 저질렀다고? 정말 그런 걸까? 난 분명 영계를 물리친 후에 이상한 무의 공간에 있었는데…… 그 다음 내가 뭘 했지?

"니트, 아니, 강한이가 무슨 일을 저질렀든 상관없잖아. 이렇게 모두 모여서 즐겁게 놀면 된 거지!"

모두들 날 쳐다보며 날 다그치자 유스타키오가 이 상황을 무마시키려 했다. 다행히 유스타키오의 말은 효력이 있어서 모두들 크게 웃었다. 그렇지만 난 웃을 수 없었다. 내가 그 이상한 무의 공간에서 무엇을 했는지 알아야만 했던 것이다.

음…… 난 분명… 그 공간에서 이상한 생각들을 했겠지……. 집에 돌아가고 싶다… 그리고 모두와 다시 만나고 싶다……. 설마… 그래서 지금 이런 상황이 된 건가? 하지만 그렇다고 해서 정말 그렇게 될 수 있을까? 나한테 무슨 능력이 있어서 그런 걸……!

"……!"

갑자기 떠오르는 하나의 이미지에 난 크게 놀랐다. 그것은 바로 '끈'이었다. 소멸과 창조가 자유로운 끈이라면 그게 가능할지도 몰랐기 때문이었다. 특히 영계를 끈으로 없애 버린 후 끈의 이미지가 머리 속에 남아 있었을 가능성이 높았기 때문에 끈을 이용해서 지금의 상황을 내 스스로 창조했다고 할 수도 있었다.

그렇다면…… 지금 이 세계는 내가 창조한 세계인가? 하지만 이 세계를 내가 창조했다면, 어째서 난 이 세계의 주인이 아닌 거지? 왜 평범한 생활을 하고 있는 거지? 설마 내 마음대로 할 수 있는 세계를 나 스스로가 바라지 않았다는 소리인가?

"도대체 무슨 생각을 해?"

아린이 멍한 표정을 짓고 있는 날 불렀다. 그렇지만 난 아직 생각의 나래를 펼치고 싶었기 때문에 아린의 말을 싹그리 무시했다.

이 세계를 창조해 놓고도 난 주인이기를 거부했다……. 확실히 있을 수 있어. 내 마음대로 할 수 있는 세계는 오히려 지옥이라고 생각했으니까 일부러 날 평범하게 놔둔 걸 거야. 에…… 그러니까 지금 상황을 정리해 보자면…… 우선 영계를 멸망시킨 후 이상한 무의 공간에 있다가 끈을 이용해 지금의 세계를 창조했겠지. 하지만 나로서는 내게 특별한 능력이 있으면 그것을 악용할 소지가 다분하기 때문에 내 스스로 내 기억을 조작해서 다시는 끈을 다룰 수 없도록 했을 테고, 그렇다면 보내지도 않았던 2000년 하반기의 기억이 내 머리 속에 있다는 것을 설명할 수가 있어. 근데 왜 2000년 하반기부터 살아가도록 하지 않고 2001년 3월부터 생활하도록 만든 거지? 도대체 무의 공간에서 내가 무슨 생각을 했길래?

"너, 자꾸 무시할래?"

내가 계속 생각의 나래를 펼치자 아린이 이를 바득바득 갈았다. 이대로 있으면 아린이 폭발할지도 몰라서 난 즉시 사과했다.

"미안. 그런데 왜 하필이면 3월이지?"

"뭐? 뭔 소리야?"

나도 모르게 흘러나온 말에 아린이 어리둥절한 표정을 지었다. 이미 해버린 말이었기 때문에 모두의 의견을 듣기 위해 난 모두에게 질문을 던졌다.

"3월이 무슨 특별한 의미를 가지고 있어?"

"……?"

전혀 예상 못한 질문이라 모두들 고개를 갸웃했다. 그들의 반응으로 보아 3월에 무슨 특별한 의미 같은 건 없음을 알 수 있었다. 그때 아트로포스가 조심히 입을 열었다.

"3월은… 학생들에게는 새로운 학교 생활을 시작한다는 의미가 담겨 있지 않나요? 직장인들에게는 별 의미 없을지도 모르지만요."

아트로포스의 말에 아린이 맞장구를 쳤다.

"맞아! 3월이 돼야 신입생들을 만날 수 있잖아! 뭐, 신학기 시작되기 전에 새터 같은 데 나가면 되지만, 정식으로 만나는 건 3월이니까."

"……!"

그렇구나……. 그래서 난 2000년 하반기를 그냥 보냈던 거야. 그때 이런 세계를 만들어놓아도 서로 만날 기회가 없기 때문에 내 생활에 변화가 오지 않을 테니까… 모두를 한꺼번에 볼 수 있는 3월에 내가 만든 세계를 시작하도록 한 거였어……!

"권강한! 이번 주 금요일에 MT 있는 거 알지?"

그때 유스타키오가 나에게 말을 걸었다. 그건 상진이에게서 들었던 말이기 때문에 난 '그랬어요?'라는 헛소리를 하지 않고 안다는 표시로 고개를 끄덕였다. 그러자 유스타키오는 진지한 표정으로 물었다.

"너, 작년에 MT 불참했지?"

"예……."

"그럼 이번에는 나오는 거다? 알았지?"

"……."

난 잠시 동안 대답을 하지 않았다. 보통 때라면 MT 같은 곳에 나갈 리가 없는 나였다. 그러나 여기서 MT를 가지 않는다면 그것은 또다시 지금까지와 같은 삶을 반복한다는 뜻이었다. 아무리 끈을 이용해 지금의 세계를 창조했다 하더라도 끈을 다룰 수 없는 지금, 난 지극히 평범한 한 인간일 뿐이기 때문이었다.

그래…… 지금의 대답이 중요해. MT에 가지 않는다는 건 항상 혼자 다니고 친구조차 제대로 사귀지 못하는 생활을 계속한다는 뜻이고, MT에 가겠다는 건 그런 내 생활을 바꾸겠다는 뜻이니까. 답답하기만 했던 내 생활을 바꾸는 첫 단계가 바로 지금인 거야!

"후……!"

마음속으로 너무 흥분했기 때문인지 나도 모르게 한숨이 흘러나왔다. 그러자 유스타키오가 살벌한 표정으로 날 노려보았다.

"뭐냐, 그 한숨은? 설마 이번 MT에도 불참하겠다는 망언을 하려는 건 아니겠지?"

헐…… 나도 그런 망언을 하고 싶지만 그럴 수가 없지. 아직 만나지 못한 녀석들이 많으니까 말이야. 내가 이 세계를 창조했다면 나와 대적했던 인간들까지 다시 살려놨을지도 모르니까 그 녀석들이 있는지 찾아봐야 하거든. 뭐, 내가 그렇게 착한 녀석일지가 문제지만.

"MT 올 거야, 말 거야?"

유스타키오가 다시 한 번 날 다그쳤다. 심지어는 유스타키오뿐만 아니라 아트로포스를 비롯한 다른 사람들도 내 대답을 기다리고 있었다. 모두들 내 입에서 과연 어떤 말이 나올 것인가만을 기다리고 있었던 것이다. 그렇게 모두의 긴장 어린 시선을 받으며, 난 아주 또박또박하고 분명한 어조로 입을 열었다.

"이번 MT에는 꼭 나가겠습니다."

사이케델리아
제 3 부
다중 세계 탐험
끝